ELLIS PETERS

Grüne Witwe am Sonntag

Buch

Nach zwanzig Jahren Ehe mit einem Kriminalbeamten ist Bunty Felse ja an einiges gewöhnt. Aber daß ihr Mann George sie ausgerechnet an ihrem Geburtstag allein läßt, um Ermittlungen durchzuführen, kränkt sie doch. Als sie einsam im Pub sitzt, lernt Bunty einen Lehrer namens Luke Tennant kennen, der ihr sogar anbietet, sie nach Hause zu fahren. Doch als sie durch Zufall eine Tote im Kofferraum von Lukes Auto entdeckt, wird sie von dem jungen Mann kurzerhand entführt. Unterwegs erfährt Bunty Lukes merkwürdige Geschichte: Als er morgens neben seiner Freundin Pippa aufgewacht war, fand er sie tot vor. Er selbst kann sich nur noch daran erinnern, daß er in einem Eifersuchtsanfall wilde Drohungen gegen sie ausgestoßen und sich anschließend betrunken hatte. Da Bunty sich den jungen Mann nicht als Mörder vorstellen kann, bleibt nur eine Erklärung: Der wahre Täter will ihn als Sündenbock mißbrauchen. Sie beschließt, zusammen mit Luke den Fall zu lösen – ein Vorhaben, das beide fast das Leben kostet …

Autorin

Ellis Peters ist das Pseudonym der englischen Autorin Edith Pargeter. 1913 in Wales geboren, arbeitete sie nach ihrer Schulzeit als Apothekenhelferin, verlor aber ihr Ziel, Schriftstellerin zu werden, niemals aus den Augen. Nach dem Zweiten Weltkrieg begann sie, Romane zu schreiben, außerdem übersetzte sie eine Reihe tschechischer Werke ins Englische. 1959 begann ihre Karriere als Krimiautorin, und bereits zwei Jahre später, 1961, wurde *Der Tod und die lachende Jungfrau* mit dem *Edgar-Allen-Poe-Award* ausgezeichnet. Ellis Peters starb im Oktober 1995.

Von Ellis Peters bereits bei Goldmann erschienen:

Das Rätsel der Treverra-Gruft. Roman (4208) · Der Tod der lachenden Jungfrau. Roman (4236) · Die Primadonna lachte. Roman (5912) · Der Raga vom gewaltsamen Tod. Roman (4021) · Hexenflug. Roman (5950) · Mord zur Gitarre. Roman (3219)

ELLIS PETERS

Grüne Witwe am Sonntag

Roman

Aus dem Englischen
von Norbert Wölfl

GOLDMANN

Die Originalausgabe erschien unter dem Titel
»The Grass Widow's Tale«
bei Crime Club, Harper Collins

Umwelthinweis:
Alle bedruckten Materialien dieses Taschenbuches
sind chlorfrei und umweltschonend.
Das Papier enthält Recycling-Anteile.

Der Goldmann Verlag
ist ein Unternehmen der Verlagsgruppe Bertelsmann

Wiederveröffentlichung 9/97

Umschlaggestaltung: Design Team München
Umschlagfoto: Elke Hesser, Paris
Satz: IBV Satz- und Datentechnik GmbH, Berlin
Druck: Elsnerdruck, Berlin
Krimi 4945
AB · Herstellung: Heidrun Nawrot
Made in Germany
ISBN: 3-442-04945-8

3 5 7 9 10 8 6 4

1

Der Tag vor ihrem Geburtstag war von vornherein verpfuscht. Die Morgendämmerung kam zögernd, wie ein alter, abgerissener Säufer, der mit verklebten Augen blinzelt und sich nach einem trübseligen Blick auf die Welt wieder in seinen Mißmut zurückzieht. Übelgelaunte Arbeiter und Angestellte tasteten sich ihren Weg durch eine Dämmerung, die sich nicht heben wollte. Schleimiger schwarzer Dreck, der beim Trocknen eine grünlich-graue Farbe annahm und wie Klebstoff haftete, wurde von den Absätzen der Schuhe aufgewühlt und bespritzte miniberockte Beine bis hinauf auf die Hüften. Feuchtigkeit lag in der Luft, ein unangenehmes Mittelding zwischen Regen und Nebel; die Hälfte der hastenden Menschen spannte die Schirme auf, die andere Hälfte war von dieser Notwendigkeit noch nicht überzeugt. Wenn man die Straße entlangging, konnte man beobachten, wie sich so zwei geradezu feindliche Parteien bildeten.

Es war kein Brief von Dominic in der Post, nur ein schäbiges Flugblatt für einen Möbel-Ausverkauf und die vierteljährliche Gasrechnung, von einem boshaften Computer zuerst verzögert und dann willkürlich erhöht. Es war ausgeschlossen, ohne künstliches Licht die Hausarbeit zu verrichten, und die trübe Welt draußen vor den beschlagenen Fenstern sank sofort noch tiefer in alles durchdringenden Schmutz und in Dunkelheit. Den ganzen Tag über wurde es nicht richtig hell.

Wenn der Oktober sich so von seiner schlechtesten Seite

zeigt, kann er noch viel unangenehmer werden als der schlimmste Wintertag. Als George am späten Nachmittag nach Hause kam, regnete es mit einer verhaltenen Bösartigkeit, die alle Leute durchnäßte, bevor sie es so recht merkten, während die bespritzten Schaufenster und die rutschigen Bürgersteige davon nicht sauber gespült wurden. Alle Lampen waren beschlagen und gaben vor klebrigem Schmutz kein rechtes Licht. Diesen Tag konnte man völlig abschreiben, und früh schon senkte sich eine ebenso unangenehme Nacht über Comerford.

Bunty hörte den Wagen mißmutig die Bordsteinkante entlangscharren und dann ins Tor einbiegen. Ihr Herz machte einen so heftigen Satz, daß sie jetzt erst erschrocken merkte, wie tief ihr Mut gesunken war. George war endlich zu Hause, und morgen würde auch ein Brief von Dominic kommen.

George trat ein. Hochgewachsen und müde, und der graue Schmutz des Tages hing ihm in den Kleidern. So unvermittelt, daß sie sofort merkte, wie weit weg er in Gedanken war, sagte er: »Bitte wirf mir doch ein paar Sachen in den Koffer, ich muß nach London.« Irgendein Schuldgefühl schien die Wolken seiner Zerstreutheit zu durchdringen: »Tut mir leid«, fügte er hinzu, »es hat sich etwas Neues ergeben.«

Bunty war nun schon seit mehr als zwanzig Jahren die Frau eines Kriminalbeamten. Ihre Reaktionen kamen fast schon automatisch. Man schickt seinen Mann nicht kopflos und zerstreut auf die Reise. Noch weniger beansprucht man seine Gedanken für sich, wenn er alle Konzentration für den bevorstehenden Fall nötig hat. Sie klappte energisch ihre Zeitschrift zu, ging zu ihm hinüber und gab ihm einen kurzen Kuß, wie er unter alten Eheleuten üblich ist.

»Hast du noch Zeit für den Tee? Ist in fünf Minuten fertig. Das wird wohl nichts ausmachen.«

»Du bist nicht böse?« fragte er und legte für eine Sekunde

den Arm um sie. Seine Stimme klang müde. Aus seinen Augen sprach die Erschöpfung. Dieser Herbst war nicht leicht für die Kriminalpolizei von Midshire; Bunty wußte in groben Zügen Bescheid.

»Und ob ich böse bin.« Sollten sie sich gegenseitig höfliche Lügen sagen? »Aber so ist es nun einmal. Wenn du etwas dabei erreichst, freut es mich. Eine vielversprechende Spur?«

»Schwer zu sagen. Vielleicht ist es eine echte Wende, vielleicht auch nur eine Sackgasse. Du weißt ja, wie das ist.«

Sie wußte es. Für gewöhnlich war es eine Sackgasse. Trotzdem mußte man jeder Spur nachgehen, solange sie heiß war. »Wird höchste Zeit, daß es einmal klappt. Geht's um die Lohngelder? Hat sich da Neues ergeben?«

»Nein, die Pelzgeschichte. Wenn wir Glück haben, kommen wir damit vielleicht weiter. Ein kleiner Zwischenhändler wurde wegen einer anderen Geschichte geschnappt, er stand mit auf unserer Liste. Er fungiert normalerweise als Chauffeur und fährt alles, was Räder hat, besonders gestohlene Wagen. Auf ihn paßt eine der beiden Beschreibungen, die wir vom Fahrer des Lastwagens bekommen haben, aber diese Beschreibung paßt auch auf ein Dutzend anderer Profis. Er hat ein Alibi für die Tatzeit erbracht, aber das ist gleich beim ersten Durchleuchten in sich zusammengebrochen. Vielleicht hat das alles nichts zu bedeuten, vielleicht wollte ihn seine eigene Bande aus irgendwelchen Gründen ans Messer liefern. Jedenfalls wollen sie nichts von ihm wissen, und er ist ganz auf sich gestellt. Das könnte der richtige Augenblick sein, etwas aus ihm herauszuquetschen, vielleicht auch nicht. Versuchen müssen wir es jedenfalls.«

»Natürlich! Hoffentlich bringt ihr etwas heraus, und es ist der richtige Mann. Setz dich jetzt«, sagte sie und bugsierte ihn in seinen Sessel am Kamin. »Bis ich fertig gepackt habe, kocht das Wasser. Wie lange wirst du wegbleiben?«

»Das weiß ich nicht. Vielleicht zwei oder drei Tage. Wenn ich einen Hinweis finde, dann werde ich ihm nachgehen müssen. Ich habe Duckett gesagt, daß die Sache sicher von einer Bande aus der Stadt ausgeht. In der Stadt wird's ihnen zu eng, der Boden wird ihnen zu heiß. Hier draußen haben sie bessere Chancen!« sagte er grimmig. »Sie wissen sehr wohl, wo ihr Weizen blüht. Die Polizei hier halten sie für harmlos.«

»Das bilden die sich ein!« rief Bunty aus der Küche. »Nimmst du den Wagen mit?«

»Ja. Das geht schneller, und ich bin beweglicher. Ich muß unterwegs noch tanken. Gott sei Dank ist es wenigstens nicht nebelig.«

»Dann richte ich mich lieber auf drei Tage ein, oder? Paß auf den Kessel auf, ich bin gleich wieder hier.«

Sie hatte Übung in solchen Dingen. Während dieser zwanzig Jahre hatte es so manchen überhasteten Aufbruch gegeben. Sie packte mit gewandten Bewegungen den kleinen schwarzen Koffer, und als sie ihn herunterbrachte, hatte George den Tee bereits aufgegossen. Er schob ein paar Unterlagen in seine Aktenmappe und schloß den Schreibtisch ab.

»Hat der Lastwagenfahrer ein Foto des Mannes gesehen?« fragte sie und goß den Tee ein.

»Das schon, aber so genau erinnert er sich nicht. Er hat nur die Umrisse und Bewegungen der beiden gesehen. Es war Nacht, und sie richteten in dem Augenblick, wo er anhielt, eine grelle Lampe auf sein Gesicht. Vielleicht kann er ihn identifizieren, wenn wir ihn dem Mann gegenüberstellen. Aber unter uns gesagt: Ich bezweifle es.«

Bunty zweifelte ebenfalls daran. Die Lastwagenladung Pelze, die von dem Londoner Händler zum führenden Modehaus von Comerbourne gebracht werden sollte, war in einer Septembernacht, also vor fast sechs Wochen, gleich hinter der Schnellstraße überfallen worden. Der Fahrer lag immer noch im Krankenhaus. Es war ein Wunder, daß er überhaupt etwas aussagen konnte. Eine ruhige Straße, ein auffälliges rotes Warndreieck, ein halb im Graben hängender Wagen, ein Mann am Straßenrand, der dem Fahrer des Lastwagens mit einer Taschenlampe Zeichen gab – wer hätte aus diesen Einzelheiten nicht auf einen Unfall geschlossen und angehalten, um Hilfe zu leisten?

Der Lastwagenfahrer hatte einen zweiten Mann beobachtet, der aus dem Schatten des Wagens gesprungen kam. Da er ein Auge für typische Bewegungen hatte, behauptete er, diesen Mann jederzeit wiederzuerkennen, und zwar an seinen Bewegungen. Aber kaum hatte der Lastwagenfahrer angehalten, kaum war er aus dem Führerhaus gesprungen, da bekam er schon von einem anderen, den er nicht einmal sah, einen Schlag über den Kopf. Mehr wußte er nicht.

Später stellte sich heraus, daß der Täter dreimal zugeschlagen hatte. Der Lastwagenfahrer überlebte den Überfall dank seiner kräftigen Konstitution und dank seiner kräftigen Schädeldecke. Nicht einmal das Erinnerungsvermögen hatte gelitten. Wenn er nicht gewesen wäre, hätte niemand erfahren, wo der Überfall tatsächlich stattgefunden hatte, denn der leere Lastwagen wurde später auf dem Parkplatz eines Rasthauses zwanzig Meilen abseits seiner normalen Route aufgefunden. Den Fahrer fand man am Rand einer abgelegenen Landstraße in der entgegengesetzten Richtung.

Jede Stelle des Lastwagens, an der sich vielleicht Fingerabdrücke befunden haben konnten, war blitzblank poliert worden. Eine gründliche Arbeit, die auf Profis hinwies. Von der Pelzladung hatte seither niemand auch nur ein Härchen zu Gesicht bekommen. Vermutlich war sie noch in derselben Nacht an einen bereits wartenden Kunden ausgeliefert worden.

Falls die Polizei von Midshire danach wirklich noch zweifelte, daß eine großaufgezogene Verbrecherorganisation ihre Tätigkeit in dieses Gebiet verlegt hatte, so verflogen diese Zweifel nach dem Lohngeldraub drei Wochen später. Nur konnte der Fahrer, der regelmäßig jeden Donnerstag die Lohngelder für die Firma ›Armitage Pressings‹ abholte, der Polizei keinerlei Informationen geben, denn er war bewußtlos, als die Männer vom Roten Kreuz ihn auf die Bahre hoben, und schon tot, als er ins Krankenhaus eingeliefert wurde. Was diesen Wagen anging, so wurde er innerhalb einer Stunde nach dem Verbrechen auf einem Autofriedhof gefunden.

Diesmal war als Waffe nicht ein Knüppel, sondern ein Revolver benutzt worden. Bis dahin waren Revolver bei Verbrechen in Midshire nur selten aufgetaucht, und dann meistens nur in der Hand nervöser Amateure. Hier aber handelte es sich um organisiertes Berufsverbrechertum auf höchster Ebene. Die führenden Köpfe hinter dieser Organisation weiteten ihr Arbeitsgebiet aus und hatten offenbar im Zuge dieser Expansion Comerbourne erreicht.

»Ich glaube, ich mach' mich jetzt auf den Weg«, sagte George und stand seufzend auf. Er griff nach dem Koffer.

»Ich komme mit.« Bunty sprang auf und lief hinaus zur Garderobe, um ihren Mantel zu holen. »Du kannst mich am Betterbuy absetzen, ich fahre dann mit dem Bus zurück. Ich möchte ein paar Sachen einkaufen.«

Eigentlich brauchte sie gar nichts, aber er war so sehr mit seinen Gedanken beschäftigt, daß er das ihrem Gesicht nicht anmerkte; sie sah genauso zuversichtlich, ruhig und vernünftig aus wie immer. Die Wahrheit allerdings sah anders aus: Plötzlich wurde ihr bei dem Gedanken, daß er wegfahren sollte, ganz elend zumute, und sie fürchtete sich davor, mit der herbstlichen Kühle und der unerträglichen

Stille im Haus allein gelassen zu werden. Selbst ein paar Minuten der Abwechslung waren ihr schon willkommen. Auch die ungemütliche Heimfahrt in einem überfüllten Bus war eine Unterbrechung ihres Alleinseins und würde sie in eine Stimmung versetzen, daß sie ihren Nachbarn wieder entgegentreten konnte. So ermüdend, lästig und quälend die lieben Mitmenschen manchmal auch sein können – der Mensch braucht zum Leben das Gefühl der Nähe anderer.

»Ich dachte, du haßt den Supermarkt«, sagte George geistesabwesend. Bei den Gedanken an die eigenen Sorgen legte er die Stirn in Falten und lächelte seiner Frau zerstreut zu.

Die beiden hatten sich ineinander verliebt, als er zweiundzwanzig und sie achtzehn war, und seitdem waren sie einander so zugetan, daß ein Gespräch mit ihr wie eine geheime Zwiesprache mit dem eigenen Gewissen war. Deshalb stellte sie ihm selten Fragen, und er zögerte nie, seine Sorgen mit ihr zu teilen. Das war kein Geheimnisverrat, sondern mehr ein Selbstgespräch. Nur gelegentlich – wie jetzt zum Beispiel – überfielen ihn plötzlich furchtbare Zweifel, ob sie ihre eigenen Ängste auch mit ihm teilte oder ob sie ihm vielleicht etwas vorenthielt... Diese Augenblicke des Zweifelns waren entsetzlich, kleine, böse Nadelstiche, aber sie waren stets verschwunden, bevor er ihnen nachgehen konnte, ehe sie seine Selbstsicherheit untergruben.

»Ich mag den Laden wirklich nicht«, sagte Bunty. »Doch was bleibt mir anderes übrig? Ist dir noch nicht aufgefallen, daß alle vier Lebensmittelgeschäfte von Comerford auf Selbstbedienung umgestellt haben?«

»Ich habe mir sagen lassen, daß man so schnell und bequemer einkaufen kann«, bemerkte er. Seine Gedanken waren woanders: Wie schön war sie doch noch trotz ihrer vierzig Jahre, schöner noch durch ihre wenigen silbernen Haare in den dichten kastanienbraunen Wellen, mit den tiefen Linien warmer Zuneigung und den Lachfältchen, die ihr Gesicht erst prägten.

»Ha!« rief sie. »Dann mußt du es mal versuchen. Man kommt ja ganz gut zurecht, wenn man erst einmal weiß, wo alles liegt, aber dann steckt man an der Kasse fest. Da ist mir der gute alte Tratschladen an der Ecke lieber. Man kann sich Zeit lassen, wenn man gerade nichts Eiligeres zu tun hat, man kann aber auch schnell wieder gehen«, fügte Bunty mit Nachdruck hinzu.

Sie gingen gemeinsam zum Wagen hinaus. Das Haus lag dunkel und verschlossen hinter ihnen. Als sie Schulter an Schulter im Auto saßen und die Türen das schlechte Wetter und den Regen aussperrten, überkam sie ein gewisses Gefühl der Sicherheit. Die Dämonen der Nacht wetzten ergebnislos ihre Krallen am Glas und zogen mit wäßrigen Spuren Rillen über die Scheiben, zerteilten das Licht der Straßenlampen in ein Dutzend matte, schimmernde Scheiben von schwefelgelben abgegriffenen Spielkarten, die von einer unsichtbaren Hand gemischt wurden.

Die Bungalow-Rohbauten auf der anderen Seite der Straße ragten wie rosafarbene Ziegelhaufen aus der Dunkelheit.

»Ja, ja – zieh um und geh vor die Hunde«, sagte Bunty bitter. Sie wollte das eigentlich gar nicht sagen. Irgendwo mußte der Bevölkerungsüberschuß ja untergebracht werden, aber ein Heim sollte ein gewisser Ort der Sicherheit sein, in sich ruhend und gemütlich, während diese neuen Häuser nichtssagend schienen, für Einheiten bestimmt und nicht für Familien.

»Ich weiß! Man sollte nicht glauben, daß das ein Dorf war, als wir uns hier niederließen. Ungefähr drei Kramläden, Bauernhöfe entlang der Straße und ein kleiner Bach, der wie ein silbernes Kätzchen mit dem welken Laub Fangen spielte.«

»Vorsicht«, warnte Bunty, »du wirst poetisch.«

»Ich habe nur Heimweh, Heimweh nach der Vergangenheit. Das ist ein Zeichen für das beginnende Alter. Wie man es auch betrachtet, es ist jetzt eine Stadt daraus geworden. Man merkt gar nicht, wie sich der Wandel einschleicht, aber plötzlich ist er da. Kettenläden, Supermärkte, Bingohallen und das alles. Parkplätze mit automatisch kontrollierten Zufahrten, Sonderangebote – pah! Bunty, wir ziehen aus.«

»Früher war es immer so hübsch hier«, sagte sie. Dann wurde sie vernünftig: »Wo sollen wir denn hinziehen? Das alles holt uns doch überall ein – weshalb also davonlaufen?«

In der Hauptstraße, die einst die Dorfstraße war, blinzelten Neonreklamen durch das schmutzige Grau. Die funkelnden Autos der Wohlhabenderen erstrahlten auf den neuen Parkplätzen, aber ihre Farben waren ebenfalls von klebrigem Schmutz gedämpft. Die Kinofassade konnte nur mit Mühe das Gesicht einer vier Meter langen, fast nackten Blondine tragen, die sich hell beleuchtet über die ganze Breite hinstreckte; ein Meter flachsfarbenes Haar fiel ihr über die Schulter, als hätte sie jemand daran herbeigezerrt. Sie trug einen Bikini und nahm vielleicht nur ein Sonnenbad, doch sie wirkte tot. Niemand interessierte sich aber dafür, ob sie schlief oder gestorben war.

»Warte erst, bis du siehst, was aus der Werkstatt des alten Pearce geworden ist«, sagte George in einer Mischung aus Resignation und Abscheu. »Oder habe ich dir nicht erzählt, daß er verkauft hat? An irgendeinen Filialbetrieb aus dem Süden. Er saß an einer zu guten Ecke, um die Verstädterung lange überleben zu können.«

George bog nach links von der High Street ab und fuhr langsamer, als er sich der glänzenden Fassade von Pearces einstiger Garage näherte. Hier hatten drei Generationen leidenschaftlicher Motorfanatiker gelebt und gearbeitet, Leute ohne jeden geschäftlichen Ehrgeiz, die aber in der Lage waren, alles aus einem Motor herauszuholen. Pearces Kapital war damals die Werkstatt im Hintergrund; die Tankstellen vor dem Haus waren nichts weiter als eine lästige Nebenbeschäftigung, bescheiden beleuchtet und vernachlässigt. Der erstklassige Service, zu dem jedes gepflegte Auto im ganzen Bezirk von allein seinen Weg fand, brauchte keine Werbung.

Schon zehn Tage nach dem Verkauf hatte sich alles radikal verändert. Über die ganze Vorderfront erstreckte sich ein vierfarbiges Transparent aus bunten Glühbirnen; unter den geschwungenen Bögen standen neun Zapfsäulen des neuesten Typs. Sie glichen mehr Apparaten aus der Weltraumfahrt als gewöhnlichen Benzinpumpen. Ein großes Neonzeichen über dem frisch gestrichenen Büro verkündete in einem einzigen Wort den Namen des Betriebs: ›Johnny Fleet‹. Zwei große Plakate in leuchtendem Orange priesen eine Werbewoche an.

»Siehst du?« sagte George mit bitterer Genugtuung.

»Ach ja«, seufzte Bunty hilflos. »Er war ohnehin pensionsreif, und man wird ihm eine gewaltige Summe geboten haben.«

»Trotzdem hätte der Alte nie verkauft, wenn Tony nicht ausgewandert wäre«, bemerkte George und hielt an der nächsten Zapfsäule für Super. Er öffnete die Tür und stieg aus. Ein spitznasiger, schlecht frisierter junger Mann kam auf sein Klingeln aus dem Büro gelaufen.

»Volltanken, Bobby.«

Das finstere, junge Gesicht hellte sich ein wenig beim Anblick der beiden auf. Bobby hatte Bewährungsfrist. Er war ein offenbar unheilbarer Autodieb, der ständig mit unverschlossen gebliebenen Wagen in der Gegend herumfuhr. George war einer inneren Stimme gefolgt und hatte den alten Pearce dazu überredet, Bobby als Lehrling aufzunehmen und ihm damit völlig legitim die Beschäftigung mit Dingen zu ermöglichen, denen er ohnehin nicht widerstehen konnte. George hoffte, daß die zwei Jahre ausgereicht hatten, den Jungen zu kurieren, denn er wußte, daß dieses Experiment den Besitzerwechsel der Garage nicht lange überdauern würde. Überregionale Filialbetriebe sind kaum daran interessiert, ortsansässige Sorgenkinder vor dem Gefängnis zu bewahren. In einer Grafschaft wie Midshire gibt es in den abgelegenen Gegenden immer noch genug Familienbetriebe, und eine zweijährige Lehre beim alten Pearce ist auf jeden Fall eine gute Empfehlung.

»Na, wie geht's?« fragte George in dem Bemühen, sich seine Besorgnis nicht anmerken zu lassen.

»Weiß nicht so recht, Mr. Felse.« Bobby betrachtete stirnrunzelnd den Zähler an der Zapfsäule. »Sie wissen ja, wie es geht: Man gewöhnt sich an manche Leute. Ich glaube nicht, daß diesem Laden hier viel an Autos liegt.«

»Dann mußt du selbst doch um so gefragter sein«, sagte George ganz vernünftig. »Du verstehst was von Autos.«

»Na ja, vielleicht – aber das wollen die ja eigentlich gar nicht. Die interessieren sich nur fürs schnelle Geldverdienen. Das wissen Sie doch, nur auf die Wirkung kommt's an. Hier draußen wird Geld verdient, nicht hinten in der Werkstatt; es sei denn, man erwischt einen schönen, fetten Versicherungsbrocken«, sagte Bobby voller Verachtung. »Ich glaube nicht, daß ich noch lange hierbleibe, Mr. Felse.«

»Wo drückt denn der Schuh?« fragte George. »Der neue Chef?«

Bobby zuckte feixend die Achseln. »Der tut uns nicht weh. Von dem kriegen wir ohnehin nicht viel zu sehen. Angeblich hat er schon siebenunddreißig Tankstellen, die meisten davon in London und im Süden. Wir sind so ungefähr die nördlichste. Nein, der macht uns nichts aus. Es ist der neue Geschäftsführer, den er eingesetzt hat. Sieht aus wie ein richtiger Streber – Sie wissen schon: städtisch, immer zackzack und alles nur so obenhin.« Bobby gab das Wechselgeld heraus und deutete verstohlen zu dem großen Bürofenster hin, das mit Grünpflanzen reichlich geschmückt war. »Das ist er, der da gerade herauskommt, der Schlägertyp da drüben.«

Zwei Männer waren aus der Glastür getreten und gingen auf der zementierten Fläche hin und her, wobei sie kritisch die Neuerungen betrachteten. Der eine Mann im weißen Overall hatte einen mächtigen Brustkasten und derbe Züge; er trug eine Art plumpes Selbstbewußtsein zur Schau, das gut zu einem Boxer oder einem Vertreter gepaßt hätte. Der andere war ein ganzes Stück größer und wirkte in seinem perlgrauen Anzug höchst elegant.

»Das ist Mr. Mostyn«, erklärte Bobby und betrachtete die Gestalt mit offener Ablehnung. »Lassen Sie sich von dem bloß keinen Gebrauchtwagen andrehen, Mr. Felse.«

»Wer ist der andere?« fragte George.

»Ach, das ist der Chef – Fleet selbst. Wollte sich mal seine Neuerwerbung und die Verbesserungspläne ansehen. Mostyn hat mich heute nachmittag an seinem Auto arbeiten lassen – das können Sie mir glauben: seine Kiste will er richtig in Ordnung haben.« Bobby schloß fest die Wagentür und winkte. »Bis bald, Mr. Felse.«

»Wiedersehen, Bobby. Überleg dir die Sache gut, bevor du weggehst – aber gehen wird er bestimmt«, fügte George hinzu, als nur Bunty ihn hören konnte. »Dieser neue Laden paßt nicht zu ihm.«

Der Morris rollte aus der Tankstelle wieder hinaus auf die dunkle, glitschig-feuchte Straße. An der nächsten Ecke gelangten sie wieder auf die Hauptstraße und befanden sich nun nahe der südlichen Grenze der Ortschaft. Auf einem Hügel vor ihnen erhob sich in Terrassen die neue Siedlung Well Meadow. Auf der anderen Straßenseite glitzerten die sechs großen Schaufensterscheiben des Betterbuy-Supermarktes, zugeklebt mit Sonderangeboten in giftgrün und leuchtend-orange.

»Mir gefällt das auch nicht.« Bunty seufzte und drehte sich nach ihrem Einkaufskorb und der Handtasche um, als der Wagen an der Bordsteinkante hielt. »Aber das ist das einzige Geschäft in ganz Comerford, wo man schwarzen Pfeffer bekommt.«

Für einen Augenblick kam es sie schwer an, aus dem Wagen zu steigen, aber an der Bordsteinkante kann man nicht endlos halten. Sie vergewisserte sich, daß hinter ihr kein Auto kam, stieg aus auf die feuchte Straße hinaus und hielt George wie gewohnt die Wange zum Kuß hin.

»Also dann, viel Glück! Und komm gesund zurück!«

»Sobald ich es einrichten kann. Auf Wiedersehen, Liebling, und paß gut auf dich auf.«

»Das sagst ausgerechnet du!« Bunty lächelte. »Ich treibe mich ja nicht mit Gangstern und ähnlichem Pack herum.«

Sie schlug die Wagentür zu, der Morris fuhr los, und bald waren die Rücklichter in der Dunkelheit verschwunden.

So ist es am besten, dachte Bunty. Jede Trennung in den letzten zwanzig Jahren hätte die letzte sein können, denn selbst vor dem Auftauchen der schwerbewaffneten Profis in der Gegend war der Beruf eines Polizisten hier nicht gerade der ungefährlichste.

Sie saß im leeren, schweigenden Haus vor ihrem Spiegel, bürstete sich das Haar und betrachtete ihr Gesicht, als liege hinter ihren Augen ein bisher unentdecktes Leid. Sie war nicht mit dem Bus zurückgekommen, sondern den ganzen Weg durch den dünnen Nieselregen und die gedämpften, kaum noch zu unterscheidenden Farben des Herbstabends nach Hause gegangen. Und gerade hier unter ihrem eigenen

Dach, wo sie hätte Schutz finden müssen, fühlte sie doppelt bedrückend jene andere Dunkelheit, die einem Menschen das halbe Leben lang über die Schulter blickt.

Es widerfährt jedem, früher oder später. Selbst dem glücklichsten und ausgeglichensten Menschen, jenes plötzliche Zögern mit dem ersten Rückblick, das Aufkommen der ersten Zweifel, ob man alles richtig gemacht – oder ob man in der Halbzeit des Lebens überhaupt etwas Positives zu verzeichnen hat.

Bunty sehnte sich nach vergangener Schönheit, nach unwiederbringlich verlorener Jugend. Sie blickte sich selbst in die Augen, die nun nicht mehr achtlos an der verstreichenden Zeit vorübergehen konnten, in denen Spuren von Alter, Krankheit und Tod lagen. Sie hatte die Deckenbeleuchtung ausgeschaltet. Die Haarbürste knisterte durch ihr dichtes dunkles Haar, ihre Augen starrten sie aus dem Spiegel unverwandt an.

Was ist eigentlich mit dir los? fragte sie ihr Spiegelbild. Du bist doch eine glückliche, zufriedene Frau? Du hast einen Ehemann, den du liebst. Einen Sohn, den du vergötterst. Ein ausgeglichenes, frohes Gemüt. Auf die bescheidene Weise, die dir bisher immer genügt hat, bist du in jeder Hinsicht gut dran. Selbst Humor fehlt dir nicht, oder doch? Hast du ihn vielleicht im Augenblick in irgendeiner Schublade vergessen?

Draußen rissen die Wolken auf, aber ein heulender Wind trieb sie in Fetzen über den Himmel. Die drückende Luft kam plötzlich in Bewegung. Bunty hatte plötzlich das Gefühl, daß ihr die Zeit rasend schnell entglitt, daß sie den Boden unter den Füßen verlor und in den Abgrund stürzte. Es hatte einmal eine gewisse Bunty Elliott gegeben, die eine große Sängerin werden wollte, die durch ihre Schallplatten Ruhm und Unsterblichkeit zu erlangen hoffte. Doch ihr Talent war nie ernsthaft geprüft worden, denn dann lernte sie

George Felse kennen, heiratete ihn und wurde nichts weiter als eine gewöhnliche Polizistenfrau. Zu etwas anderem hatte sie es nicht gebracht. Im Augenblick war sie nicht einmal Georges Frau, sondern nur seine Strohwitwe.

Was war aus Bunty selbst geworden? Sie war irgendwo zwischen George und Dominic verlorengegangen, und es würde nicht leicht sein, sie wiederzufinden. Georges Gesicht blickte ihr vom Foto entgegen, zwar zehn Jahre jünger, aber im großen und ganzen doch genauso wie heute: ernst, schmal, nachdenklich, mit dunklen, sicheren Augen und den sensiblen Linien um den Mund. Sie konnte die Falten hineindenken, die sich seitdem gebildet hatten und die Würde und Bedeutung ausdrückten – Eigenschaften, die niemals in Frage standen. Sie liebte ihn so sehr, daß sie sich niemals bewußt Gedanken darüber gemacht hatte, aber dennoch lief sie Gefahr, jetzt ihre eigene Persönlichkeit einzubüßen.

Wenn du hier wärst, dachte sie, würdest du mein Gleichgewicht wiederherstellen. Warum bist du nicht hier? Warum mußt du ausgerechnet in dieser Nacht woanders sein?

Und ihr Sohn? Dominic war eine komplizierte, faszinierende und aufregende Persönlichkeit, zur Hälfte George, zur anderen Hälfte sie selbst. Während seines jungen Lebens waren sie gute Freunde gewesen. Sie konnte ihn sogar auslachen, ohne daß er sich vor ihr verschloß. Aber Kinder werden erwachsen, sie entfremden sich. Dominic war in Oxford, das Examen stand ihm bevor, er hatte sich für ein Mädchen entschieden, für immer und mit seinem ganzen Herzen. Vielleicht wußte er es selbst noch nicht so recht, weil Tossa Barber zu nahe war, um die volle Tragweite seiner Entscheidung sehen zu können. Aber Bunty wußte es. Sie war einverstanden. Er mochte viele Fehler begangen haben, aber in diesem Fall hatten ihn seine Instinkte nicht irregeführt. Seine Wahl war sicher und richtig. Bunty war froh darüber.

Aber wo blieb Bunty?

Sie hatte sich, soweit eine Frau das überhaupt kann, seelisch auf den Augenblick vorbereitet, wo sie abgestreift wurde wie eine nutzlos gewordene Schlangenhaut. Ihr Verhältnis zu Dominic oder zu Tossa berührte das nicht. Aber wie sollte sie mit der abgelegten Bunty Felse fertig werden?

Wo stehe ich jetzt? dachte sie. Bin ich etwas? Für George bestimmt. Ich habe Grund genug weiterzumachen, ich fülle eine Lücke aus, vielleicht eine größere Lücke als zuvor. Aber habe ich noch genug Substanz, um das Vakuum zu füllen?

Das Bett war glatt und kühl. Sie lag da in der atmenden, unruhigen Dunkelheit und konnte nicht schlafen. Und am Morgen ihres einundvierzigsten Geburtstages kam weder ein Brief von Dominic noch ein Telefonanruf von George. Der frühe Samstagmorgen dämmerte grau und still, und vielleicht zum erstenmal in ihrem ganzen Leben fühlte sie sich völlig einsam. Zum erstenmal in einem Leben, das zur Hälfte vorüber war.

2

Sie hätte natürlich Bekannte anrufen können – sie kannte viele Leute. Doch ihnen gegenüber hätte sie das übliche Gesicht aufsetzen müssen. Man belastet seine Freunde nicht mit einem völlig fremden Menschen, der den halben Weg zum Grab schon zurückgelegt hat. Solange es dunkel ist, verbirgt man sich, weil man einigermaßen sicher weiß, daß auch diese Krise vorübergehen wird, und kommt erst wieder zum Vorschein, wenn man zu sich selbst gefunden hat und wieder in die menschliche Gesellschaft paßt. Was man in einem solchen Augenblick braucht, ist ein fremder Mensch in einem D-Zug, jemand, den man nie wieder sehen muß, dem man eine von diesen rein zufälligen Beichten ablegen kann, die trotz allem schon manche Seele gerettet haben.

Aus diesem Grund entschloß sie sich an diesem Samstag abend im Oktober zu einem langen, einsamen Spaziergang. Sie vermied alle vertrauten Gegenden und die Orte, an denen sie Freunde treffen konnte. Schon seit dem Mittag war die Luft taubengrau und fröstelnd, aber es fror noch nicht. Die Wolken hingen niedrig, doch darunter war die Luft rein und sauber. Wenn gegen Morgen der Frost einsetzte, würden die Straßen wenigstens abtrocknen und die dünne, schmutzige Schicht von Schlick würde sich in blassen Staub auflösen.

Die Stille im Haus hatte sie hinausgetrieben, aber die Stille hier draußen, zwei Meilen von Comerford auf der Landstraße, war noch bedrückender. Sie hatte sich noch nie vor einem nächtlichen Spaziergang gefürchtet und wäre sich mitten in der Stadt wahrscheinlich bedrohter vorgekommen.

Als sie dann schließlich wieder die Hauptstraße erreichte, fand sie sich vor dem großen Parkplatz und der aufpolierten Fassade einer modernen Raststätte, an einem Ort also, wo sie vor einem Zusammentreffen mit ihren Bekannten ziemlich sicher war, wieder.

Das ›Sternbild Orion‹ – zumindest ein phantasievoller Name. Sie erinnerte sich noch daran, wie die Raststätte eröffnet wurde, war aber noch nie hier gewesen. Das Gebäude, ein Metallkasten im Stil des zwanzigsten Jahrhunderts mit leichtem georgianischem Einschlag, paßte schlecht zu dem Namen – aber sicher konnte man dort ein belangloses Gespräch mit einem unbekannten Menschen anknüpfen. Und genau danach war Bunty zumute. Sie hatte es nicht eilig, nach Hause zu kommen – dort wartete niemand auf sie.

Auf der Schwelle schlug ihr Wärme und Lärm entgegen. Die Bar war so aufdringlich modern, daß sie fast schon an die tollen zwanziger Jahre erinnerte, und sie war fast ungemütlich voll. Doch aus irgendeinem rätselhaften Grund sagte ihr die scheinbare Ungemütlichkeit dieses Raums zu.

Bunty kämpfte sich bis an die Bartheke vor, bestellte sich ein kleines Glas Ale und begab sich damit in eine entfernte Ecke, wo ein junges Paar gerade einen der schmächtigen Tische freigemacht hatte. Über das Glas hinweg betrachtete sie die Leute und ließ das Stimmengewirr auf sich einwirken, ohne sich die Mühe zu machen, einzelne Gesprächsfetzen zu unterscheiden. Sie kannte niemanden, und niemand kannte sie. Es interessierte sich auch niemand für sie. Die Leute unterhielten sich zu zweit oder zu dritt oder in kleinen Gruppen und ließen Bunty in Ruhe.

Sie hatte wohl schon zehn Minuten in ihrer ruhigen Ecke gesessen, da fiel ihr der einzige andere Gast auf, der offenbar auch allein war. Er saß halb verdeckt hinter zwei sportlichen Typen in Mohairmänteln, und sie hatte zuerst den Eindruck, als gehöre er zu dieser Gruppe. Aber seine Miene sprach vom Gegenteil. Er sah sie wie aus einer fremden Welt an, aus einer Welt, die ebenso abgeschlossen war wie ihre eigene. Er war noch jung, vielleicht Ende Zwanzig, vielleicht gerade Anfang Dreißig, groß, ein bißchen schmächtig, aber gut proportioniert, rasch und nervös in seinen Bewegungen, das glatte Haar ein wenig zerzaust. Was ihr zuerst auffiel, war die graue Blässe seines Gesichts, seine starre Miene, die wie eine Tonmaske wirkte. Diese Maske war so starr, daß das plötzliche, nervöse Zucken an den Wangen erschreckend wirkte, als könne das ganze Gesicht Sprünge bekommen. Dann breitete sich sofort wieder der gleiche, steinerne Ausdruck aus. Doch hinter diesem Wall wachten aufmerksame, fast fiebrig glänzende Augen zwischen dunklen Ringen. Er sah aus wie nach zwei oder drei durchwachten Nächten, doch seine Hand war kräftig und ruhig.

Dann rückte ihm die Gruppe an der Bar zu nahe auf den Leib. Sie merkte, wie er von ihnen abrückte und sich nach einem geruhsameren Plätzchen umsah. Sein Blick blieb auf dem einzigen freien Stuhl in ihrer Ecke hängen. Er kam auf sie zu.

Da erblickte er sie. Eigentlich sah er in ihr nicht eine Unbekannte, die zufällig dasaß, sondern in einem Blitz der Erkenntnis eben eine ganz bestimmte Frau. Zum erstenmal nahm er in diesem Raum einen anderen Menschen als sich und den Teufel, der ihn quälte, bewußt wahr. Er verharrte völlig still zwischen all den anderen sich ruhelos hin- und herbewegenden Menschen und fixierte sie. Sie glaubte schon, daß er sich abwenden würde, und hätte sie den Blick gesenkt oder durch ihn hindurch gesehen, so wäre er sicher wieder gegangen. Aber sie sah ihn gelassen und nachdenklich an, weder einladend noch zurückweisend, es sei denn, das Interesse an ihm war schon eine Einladung. Ein bedrängter Mensch hat eben ein Auge für einen anderen in ähnlicher Not.

Der Ausdruck des Zögerns ging vorüber. Er kam rasch auf sie zu. In der einen Hand hielt er ein Whiskyglas, in der anderen eine kleine Flasche Ginger Ale. Mit seinem ausgestreckten Finger tippte er an die Stuhllehne und sah sie fragend an.

»Haben Sie etwas dagegen, wenn ich mich zu Ihnen setze?« Die Stimme klang leise, aber abgehackt, als müsse er sich zu jedem Wort zwingen.

»Bitte sehr, gern.«

Sie rückte ihr Glas zur Seite, damit er auf dem kleinen Tisch für Flasche und Whiskyglas Platz fand. Die Tischplatte war aus gehämmertem Messing, sah aber mehr nach Birmingham als nach Benares aus. Er betrachtete sie eine Sekunde lang ungläubig, dann setzte er sich und hob den Blick.

»Ich bin durchaus Ihrer Meinung«, sagte Bunty. »Der

Tisch ist häßlich, aber man kann wenigstens etwas darauf abstellen.«

In seinem Gesicht leuchtete es auf; für einen kurzen Augenblick wurden die harten Linien um seinen Mund etwas weicher, und in seinen durchdringenden Augen flackerte ein winziger Funke, erlosch aber sofort wieder.

»Sie sehen nicht aus, als ob sie hierher gehörten. Warum sind Sie hier?« fragte er dann. Er überlegte nicht lange, was er sagte, sondern sprach in kurzen, abgehackten Sätzen, die förmlich aus seinem verkrampften Inneren hervorbrachen. Zuerst fiel ihr das Wort ›gewaltsam‹ ein, aber sie wies es nach einigem Überlegen zurück. ›Erregt‹ kam der Sache näher. Er hatte nichts Aufdringliches an sich und war ganz bestimmt nicht auf eine leichte Eroberung aus.

»Weil ich allein war«, antwortete sie genauso direkt. »Und warum sind Sie hier?«

»Aus demselben Grund, nehme ich an. Und weil ich etwas zu trinken brauchte.«

Das schien die volle Wahrheit zu sein. Der Whisky rief eine etwas wärmere Tönung seiner starren Maske hervor, und die gefrorenen Linien schienen jetzt wenigstens formbar zu werden.

»Haben Sie etwas dagegen, wenn ich mit Ihnen rede? Wenn Sie es wünschen, bin ich gleich wieder still.«

Sie sagte nichts dazu. Nach einigem Überlegen meinte sie: »Ich bin spazierengegangen, weil es mir zu Hause zu still wurde. Und hier bin ich hereingekommen, weil es draußen noch stiller war.«

Er gab einen kurzen, rauhen Laut von sich, der vielleicht nach einem Lachen geklungen hätte, wenn er nicht so verkrampft gewesen wäre. »Das ist hier zumindest nicht der Fall. Oder würden Sie das still nennen? Eine brüllende Stille vielleicht?« Das Stimmengewirr strebte einem Höhepunkt zu, weil das Lokal in einer halben Stunde schließen würde. Der junge Mann sah sich einen Augenblick an der Bar um und wandte sich dann wieder bewußt und mit großen Augen Bunty zu. »Dann haben wir doch etwas gemeinsam«, sagte er, ohne den Blick von Buntys Gesicht zu wenden. »Auch Sie haben nicht damit gerechnet, allein zu sein.«

»Nein«, gab sie zu und überlegte, wie anders doch eine Geburtstagsfeier hätte ausfallen können. »Nein, ich habe nicht damit gerechnet, allein zu sein.«

»Ich auch nicht. Ich bin unterwegs nach Norden«, sagte er und drehte nervös sein Glas zwischen den Fingern. »Fürs Wochenende. Hat jetzt aber auch nicht mehr viel Sinn. Wir sollten eigentlich zu zweit sein, aber nun ist alles kaputt.« Er hielt das Glas plötzlich still und starrte es an. »Vermutlich sollte ich jetzt lieber aufhören, aber ich brauche noch einen. Mir fehlen immer noch zwanzig Prozent zum Menschsein. Darf ich Ihnen noch ein Glas bestellen? Oder möchten Sie lieber einen kurzen Drink?«

»Danke, noch ein Glas wäre ganz gut.«

Sie sah ihm nach, wie er sich einen Weg zur Bar bahnte, und wußte, daß sie mit voller Überlegung handelte. Warum? Vielleicht, weil eine Zurückweisung ihn wieder in seine Einsamkeit gestoßen hätte oder weil sie dann den Kontakt mit ihm verloren und in ihre eigene Einsamkeit zurückgefallen wäre? Was sie beide brauchten, war eine Art doppelter Monolog, zwei Spuren, die im Dunkel nebeneinander herliefen. Aber schon der Anblick eines anderen menschlichen Gesichts ist beruhigend für jemanden, der allein in der Nacht wach ist. Jeder brauchte den anderen, warum sollte sie die Gelegenheit nicht wahrnehmen?

Er kam mit den beiden gefüllten Gläsern wieder zurück und balancierte sie durch die in Bewegung geratene Menge.

»Tut mir leid, daß Ihr Wochenende verdorben ist«, sagte sie

und wählte ihre Worte bedächtig, weil sie ihn nicht noch mehr verletzen wollte: »Aber es gibt doch noch andere Mädchen.«

Er setzte gerade die beiden Gläser ab. Zum erstenmal sah sie seine Hand zittern. Sie hob überrascht den Kopf, sah seine Augen ganz nahe – plötzlich leblos gewordene dunkle Glassplitter in einem grauen, erstarrten Gesicht. Er setzte sich langsam hin; dabei ging eine solche innere Spannung von ihm aus, daß die Luft förmlich zu vibrieren schien.

»Wer hat denn von einem Mädchen gesprochen?«

»Es gibt nur zwei Möglichkeiten«, sagte sie geduldig. »Ich hatte also eine fünfzigprozentige Chance, bei dem Geschlecht Ihrer Begleitung für das Wochenende richtig zu tippen.«

Er holte tief Luft und entspannte sich ein wenig. Mißtrauen flackerte in seinen Augen auf. »Ja – das war wohl nicht schwierig.« Er sprach die Worte Silbe für Silbe bedächtig aus, als müsse er sich im Dunkeln seinen Weg ertasten. »Aus, vorbei«, sagte er. »Ich kann nicht behaupten, daß es mich unvorbereitet traf; mindestens ein halbes Dutzend meiner Freunde hat mich gewarnt, daß sie mich an der Nase herumführte, aber ich wollte es nicht wahrhaben.«

»Es kann ja trotzdem sein, daß Sie recht haben und die anderen sich irren«, sagte Bunty sachlich.

»Ausgeschlossen. Ich wurde ja regelrecht mit der Nase darauf gestoßen. Aus, vorbei für immer.«

»Vielleicht spricht mehr zugunsten dieses Mädchens, als Sie jetzt glauben. Ihre Gefühle können sich ändern. Bei etwas gutem Willen könnten Sie sich wieder vertragen.«

»Nein«, antwortete er ruhig, aber nachdrücklich. »Das ist vorbei. Sie wird keine Gelegenheit mehr bekommen, mich für dumm zu verkaufen.«

»Dann kann ich nur wiederholen: Es gibt auch noch andere Mädchen.«

Er hörte ihr nicht zu. Zweifellos vernahm er ebenso deutlich ihre Stimme wie seine blaugeränderten Augen ihr Gesicht wahrnahmen, aber er sah und hörte nichts als den eigenen Schmerz. Bunty war nur ein Gefäß, das sein überquellendes Leid aufnahm.

»Wir hatten uns erst vor zehn Tagen verlobt«, erzählte er. »Weiß der Himmel, warum sie ja gesagt hat, obgleich sie die ganze Zeit über einen anderen an der Leine hatte. Ich weiß nicht, was sie wollte – mich jedenfalls nicht.«

»Das kommt vor«, sagte Bunty. »Wenn man sich an einen anderen Menschen bindet, geht man das Risiko ein. Man kann es nie im voraus wissen.«

»Sie hat es genau im voraus gewußt«, sagte er verbittert.

»Dann hat sie es nicht ehrlich gemeint. Dann sind Sie jetzt besser dran.«

So leise, daß sie ihn kaum verstehen konnte, sagte er: »Ach Gott, was soll's denn schon – so oder so.« Für einen Augenblick glaubte sie schon, er werde ohnmächtig, und packte ihn beim Arm. Es war kein zögerndes Berühren, sondern ein fester Griff, mit dem sie ihn in die Wirklichkeit zurückschüttelte. Er hob ruckartig den Kopf und starrte sie benommen an. Für ein paar Sekunden musterten sie einander so eindringlich, daß keiner jemals wieder das Gesicht des anderen vergesssen würde, gleichgültig unter welcher Maske dieses sich verbarg.

»Hören Sie«, sagte Bunty ruhig. »Sie können doch heute nacht nicht mehr Auto fahren. Gehen Sie nach Hause, legen Sie sich schlafen, betrinken Sie sich, besorgen Sie sich meinetwegen ein anderes Mädchen. Tun Sie irgend etwas, nur geben Sie sich selbst eine Chance. Davon geht die Welt nicht unter – oder der Teufel soll sie holen! Sie haben Ihr Leben noch vor sich, und Sie sind nicht diesem Mädchen verpflichtet, sondern ein wenig uns allen, am meisten aber sich selbst. Wenn Sie untergehen, bedeutet das für uns alle einen Verlust.«

Sie fragte sich, ob er sich wohl klarmachte, daß sie mindestens zwölf Jahre älter war als er. Sie fühlte sich um mindestens zwanzig Jahre älter, aber jetzt wußte sie nicht mehr genau, ob sie gefühlsmäßig nicht sogar gleichaltrig waren. Hier handelte es sich um keinen Jugendschmerz, sondern um das Leid eines reifen Mannes, ein Leid, von dem die Luft zu erzittern schien, selbst wenn das Gebrabbel ringsum unvermindert weiterging, oberflächlich und gleichgültig, ein Hintergrund von Trivialität.

»Es ist das Ende der Welt«, sagte der junge Mann leise und schlicht. »Aber das verstehen Sie nicht.«

Die Uhr hinter der Bar schlug mit silbrigem Klang.

»Sperrstunde!« rief der Barmixer mit ähnlich melodischer Stimme. »Zeit, meine Herrschaften, Sperrstunde!«

Sie verbrachte ein paar unnötige Minuten in der Garderobe, richtete ihr Haar, legte noch etwas Lippenstift auf – nicht so sehr, um ihm zu entkommen, sondern um ihm die Chance zu geben, ihr zu entrinnen, falls er es wünschte. Männer bedauern es viel leichter als Frauen, wenn sie etwas zu viel gesagt haben. Vielleicht zog er es jetzt, wo er einen Teil seiner Bürde abgeladen hatte, vor, in der Dunkelheit zu verschwinden und nie wieder an Bunty zu denken. Aber als sie dann aus dem beleuchteten Tor mit den silbern schimmernden Neonsternen trat, wartete er auf sie, ein schlanker, stiller Schatten an der Begrenzung des Parkplatzes. Sie war weder überrascht noch beunruhigt.

»Sind Sie zu Fuß hier? Dann darf ich Sie vielleicht mit meinem Wagen nach Hause bringen?«

»Das wäre ein Umweg für Sie«, sagte sie freundlich. »Ich wohne in Comerford, und Sie fahren vermutlich in Richtung auf die M 6.«

»Drei Meilen mehr oder weniger machen auch nichts mehr

aus. Mich erwartet ja niemand«, sagte er gepreßt. Sie gewöhnte sich allmählich an diesen Ton, wenngleich er sie immer noch befremdete, denn trotz aller unterdrückten Verzweiflung klang seltsamerweise keine Spur von Selbstmitleid heraus.

»Wenn Ihnen der Umweg nichts ausmacht, werde ich Ihr Angebot gern annehmen.« Warum auch nicht? Er wollte ja nichts weiter, als sich für ein paar Minuten seine steifen Hände an einem kleinen Feuer wärmen. Sie war eine erfahrene Frau, selbstbewußt und ausgeglichen, sie brauchte nicht zu fürchten, daß ihr die Situation entgleiten könnte. Sie war alt genug, ihm menschliche Nähe zu bieten, ohne mißverstanden zu werden.

Seine Hand berührte höflich ihren Ellbogen, als sie zu seinem Wagen hinübergingen, aber nur ganz leicht und vorsichtig, als habe er Angst davor, das Quentchen Trost zu zerstören, das sie ihm gab. Der große, geteerte Parkplatz leerte sich jetzt rasch; die letzten Wagen glitten zwischen den weißgestrichenen Pfosten der Ausfahrt hindurch.

»Da sind wir schon.«

Er öffnete die Wagentür, ließ Bunty einsteigen und schloß sie wieder. Der Wagen war groß, aber nicht mehr neu. Keineswegs auffällig, aber unter dem sparsam verchromten Gehäuse lag ein offenbar ziemlich starker Motor verborgen, den er sehr wohl zu bändigen wußte. Bunty hatte zwar kein technisches Verständnis, aber ein Gefühl für überlegene Sicherheit.

»Müssen Sie noch weit fahren?« fragte sie und beobachtete das gespannte Profil neben sich, das von den vorbeihuschenden Lichtern der letzten Straßenlampen zeitweilig beleuchtet wurde.

»Ungefähr dreihundert Meilen. Ich werde aber nicht allzulange brauchen. Nachts kommt man schnell voran.«

»Vielleicht. Trotzdem sollten Sie lieber schlafen gehen. Ich habe ein ungutes Gefühl bei dem Gedanken, daß Sie in Ihrem augenblicklichen Zustand noch so weit fahren wollen.«

»Was heißt hier Zustand?« verteidigte er sich. »Ich bin doch nicht betrunken.«

»Das weiß ich, ich hab's auch nicht so gemeint. Aber Sie haben doch jedenfalls kein so langes Wochenende vor sich, daß sich die weite Reise lohnt. Es ist schon beinahe Sonntag. Und Sie sagten ja selbst, daß niemand Sie erwartet.« Das Schweigen war schmerzlich, aber nicht feindlich. »Werde ich zu aufdringlich?« fragte sie leise.

»Nein.«

Zum erstenmal hörte sie Wärme aus seiner Stimme heraus.

»Sie sind sehr gütig, aber ich muß fahren. Ich kann jetzt nicht hierbleiben. Außerdem habe ich noch ein wenig Zeit, denn ich muß erst Mittwoch wieder zurück sein. Machen Sie sich keine Sorgen, ich komme schon zurecht.«

Plötzlich fragte sie: »Wann haben Sie zuletzt gegessen?«

Erstaunt grub er in den Tiefen seiner Erinnerung und gab mürrisch zu: »Ich weiß es gar nicht. Doch, warten Sie – heute mittag ...«

»Und seitdem nichts mehr?«

»Nein, ich glaube nicht. Ich hatte aber auch keinen Hunger.«

»Kein Wunder, daß Sie so elend aussehen«, stellte sie sachlich fest. »Glauben Sie mir, für eine so lange Reise brauchen Sie etwas zu essen. Mit ein bißchen Unterlage im Magen werden Sie auch die zwei Whiskys besser vertragen. Wenn Lennie seinen Stand noch nicht geschlossen hat, holen wir uns unterwegs ein paar Sandwiches und eine Tasse Kaffee.«

»Ich glaube, das wäre eine gute Idee«, gab er zu.

Vor ihnen blinkten die Lichter von Comerford wie orangefarbene Sterne vor einem feuchtschwarzen Himmel. Der alte

Lennie hatte am Samstagabend seinen Verkaufswagen immer auf dem schmalen Vorplatz vor dem alten Markt aufgestellt und machte sein Geschäft mit den Leuten, die spätabends aus der Bingohalle und dem Billardklub kamen. Alle neueren Häuser und das Geschäftsviertel lagen am anderen Ende der Stadt, aber auf diese Weise kamen die Leute doch gelegentlich über den Fluß in das alte, ursprüngliche Dorf. Die quadratische Kapelle der Baptisten, vor hundert Jahren aus blaßgrauen Ziegeln errichtet, blickte zwischen den Baumwipfeln auf den Fluß hinunter. Nachdem sie die leicht gewölbte Brücke hinter sich gelassen hatten, sahen sie schon von weitem den weißgestrichenen Verkaufswagen unter einer Straßenlampe stehen; auch im Wagen brannte noch Licht.

»Halten Sie einen Augenblick, und lassen Sie mich aussteigen«, sagte Bunty. »Ich will mal sehen, was er noch hat. Hier können wir nicht parken, aber unten am Fluß können Sie wenden, und dort können wir auch in aller Ruhe essen.«

Nach zwei Minuten kam sie mit zwei Papiertüten und einem Pappbecher voll Kaffee zurück.

»Gut, daß Lennie mich kennt, sonst hätte er mir nichts mehr verkauft. Er hatte schon Kasse gemacht.«

Der alte Mann humpelte aus seinem Verkaufswagen, um die Läden herunterzulassen, aber er blieb neugierig stehen und starrte seiner Kundin unverhohlen nach. Er beobachtete, wie der Wagen zum Park am Flußufer hinunterglitt.

»Hier dürfen Sie überall halten. Es ist keine Durchgangsstraße, sie führt da vorn auf die Hauptstraße zurück.«

In dieser Gegend standen auch keine Häuser, deshalb fehlten die Autos an der Bordsteinkante, eine unvermeidbare Begleiterscheinung der Verstädterung. Jenseits der Straße glänzte matt der Fluß. Nachdem der junge Mann den Motor abgestellt hatte, wurde es sehr, sehr still, als ob die Zeit stehengeblieben sei.

Plötzlich spürte sie, wie er neben ihr zu zittern anfing; es kam ganz plötzlich, als er die Hände vom Steuer nahm und seine Konzentration nachließ. Eine ganze Minute lang konnte er den Schüttelfrost nicht unterdrücken, der ihn durchbebte.

Bunty reichte ihm den Pappbecher mit Kaffee, schloß ihre Finger um seine Hand und führte den Becher an seine Lippen. Er trank gehorsam, dann holte er tief und vorsichtig Luft, stieß sie in einem erleichterten Seufzer wieder aus und entspannte sich ein wenig.

»Tut mir leid ... Mir fehlt nichts, aber ich bin vielleicht doch müder, als ich dachte.«

»Essen Sie wenigstens etwas, und ruhen Sie ein wenig aus.« Sie legte ihm die Papiertüten mit Wurstbrötchen und Schinkensemmeln auf die Knie und sah ihm beim Essen zu. Zuerst zeigte er nur wenig Interesse, aber dann schlang er alles mit einer Gier hinunter, als hätte er in diesem Augenblick erst entdeckt, was essen ist. »Sehen Sie, Sie waren doch hungrig.« Sie nippte an ihrem halbleeren Pappbecher und musterte stirnrunzelnd die Silhouette an ihrer Seite. »Sie können so einfach nicht weitermachen, das wäre verrückt.«

»Vielleicht bin ich verrückt«, entgegnete er trotzig. »Ist Ihnen dieser Gedanke noch nicht gekommen? Mit dem Essen hatten Sie allerdings recht. Jetzt müssen Sie mir nur sagen, was ich Ihnen dafür ...«

»Das ist meine Runde«, schnitt ihm Bunty das Wort ab. »Sie haben mir dafür mein Glas Ale bezahlt.«

Er stritt nicht mit ihr. Mit einem gewaltigen Seufzer, der ihn von Kopf bis Fuß durchbebte, streckte er sich aus und lehnte die Stirn gegen das Seitenfenster. Seine Hand zerknitterte die leeren Papiertüten und blieb dann auf seinem Knie liegen.

»Besser?«

»Viel besser!«

»Dann hören Sie mir zu. Sie sollten heute nacht nicht mehr weiterfahren. In Ihrem erschöpften Zustand wäre das gegenüber anderen Verkehrsteilnehmern nicht fair. Wenn Ihnen unterwegs schlecht wird, was dann?«

»Mir wird unterwegs nicht schlecht«, sagte er und gähnte. »Ich kann's mir einfach nicht leisten.« Aus dem Ton grimmiger Entschlossenheit wurde ein müdes Murmeln. Er gähnte noch einmal. »Mir bleibt gar nichts anderes übrig«, murmelte er.

Sie blieb eine ganze Weile regungslos sitzen und hätte ihm gern noch mehr gesagt, aber dann dachte sie: Es geht mich ja schließlich nichts an. Im gleichen Augenblick wurde ihr jedoch klar, daß das nicht stimmte. Und nun wußte sie nicht, was sie mit ihm machen sollte. Wenn man jemanden zu sich eingeladen hat, kann man ihn nicht wieder hinauswerfen, andererseits kann man einen Gast auch nicht gegen dessen Willen festhalten. Wenn er fahren wollte, dann sollte er ruhig fahren; sie durfte ihn nicht daran hindern, selbst wenn sie es gekonnt hätte. Erst jetzt ging ihr auf, daß sie während der letzten eineinhalb Stunden sich und ihre Sorgen völlig vergessen hatte.

Der gleichmäßige Rhythmus seines Atems riß sie aus ihrem Grübeln. Das Glas vor seinem Mund beschlug: Er war eingeschlafen. In seiner schlaffen Hand lag immer noch das Papierknäuel. Sie nahm es ihm behutsam ab und legte es in den Pappkarton. Er regte sich nicht.

Es hatte nun doch den Anschein, als könne sie nichts mehr tun. Sie wollte ihn auch nicht wecken, denn Schlaf war wohl das, was er im Augenblick am dringendsten nötig hatte, und vielleicht war er nachher vernünftig genug, nach Hause zurückzukehren. Und du könntest schließlich dasselbe tun, sagte sie sich. Sie hatte es nicht weit von hier, höchstens zehn Minuten. In gewisser Weise bedauerte sie es, sich ohne ein

Lebewohl davonzuschleichen, aber solche Begegnungen beendet man am besten ohne jede Zeremonie, ohne Formalität.

Sie wartete noch eine Weile, aber er schlief tief und fest. Es hatte aufgeklart, am Himmel standen Sterne, und die Morgenkühle würde die Feuchtigkeit als Reif niederschlagen. Es ist nicht gut, eine solche Nacht im Wagen zu verbringen. Vielleicht hatte er irgendwo eine Decke. Sie schaute sich um, aber auf dem Rücksitz lag nur ein Koffer. Vielleicht fand sie im Kofferraum eine Decke. Unter dem Lenkrad baumelte der Schlüsselbund. Wenn sie nach etwas suchte, womit sie ihn zudecken konnte – würde er das als einen Bruch der unausgesprochenen Übereinkunft zwischen ihnen betrachten?

Sie überlegte eine Weile, aber dann gefiel ihr der Gedanke gar nicht, daß er im frostigen Morgengrauen halb erstarrt aufwachen sollte. Sie zog die Schlüssel ab, öffnete die Wagentür und lehnte sie wieder an. Ihr Begleiter wachte nicht auf.

Der Kofferraum ragte schwarz vor ihr auf. Das Licht genügte, um das Schlüsselloch zu finden, und der zweite Schlüssel paßte. Mit leisem Knarren klappte der Deckel hoch. Die Sterne leuchteten ein wenig in das dunkle Loch, das vor ihr gähnte, aber sie konnte nur vage Umrisse unterscheiden. Ihre Hand berührte etwas Wolliges, Weiches, aber darunter spürte sie einen härteren Gegenstand. Ihre Hand tastete daran entlang und umfaßte dann etwas sehr Steifes.

Im ersten Augenblick war ihr noch nicht klar, was sie da festhielt. Dann riß sie erschrocken ihre Hand zurück, tat einen scharfen Atemzug und hatte das Gefühl, als schlage ihr Grabeskälte entgegen. Der dunkle Umriß im Kofferraum bewegte sich mit kaum hörbaren Geräuschen, wandte sich ihr zu und schien ihr entgegenklettern zu wollen. Aus einem Ärmel ragte die marmorne Hand, die sie vorhin berührt hatte. Etwas Blasses, Seidenweiches fiel über Buntys Finger. Langes, blondes Haar.

Das Mädchen, das zusammengekrümmt zwischen Werkzeugkasten und Reserverad lag, war tot und wurde bereits steif. Bis zu der unbeabsichtigten Berührung mußte es dagelegen haben wie ein schlafendes Kind. Der dunkle Mantel war nicht zugeknöpft und ließ darunter einen cremefarbenen Pullover, auf dem Pullover einen kleinen, runden, dunklen Fleck auf der Brust erkennen; verkrustet und ausgezackt – der einzige Hinweis auf die Todesart. Bunty krümmte sich, schlug die Hände vor den Mund und starrte, benommen vor Entsetzen, in den Kofferraum.

Deshalb also würde das Mädchen keine Gelegenheit mehr haben, ihn noch einmal zu versetzen. Deshalb mußte er noch in dieser Nacht unter allen Umständen fliehen.

Auf diese Weise also hatte der Streit geendet.

3

Eine Hand griff ihr über die Schulter und schlug den Kofferraumdeckel zu. Falls es tatsächlich einen Augenblick gegeben hatte, in dem sie noch hätte fliehen und zwischen den Büschen verschwinden können – jetzt war er vorüber, unwiederbringlich verloren, während sie dastand, sich nicht rühren, nichts sagen konnte, alle Sinne verwirrt vor Entsetzen.

Sie hatte nichts gehört und nichts weiter bemerkt als den schlanken, verkrümmten Körper vor sich. Aber irgend etwas mußte ihn geweckt haben; vielleicht der kalte Luftzug, als die Tür aufging, das leise Knacken des Kofferraumschlosses, vielleicht auch ein unterbewußter Selbsterhaltungstrieb, der ohne Unterstützung der fünf Sinne funktionierte. Er stand hinter ihr, wich vor ihrer ausgestreckten Hand zurück und trat dann zollweise zur Seite, damit sie die kleine

Pistole in seiner Hand sehen konnte, aber niemand anders, der vielleicht ausgerechnet in dieser Sekunde vorbeikommen konnte. Der Lauf zeigte genau auf ihr Herz, und die Hand mit der Waffe zitterte nicht. Vor ihnen, verborgen, aber dennoch gegenwärtig, lag der Beweis dafür, daß er die Waffe sehr wohl zu handhaben wußte.

»Bleiben Sie ruhig«, sagte er mit drohender Stimme, die fast schon hysterisch klang. »Ein Geräusch oder eine Bewegung – und ich bringe Sie um.«

Sie war totenstill und bewegte sich nicht. Alle ihre Sinne waren umnebelt, aber irgendwo in ihr regte sich ein Rest wacher Intelligenz, der sie vor eventuellen Fehlern bewahrte.

»Mein Gott, mein Gott«, flüsterte er mit hoher Stimme, mehr zu sich selbst als an sie gewandt. »Warum haben Sie das getan ... Warum haben Sie das nur getan?«

Ja, dachte sie dumpf wie eine Schlafwandlerin, warum, warum? Weil ich mich für dich verantwortlich fühlte! Das hat man davon, wenn man sich für jemanden verantwortlich fühlt! Sie hatte sich zu sehr in seine Angelegenheiten eingemischt. Aber jetzt gab es keinen Weg zurück, für ihn nicht und für sie nicht.

Sie sagte kein Wort. Sie hatte ihre Stimme noch nicht wiedergefunden und hätte auch beim besten Willen nicht um Hilfe schreien können, selbst wenn das runde schwarze Auge der Pistole sie nicht hypnotisch bedroht hätte. Schreien ist oft schwieriger, als man denkt. Erst wenn man selbst so etwas erlebt hat, weiß man, wie schwer es ist, an Gefahr und Tod zu glauben. Man glaubt erst daran, wenn man Zeit gehabt hat, sich an den Gedanken zu gewöhnen. Doch dann ist es zu spät, um noch etwas dagegen zu tun.

Aber das hier war Wirklichkeit. Sie lag nicht zu Hause in ihrem Bett. Es war kein böser Traum. Er stand vor ihr im weichen, undeutlichen Licht, bleich und zitternd, aber vollkommen wach und gefährlich. Seine dunkel geränderten Augen starrten sie hell und unpersönlich wie das Schicksal selbst aus einem schattenlosen, porzellanweißen Gesicht an, und der Revolver in seiner Hand war der dritte – nein, der vierte – Darsteller in dieser unwirklichen Szene.

Sie schaute herunter auf den geschlossenen Kofferraumdeckel und sah eine Strähne blonden Haares schimmern.

»Abschließen«, befahl er. Als sie sich mechanisch mit dem Schlüssel bückte, fügte er hinzu: »Nein – erst das Haar weg – alles ...« Seine Stimme klang dünn, rauh und schneidend wie zerbrochenes Glas.

Sie schob ungeschickt das weiche Haar zurück, in dem noch ein Funken Leben zu stecken schien. Dabei berührten ihre Fingerkuppen das kalte Gesicht. Die Kälte drang in ihren Körper ein, aber sie fühlte sich nicht abgestoßen, sondern ihre einzige Empfindung war Mitleid. Behutsam schloß sie den Deckel wie den eines Sarges und drehte den Schlüssel um. Langsam richtete sie sich auf und streckte dem Mann mit der Pistole den Schlüsselbund entgegen.

»Legen Sie die Schlüssel da auf den Kotflügel zwischen uns«, sagte er und zog sich einen Schritt aus ihrer Reichweite zurück. Selbst dabei bemühte er sich, kein unnötiges Geräusch zu verursachen. Er wollte sie in keine panikartige Reaktion treiben, die einen Schuß erforderlich machen würde.

Sie legte die Schlüssel auf den befohlenen Platz. Er griff mit der freien Hand danach und steckte sie ein, ohne die Frau einen Augenblick unbeobachtet zu lassen.

»Damit kein Mißverständnis aufkommt«, sagte er mit einer Stimme, die jetzt fester klang, »wenn Sie eine einzige falsche Bewegung machen, und sei es nur versehentlich, werde ich Sie töten. Sie haben mir ja keine andere Wahl gelassen. Und Sie wissen selbst, daß ich nichts zu verlieren habe.«

Ihr Verstand begann wieder zu funktionieren, zwar einigermaßen klar, aber mit der verdrehten Logik eines Traums. Sie nahm etwas wahr und handelte entsprechend. Er hatte tatsächlich nichts zu verlieren. Er stand mit dem Rücken zur Wand und war gefeit gegen Skrupel und Angst. Sie wollte auch keine falsche Bewegung machen. Sie sah ihn an, stand regungslos und aufmerksam da und sagte nichts.

»Steigen Sie wieder ein. Ich bleibe dicht hinter Ihnen.«

Sie drehte sich steif um und gehorchte wortlos der Bewegung des Revolvers. Langsam ging sie um den Wagen herum zur Beifahrerseite. Er durfte nicht den Eindruck gewinnen, daß sie fliehen wollte. Hätte der Wagen auf der anderen Straßenseite gestanden, so wäre vielleicht noch eine Möglichkeit gewesen, es zu riskieren, aber hier war auf ihrer Seite nur der schmale Pfad und dann die dichte Hecke – keinerlei Schutz.

Er folgte ihr Schritt um Schritt. Sie spürte in ihrem Rücken die Mündung der Waffe. Der kurze Weg schien eine Ewigkeit zu dauern. Dabei wurde sie sich schlagartig über ihre eigene Lage klar. Noch vor wenigen Stunden hatte sie alle Kraft zusammennehmen müssen, um mit der Erkenntnis fertig zu werden, daß die eine Hälfte ihres Lebens verronnen war, und nun mußte sie fürchten, mit einem einzigen gewaltigen Satz ans Ende der anderen Hälfte zu gelangen. Sie hatte den Tod unmittelbar vor Augen.

Kein Auto kam vorbei. Niemand kam den Weg entlang. Kein verspätetes Liebespaar bummelte durch die Nacht. Im Sommer hätte vielleicht noch Hoffnung bestanden, jetzt gab es keine. Sie war allein, und es gab nichts, was sie hätte tun können. Oder konnte sie vielleicht ein Zeichen hinterlassen?

Ihre Handtasche trug sie am Handgelenk, und das Öffnen hätte er sofort bemerkt. Doch ihr Portemonnaie steckte in der linken Manteltasche; hinter einem Sichtfenster standen auf einer Karte ihr Name und ihre Anschrift. Lebt wohl, ihr sieben Pfund und etwas Kleingeld! Doch was konnte ihr das Geld noch nützen? Wenigstens würde man auf diese Weise wissen, wo sie gewesen war.

Sie zog das Portemonnaie flink, doch vorsichtig hervor. Die baumelnde Handtasche verdeckte die Bewegungen ihrer Hand. Dann ließ sie es einfach neben sich auf den Grasstreifen fallen, der den Fußweg von der Straße trennte. Es machte nur wenig Geräusch, doch ließ sie absichtlich in diesem Moment ihren Fuß von der Bordkante abrutschen und stützte ihre Hand gegen das Auto, um sich festzuhalten. Der Mann hinter ihr zog scharf den Atem ein – Warnung, Erschrecken. Der Druck der Pistolenmündung jagte ihr einen eisigen Schauer über den Rücken.

»Seien Sie ja vorsichtig!«

Aber er meinte das Ausgleiten und nicht das Wegwerfen der Geldbörse. Er konzentrierte alle Aufmerksamkeit auf sie und hatte keinen Blick für das Gras an seiner Seite. Nun sollte das Schicksal entscheiden. Fand ein ehrlicher Mensch das, was sie zurückgelassen hatte, würde er versuchen, es ihr wiederzugeben, und wenn er sie unter der angegebenen Adresse nicht antraf, würde er seinen Fund zur Polizei bringen; dort würde man sich bestimmt Gedanken über ihre Abwesenheit machen. Wenn ein unehrlicher Mensch das Portemonnaie fand ... nun, um so schlimmer.

Er trat genau in dem richtigen Augenblick an ihr vorbei und öffnete ihr die Tür. Sobald sie saß, zog er die Tür zu und rannte um den Wagen herum zur anderen Seite. Er hatte kaum seine Hand von der Türklinke genommen, da griff sie wieder danach, riß an dem Hebel und warf sich mit der plötzlichen Leidenschaft der Erkenntnis gegen die Tür, daß es jetzt oder nie sein mußte. Hinausspringen, ums Leben laufen, zur Stadt ...

Die ersten entscheidenden Augenblicke würde der Wagen

selbst ihr Deckung bieten; er mußte von neuem zielen und hatte es eilig; vielleicht kam sie so davon.

Aber die Tür öffnete sich nicht. Der Griff ließ sich nicht nach unten drücken, sie vergeudete ihre Kraft. Der Wagen hatte einen Sicherheitsverschluß, mit dem sie nicht vertraut war, und sie hatte auch nicht bemerkt, daß er den Knopf niedergedrückt hatte, bevor die Tür zuschlug. Als sie ihn endlich fand und verzweifelt danach griff, saß er schon neben ihr auf dem Fahrersitz. Der Wagen schoß davon.

Die Wagentür auf ihrer Seite ging nicht auf, sie lockerte sich nur und klapperte. Er griff über sie hinweg und zog die Tür wieder fest. Sie hatte ihre einzige Chance vertan – falls es überhaupt eine war. Das wilde Anfahren drückte sie gegen ihren Sitz und warf sie halb gegen seine Schulter. Zu beiden Seiten huschten die Bäume vorüber. Jeder Versuch, jetzt aus dem Wagen zu springen, wäre glatter Selbstmord gewesen.

So saß sie da, hatte ihre Hände verkrampft im Schoß liegen und sah zum erstenmal vor sich die volle Wahrheit – so dicht vor Augen, daß sie nichts anderes mehr sah. Welche Rolle spielte es schon, ob ihre Geldbörse gefunden wurde? Oder ob weiß Gott wie viele Polizisten morgen nach ihr suchten? Niemand würde sie mehr rechtzeitig erreichen. Sie war absolut auf sich allein gestellt, und die Zeit, die ihr noch blieb, war knapp.

Was blieb diesem Mann denn anderes übrig, als sich der einzigen Zeugin zu entledigen?

Er bog rasch und sicher in die Hauptstraße ein, ohne auch nur einen Moment zu zögern, so daß ihr Verstand, der trotz des Schocks mit frostiger Klarheit funktionierte, zu der Gewißheit gelangte, er mußte die Stadt gut kennen. Dann fielen ihr die Ampeln ein. Es gab keine Möglichkeit, die Kreuzung mitten in Comerford zu umgehen. Und falls er es nicht wußte, sie wußte es: Dort stand am Samstagabend für gewöhnlich ein Streifenbeamter und behielt unauffällig alles im Auge, bis die Stammgäste der Espressobar und die Motorradhelden sicher in ihren Betten lagen. Das geschah selten vor Mitternacht. Wenn die Ampel gerade rot zeigte …

Auf dem Bürgersteig standen noch ein paar junge Leute herum, die sich geräuschvoll und fröhlich voneinander verabschiedeten. Der Wagen rollte auf die Kreuzung zu. Im ›Regal‹ wurde noch getanzt, und vor dem Schaufenster des Juweliergeschäfts lehnte der Streifenbeamte Peter Hillard, schaute ins Leere und sah doch alles. Sein Gesicht trug den üblichen täuschenden Ausdruck wohlwollender Dummheit. Wenn die Ampel auf Rot stand … Er würde nicht auf sie schießen, ihr nicht nachrennen. Aber vergiß diesmal nicht das Sicherheitsschloß …

Dicht vor ihnen sprang die Ampel auf Rot um. Die Hoffnung überfiel sie fast wie ein Krampf. Sie beugte sich ein wenig vor und riß sich zusammen, als der Wagen langsamer wurde und vor der Ampel ausrollte. Plötzlich spürte sie einen leichten Stoß in der Seite, der sie an den schwarzen Lauf und das bläuliche, böse Auge der Pistole erinnerte.

»Nicht!« sagte er und hielt mit der rechten Hand das Lenkrad. »Mich erledigen Sie damit vielleicht, aber ich erledige Sie zuerst.«

Er hatte genau erkannt, was sie beabsichtigte. Entweder rechnete er ohnehin damit, oder ihre innere Spannung war so deutlich gewesen, daß es keiner Worte bedurfte. Ihr trug die ganze Szene nichts ein als eine weitere seltsame Entdeckung über ihn: Er war Beidhänder und konnte sie ebenso leicht mit der linken wie mit der rechten Hand erschießen. Ihr blieb jetzt die Wahl, ob sie an Ort und Stelle sterben wollte oder später, wobei sie an eine Chance nicht mehr so recht glaubte.

Was sie nun tat, entsprang weniger der Überlegung, sondern einem Impuls, über den sie sich in der kurzen Zeit kaum selbst klar wurde. Der Wagen hielt gerade an, Hillard sah zu ihnen herüber, konnte sie aber von der anderen Straßenseite her nicht erkennen. Die Autonummer ließ sich von dort aus aber bestimmt ohne Schwierigkeiten ablesen, falls es nötig sein würde.

Sie drehte sich um, warf einen Blick durchs Rückfenster und stieß einen Schrei höchster Schadenfreude aus. »Da hält ein Streifenwagen hinter uns. Einer steigt schon aus ...«

Vorhin riskierte sie schon einmal den Tod, doch jetzt tat sie es auf andere Weise. Der Mann am Steuer trat so heftig auf das Gaspedal, daß sie in ihrem Sitz zurückgepreßt wurde, sich fast das Genick verrenkte und Punkte vor ihren Augen tanzen sah. Licht und Dunkelheit flackerten wild an ihr vorüber, als der Wagen mit hoher Geschwindigkeit über die Kreuzung schoß.

Ein schwerer Lastwagen, der Vorfahrt hatte, mußte hart bremsen, die breiten Reifen rauchten auf der vom Frost getrockneten Teerdecke. Aber der junge Mann kam ungeschoren durch und fegte mit Höchstgeschwindigkeit die bescheiden beleuchtete Hawkworth Road entlang. Bunty klammerte sich an der Kante ihres Sitzes fest, schnappte nach Luft und brach unwillkürlich in ein mattes Gelächter aus, als sie sich etwas erholte – es war mehr Erleichterung als Triumph.

Nein, das durfte sie nicht wieder machen! Wenn sie nur überlegt hätte, so wäre sie ein solches Risiko nie eingegangen. Es war ein Wunder, daß die Waffe in seiner Hand nicht losgegangen war; denn seine heftige Reaktion zeigte ihr deutlich, wie nahe er einer Kurzschlußhandlung war. Bei einem flüchtenden Mörder muß man mit überreizten Nerven rechnen. Und wenn er einen kühlen Kopf behalten und in den Rückspiegel gesehen hätte, statt bei ihrem Ausruf sofort aufs

Gas zu treten, wäre er vielleicht unbehelligt durch Comerford hindurchgekommen.

»Der Teufel soll Sie holen«, ächzte die Stimme neben ihr bitter. Die Wut schüttelte ihn. »Verdammt! Es gab überhaupt keinen Streifenwagen.«

»Jetzt wird aber bald einer kommen«, sagte sie.

Wenn Hillard wirklich die Nummer ihres Wagens nicht notiert hatte, so würde es bestimmt der Fahrer des Lastwagens getan haben. Und war damit etwas gewonnen? Vielleicht ja, wenn Hillard schnell handelte. Wenn der Flüchtige in Richtung auf die M 6 davonjagte, konnte er kaum den Ort Hawkworth umgehen – also genug Zeit für Hillard, die dortige Polizeistation über Telefon zu benachrichtigen. Und vielleicht konnten die sogar eine Straßensperre errichten. Die Polizei achtete scharf auf Raser, und ihre Fahrt durch Comerford war auffällig genug gewesen.

Wenn ihr das alles klar war, so mußte er das auch erkennen. Er schien sich über sein auffälliges Verhalten auch keinem Zweifel hinzugeben, denn er fuhr mit aller Konzentration, um Hawkworth so schnell wie möglich zu erreichen und hinter sich zu lassen. Doch wenn sie Glück hatte, würde er es doch nicht mehr schaffen, selbst bei dieser irrsinnigen Geschwindigkeit.

Im Augenblick war sie nichts als ein Fahrgast – ruhig und still aus reinem Selbsterhaltungstrieb. Er hatte die Waffe noch immer schußbereit in der linken Hand, sogar beim Steuern. Und bei der geringsten Bedrohung konnte er davon Gebrauch machen. Sie saß angespannt und schweigend da und wartete auf den ersten hellen Lichtschimmer von Hawkworth.

Sie erreichten die hell beleuchtete Stadteinfahrt; er fuhr mit unverminderter Geschwindigkeit weiter. Hin und wieder sah sie im Licht der Straßenlampen sein Gesicht – steinern, voll nervöser Anspannung, Schweißperlen glitzerten auf Stirn und Lippen. Plötzlich trat er auf die Bremse, doch mit solcher Geschicklichkeit, daß ihr keine Hoffnung blieb. Er blieb mit dem Wagen einfach auf der Straßenmitte. Er hatte die Straßensperre schon gesehen, bevor sie etwas merkte. Hillard hatte sie also doch nicht enttäuscht! Die Polizei hatte die Straße hier an der Stadteinfahrt zur Hälfte gesperrt. Aber eben nur zur Hälfte! Und er würde einfach durchfahren, das spürte sie instinktiv.

Hinter der weißen Barriere auf der linken Straßenseite kam ein junger Streifenbeamter hervor, stellte sich mitten in die Fahrbahn und winkte ihnen, langsam zu fahren. Bunty hörte den Mann neben sich hart schlucken, dann spürte sie, wie sein Fuß das Gaspedal niedertrat.

Der junge Mann in Uniform stand gelassen mitten in der freien Durchfahrt. Diese Gelassenheit, dieses Vertrauen auf das Gesetz, das er vertrat, ließ einen warnenden Schrei in ihrer Kehle aufsteigen, aber sie unterdrückte ihn. Sie wollte ihre Augen schließen, doch das war unmöglich. Fasziniert starrte sie auf die junge Gestalt. Sie sah das Gesicht auf sie zukommen, sah den Wechsel von freundlicher Ruhe in ungläubiges Staunen und dann in jähes Erschrecken, als der Wagen direkt darauf zuhielt.

Im letzten Augenblick wurde das Steuer heftig zur Seite gerissen. Der Beamte sprang zurück. Der Wagen schlingerte an ihm vorbei und raste davon. Nur um wenige Zentimeter hatten sie den jungen Mann verfehlt, und zwischen den Wagen und die Straßenlampe auf der anderen Seite hätte nicht mal eine Zeitung gepaßt. Bunty stieß einen Schrei aus, krallte sich fest, kniete auf dem Sitz und starrte durch das Rückfenster. Der Polizeibeamte rappelte sich gerade vom Boden hoch. Der Streifenwagen auf der Seite hatte wohl kaum mit Schwierigkeiten gerechnet; er schoß hinter ihnen her, doch zu spät, sie für länger im Auge zu behalten, da er sie bei ihrer wahnwitzigen Geschwindigkeit von fünfundsiebzig Meilen, mit der sie durch die schlafende Stadt jagten, nicht überholen konnte.

Sie glitt erschöpft in ihren Sitz zurück, kraftlos lag sie neben ihrem Feind. Seine Augen beobachteten aufmerksam die Straße vor ihm und den Rückspiegel. Er nahm keine Notiz von ihr, als wäre sie überhaupt nicht da. Er war nur noch eine Maschine, eine Maschine, die fuhr – präzise, sicher, dämonisch. Schön, die Polizei wußte nun, was sie zu tun hatte. Dieser Mordversuch genügte. Hier ging es nicht mehr um gefährliches Fahren oder Nichtbeachtung von Ampeln. Jetzt wurde die Jagd ernst.

Wenn sie der Streifenwagen, der sie jetzt in gleichbleibendem Abstand verfolgte, nicht spätestens kurz vor der Schnellstraße stoppen konnte, dann – ja, dann war sie so gut wie tot.

Er schüttelte den Streifenwagen auf den kleinen Landstraßen zwischen Hawkworth und der M 6 ab. Jetzt zweifelte sie nicht mehr daran, daß er hier aus der Gegend stammen mußte, zumindest hatte er lange genug hier gewohnt, um die Straßen zu kennen wie seine eigene Westentasche, besser jedenfalls als die Polizisten. Sie erreichten die Schnellstraße über eine kleine, ruhige Zufahrt, weit entfernt von der Stadt. Wie ein Teufel fuhr er auf der Überholspur dahin. Wer wollte ihn schon zur Einhaltung der Höchstgeschwindigkeit zwingen? Einer Begrenzung, die ohnehin unsinnig war, zumal in dieser klaren, sternhellen Nacht mit nur wenig Verkehr auf der Straße. Was auch immer er sein mochte oder nicht sein mochte – er war ein großartiger Fahrer. Sie würden es schwer haben, ihn zu fangen.

Unter ihnen flog die Straße dahin – breit, großzügig angelegt, hervorragend asphaltiert. Tankstellen neben der Straße, eingetaucht in helles Licht, wuchsen empor, flogen vorbei, versanken wieder in der Dunkelheit. Buntys Augen wurden schwer, sie schmerzten unerträglich. Sie schloß die Lider und konnte klarer denken. Die Fahrt war so ruhig, daß sie mit geschlossenen Augen Ruhe finden, denken und sogar begreifen konnte.

Der sichere Tod stand ihr bevor. Es war wichtig, daß sie sich das klarmachte und damit abfand. Oder wußte sie etwas Besseres? Gut, wenn sich eine Chance bot, würde sie irgendwie versuchen, sich einen Ausweg zu erkämpfen. Überdeutlich erkannte sie, was ihr bevorstand – es war nicht länger ein Traum, ein Phantasiegespinst.

Gewiß, all das konnte auch anderen Frauen passieren, vielleicht waren die Umstände etwas anders, aber der Endeffekt war der gleiche. Ärzte eröffneten ihnen plötzlich nach einer Routineuntersuchung, daß sie unheilbar krank waren, vielleicht seit Monaten oder Jahren; Symptome zeigen sich erst spät. Oder, noch schlimmer, die Ärzte schicken sie in die Klinik mit beruhigenden Versprechungen, daß nur eine kleine Behandlung notwendig sei, und nur langsam, unter unendlicher Qual überkommt die Opfer die Erkenntnis, daß es um Leben und Tod geht – vor allem um den Tod.

Sie verließen die Autobahn unbehelligt und fuhren weiter nach Norden in Richtung Kendal, Penrith und Carlisle. Bunty kannte diese Straße. Sie war sie schon früher gefahren und konnte selbst im Dunkeln bestimmte markante Punkte ausmachen. Geschwindigkeit, Dunkelheit und Alleinsein betäubten sie und ließen sie in eine Art unruhigen Halbschlaf sinken. Solange er fuhr, konnte ihr nichts geschehen. Nichts konnte sie aber auch retten, solange er am Steuer saß.

Irgendwo zwischen Penrith und Carlisle begann sie vernünftig und ruhig mit ihm zu reden wie mit einem zurückgebliebenen und eigensinnigen Kind. Ihre eigenen Sinne waren von dieser Raserei durch die Nacht abgestumpft, ihre Stimme klang ihr fremd in den Ohren wie die eines vernünftigen Menschen, der gegen die Unvernunft argumentiert.

»Sie wissen doch, daß Mord heute nicht mehr mit der Todesstrafe geahndet wird? Man wird nicht mehr gehenkt.«

Er sagte nichts, sondern fuhr mechanisch weiter, als säße sie gar nicht neben ihm.

»Was Sie getan haben, wird vielleicht nicht einmal als Mord angesehen. Wenn das Mädchen Sie wirklich provoziert hat und Sie die Selbstbeherrschung verloren, dann wird womöglich auf ein geringeres Verbrechen erkannt. Sie glauben, daß Sie jetzt gezwungen sind, noch einmal zu töten, weil ich Bescheid weiß, aber das ist eine Illusion. Ihr Leben ist gar nicht bedroht.«

Er nahm von ihr keine Notiz. Alle seine Sinne und seine ganze Kraft waren auf den einen Zweck konzentriert: seinen Bestimmungsort zu erreichen und die furchtbare Last loszuwerden. Aber er hörte sie, das wußte sie genau. Er hörte jedes Wort, das sie sagte. Er hatte nur nichts zu erwidern, weil ihre Worte seinen Entschluß nicht ändern konnten. Und ihr selbst wurde verzweifelt klar, wie unsinnig es ist, einem jungen Mann zu erklären, daß er sein Leben und ihres retten und dafür bloß vierzehn Jahre Zuchthaus in Kauf nehmen sollte! Nein, diese Aussicht behagte ihm nicht. Er wollte ungeschoren davonkommen, unentdeckt fliehen, und dafür gab es nur eine einzige Möglichkeit. Sie wußte zuviel, um am Leben bleiben zu können. Dennoch versuchte sie es weiter. Sie mußte. Die Erkenntnis, daß man wahrscheinlich sterben muß, entbindet einen nicht von der Pflicht, mit allen Kräften um sein Leben zu kämpfen.

»Und wenn die Polizei Sie nun wirklich einholt? Sie weiß,

welche Richtung Sie fuhren, und Sie wissen genau, daß die Polizei jetzt nicht aufgeben wird. Sie haben einen Beamten in Gefahr gebracht. Warum wollen Sie Ihre Lage noch verschlimmern, falls Sie wirklich gefaßt werden? Was das Mädchen betrifft, so könnten Sie mit Totschlag davonkommen – bei mir nicht!«

Ihre Augen hatten sich inzwischen an die Nacht gewöhnt. Sie konnte klar die Umrisse des Profils neben sich erkennen; es war hart wie aus Stein gemeißelt. Sie hatte das Gefühl, mit einem wiederbelebten Toten zu reden, der nur mechanisch funktionierte, zu dem man aber keinen menschlichen Kontakt herstellen konnte.

»Es wäre viel einfacher, mich hier abzusetzen. Ich weiß nicht, wohin Sie wollen, ich weiß nicht, wer Sie sind, ich weiß überhaupt nichts von Ihnen. Bevor ich das nächste Haus erreiche, sind Sie meilenweit entfernt. Sie würden sich damit die Mühe und Gefahr sparen, sich meiner entledigen zu müssen«, fügte sie schüchtern hinzu. »Vielleicht ist das gerade der Punkt, der zwischen einer geglückten Flucht und der Gefangennahme entscheiden wird. Sie glauben doch nicht etwa, daß ich es Ihnen leicht machen werde?«

Vielleicht hatte sie sich doch getäuscht, ihn mit ihren Worten nicht erreichen zu können; denn die Knöchel seiner kräftigen Hände am Steuerrad wurden vor Anstrengung plötzlich so weiß wie Porzellan, und die Backenknochen schienen die gespannte Haut seines Gesichts durchstoßen zu wollen.

»Außerdem dürfte im Kofferraum kaum Platz für zwei sein«, stieß sie hervor.

»Mund halten!« fuhr er sie an. Es war ein unterdrückter Schrei des Schmerzes und der Verzweiflung.

»Halten Sie doch endlich den Mund, verdammt noch mal!«

Das letzte, was sie noch bewußt wahrnahm, war die Schmiede in Gretna, das Reiseziel so vieler entlaufener junger Pärchen, die auf dieser Straße nach Norden verfolgt wurden. In diesem Gedanken lag so viel Ironie, daß sie unwillkürlich lachen mußte. Sie war so benommen und erschöpft, daß ihr nun nichts mehr ganz wirklich vorkam. Selbst die Angst vermochte sie nicht länger wach zu halten. Unruhig und steif schlief sie an der Schulter ihres Entführers.

Sie wurde mit einem Ruck geweckt und nach vorn gegen das Armaturenbrett geschleudert, konnte sich gerade noch mit ihren Händen abstützen. Er hatte heftig gebremst – das war im Augenblick das einzige, was ihr klar wurde. Dann folgte eine Art seltsamer Tanz, der Wagen schwankte heftig nach links und dann nach rechts, wie jemand, der auf einem engen Bürgersteig an einem langsamer Gehenden vorbeizukommen versucht. Sie hörte den Mann neben sich leise und wütend fluchen, während er das Steuerrad hin- und herriß. Dann sah sie den Hasen. Er hoppelte vor ihnen her, mitten auf der Straße, wie alle Hasen das machen, wild vor Angst, aber immer noch auf seine Schnelligkeit vertrauend.

»Nun hau schon ab, verdammtes Biest, hau ab!«

Sie sah aus den Fenstern ihres fahrenden Gefängnisses hinaus auf die heller werdende Gegend; es war schon fast Morgen. Vor der eigentlichen Dämmerung hing die Luft grau und regungslos über der Landstraße, die sich zwischen heidekrautbewachsenen Hügeln hindurchschlängelte. Dahinter erhob sich dunkel die Kulisse der Berge.

Wenn er noch langsamer fuhr, konnte sie es fast wagen, die Tür aufzustoßen und davonzurennen ... Die Waffe hatte er längst eingesteckt, und zwar in die rechte Tasche. Im Augenblick achtete er nur auf den Hasen und würde wohl nicht allzuschnell reagieren. Aber wohin sollte sie laufen? Weit und breit keine Häuser und nur wenig Deckung.

Ein paar Sekunden – dann war es zu spät. Er hatte dem Hasen etwas mehr Abstand gelassen, damit er sich sicher fühlte und sich in die Büsche schlagen konnte. Mit flappenden Ohren verschwand das Tier seitlich von der Straße.

Der starke Wagen beschleunigte wieder geschmeidig und schoß an der Stelle vorbei, an der eben das Tier verschwunden war. Unaufhaltsam kroch die Tachonadel auf die Siebzig-Meilen-Marke zu. Seit dem Zwischenfall mit dem Polizisten am Rand von Hawkworth hatte nur der Hase für wenige Augenblicke der andauernden Raserei Einhalt gebieten können.

Sie hatte keine Ahnung, wo sie sich befanden oder wie lange sie nun schon unterwegs waren. Im fröstelnden Morgengrauen schien auch ihre Angst einen toten Punkt erreicht zu haben, an dem sie ihre ausweglose Situation einfach nur noch ungläubig akzeptierte.

Der Wagen bog scharf nach rechts ab und fuhr fast mit gleicher Geschwindigkeit einen schmalen, gewundenen Fahrweg entlang. In der kalten Luft hing ein neuer, frischer Geruch, und die Bäume auf dem Hügel rechts von ihnen krümmten sich ihnen in unmißverständlicher Art entgegen. Irgendwo dicht vor ihnen mußte das Meer liegen.

Der kleine Pfad, über den sich wie ein Windschutz von beiden Seiten die Bäume neigten, weitete sich bald zu einem ausgedehnten, geschotterten Kreis vor einem kleinen Wochenendhaus mit rötlich gemalten Steinmauern und einem tiefgezogenen Dach. Das Haus wirkte freundlich und gepflegt, als ob jemand mit viel Geld und Zeit sich darum kümmerte. Links war eine Garage dicht an einen mit Gras und Bäumen bewachsenen Hang angebaut, es gab moderne Fenster, die offenbar nachträglich eingebaut worden waren, und hübsche Sträucher standen kunstvoll auf der Rasenfläche verteilt. Alles deutete darauf hin, daß jemand an der Pflege von Haus und Garten Vergnügen fand.

Und ihr Begleiter kannte sich hier aus: Das war aus dem sicheren Einbiegen in die Einfahrt zu erkennen, an der Geschicklichkeit, mit der er unmittelbar vor der Haustür anhielt, so daß auf ihrer Seite gerade Platz genug blieb, um die Tür zu öffnen, und sie auf die erste Stufe der Veranda treten mußte.

In dem Augenblick, als der Motor erstarb, hatte der Mann seine Pistole wieder in der Hand. Mit einem Satz war er aus dem Wagen.

»Aussteigen! Versuchen Sie nicht, wegzulaufen, Sie kämen nicht weit.«

Während sie nach der langen Fahrt ihre steif gewordenen Muskeln streckte, sah sie das schwarze Auge der Pistole unverwandt über das Wagendach hinweg an. Sie versuchte gar nicht davonzulaufen. Vor der hellen Mauer hätte sie eine zu klare Zielscheibe abgegeben. Er kam gemächlich um den Wagen herum, packte ihren Arm, schob sie auf die Veranda hinauf und verbaute ihr mit seinem kräftigen Körper den Fluchtweg. Dann griff er hinauf auf das niedere Dach und schob ein Stück Holzeinfassung beiseite. Der Schlüssel lag hier versteckt, und er war in dieses Geheimnis eingeweiht.

»Bitte, treten Sie ein.«

Im zunehmenden Tageslicht sah sie einen winzigen Flur, der ihnen in bunten Pastellfarben entgegenleuchtete. Auf der einen Seite eine Treppe, zwei weiße Türen auf der anderen. Es war ein bescheiden, aber elegant eingerichtetes Wochenendhaus.

Hinter ihnen fiel die Haustür mit einem kräftigen, endgültig klingenden Geräusch zu – sie waren hier miteinander eingeschlossen. Sie hörte, wie der Schlüssel sich im Schloß drehte, sah, wie er ihn herauszog und in die Tasche schob. Jetzt brauchte er sich nicht mehr aufs Fahren zu konzentrieren, jetzt hatte er seine Hände frei.

»Nach oben! Das Bad finden Sie gleich links. Sie müssen entschuldigen, daß es vorerst nur kaltes Wasser gibt, bis ich mich um den Hauptschalter gekümmert habe. Lassen Sie sich Zeit.«

Es war unglaublich. Er konnte die automatische, anerzogene Höflichkeit nicht ablegen, die schlecht zu dieser Situation paßte. Es klang, als entschuldige er sich bei einem Gast wegen des Fehlens einiger Bequemlichkeiten; nur seine Stimme klang dumpf und gefühllos und paßte nicht recht zu den Worten. An der Tür des Badezimmers drehte sie sich noch einmal um und sah ihn auf der Treppe sitzen, die Pistole immer noch in der Hand. Nein, es würde sich ihr keine Chance bieten, überhaupt keine.

Von hinten wirkte sein Anblick seltsam trostlos. Der Kopf mit dem zerzausten, schwarzen Haar sank ihm nach vorn, er ließ die Schultern hängen. Natürlich war irgendwo unten im Keller der Hauptschalter ausgeschaltet, und es würde vorerst kein elektrisches Licht geben. Es war kaum halb sechs, und diese Nachtfahrt lag wie ein böser Alpdruck hinter ihr.

Das kalte Wasser war angenehm und erfrischend. Schon das Alleinsein in dem kleinen Raum, durch eine Tür und einen Riegel getrennt von ihm, war wie ein neues Stück geschenktes Leben. Anscheinend wurde das Haus häufiger benutzt und war jederzeit auf Besucher eingerichtet; denn auf dem Waschbecken lag ein Stück Seife, in einem kleinen Schränkchen fand sie frische Handtücher. Es war ein hübsches kleines Stück Gästeseife, das angenehm in die Handfläche paßte. Sie betrachtete es einen Augenblick, dann wickelte sie es in ihr Taschentuch und schob es in die Handtasche. Sonst entdeckte sie nichts, was ihr hätte nützen können.

Sie folgte seinem Rat und ließ sich Zeit, sich nach einer Waffe umzusehen. Sie hatte gehofft, hier wenigstens einen Rasierapparat zu finden und daher auch Rasiermesser.

Aber der Besitzer rasierte sich natürlich elektrisch. Neben dem Spiegel gab es eine Steckdose. Sonst fand sie nichts. Der Riegel an der Tür war nicht sehr stabil und würde sie nicht allzulange schützen, falls sie sich weigerte, das Bad zu verlassen. Blieb nur das Fenster, das sehr klein war und entmutigend hoch lag.

Sie trug den Badeschemel zum Fenster, stieg hinauf, zog den Riegel zurück und klappte das Fenster auf. Zunächst sah sie nur ins Leere. Sie beugte sich über den Fenstersims und erkannte, daß der Boden des Hauses in einem steilen Geröllhang abfiel, der fast zwanzig Meter tief unter ihr lag. Es war sinnlos, hier hinauszuklettern.

Zuletzt mußte sie also doch wieder die Tür öffnen. Sie tat es sehr leise und vorsichtig, zog den Riegel geräuschlos zurück, weil sie glaubte, daß er in der Zwischenzeit vor Müdigkeit auf der Treppe vielleicht eingeschlafen war, aber im gleichen Augenblick stand er auf, drehte sich um und kam ihr die Treppe herauf entgegen.

»Hier ins nächste Zimmer, bitte.« Er griff an ihr vorbei und öffnete die mittlere von drei Türen. Dabei bemerkte er ihren raschen Blick zum Schlüsselloch. »Ja«, sagte er, »die Tür ist verschließbar. Ich kann mir doch jetzt keine Fehler mehr erlauben, nicht wahr? Sie lassen mir doch kaum eine andere Wahl.«

Bunty trat in das kleine, bildhübsch eingerichtete, in Rosa und Weiß gehaltene Gästezimmer und blieb stehen. Ohne sich nach ihm umzudrehen, fragte sie ruhig und lässig:

»Wissen Sie eigentlich, warum ich den Kofferraum geöffnet habe?«

Sie sah sich nicht um, aber sie konnte die Ausstrahlung seiner Erschütterung, Verwirrung und Verzweiflung spüren.

Hinter ihr sagte eine dumpfe, vor Kummer schleppende Stimme: »Was macht das jetzt schon aus?«

»Ich habe nur nach einer Decke gesucht, damit Sie nicht frieren.«

Es folgte ein Augenblick absoluter Stille, dann krachte die Tür zu, und der Schlüssel wurde hastig und ungeschickt herumgedreht. Eine ganze Minute lang hörte sie sein tiefes, rauhes, gequältes Atmen vor der Tür. Sie konnte sich vorstellen, wie er seine feuchte Stirn gegen das kühle, weiße Holz preßte, wie ihm die geäderten Lider schwer wie Marmor über die brennenden Augen fielen. Langsam und mit unendlicher Mühe richtete er sich wieder auf. Sie hörte seine Schritte über den Teppich schleifen und die Stufen hinunterstolpern.

4

Zuerst trat sie ans Fenster, klappte es auf und betrachtete noch einmal das Gelände auf der Seeseite. Das Schlafzimmer lag genau wie das Bad auf der Rückseite des Hauses, aber nicht unmittelbar zum Wasser hin. Links sah sie die Konturen der Küstenlinie, die sich völlig zwischen baumbewachsenen Mulden und Wiesenhügeln dahinzog, aber unterhalb des Häuschens fiel das Gelände steil zum Meer hin ab. Sie lehnte sich weit hinaus und erkannte, daß zu ihrer Rechten ein Einschnitt in der Steilküste zu einem kleinen Bootshaus führte. Ob das Wochenendhäuschen der Familie des jungen Mannes gehörte? Vom Haus schien ein schmaler Pfad zur Bucht hinunter zu führen, aber sie erblickte nur hier und da eine geebnete Stelle, die zu diesem Weg gehören mochte.

Den Gedanken an einen Sprung aus dem Fenster schob sie als aussichtslos beiseite. Das kam nicht in Frage. Also wandte sie sich dem Zimmer zu.

Sie schloß das Fenster wieder, hörte unten einen Motor anspringen und dann den Wagen sanft das kurze Stück zur Garage rollen. Einen Augenblick später wurde rumpelnd das Garagentor geschlossen. Natürlich würde er es nicht wagen, das Auto im Freien stehenzulassen und die Aufmerksamkeit anderer auf sich zu lenken.

Schön – wenn sie hier schon nicht herauskommen konnte, wie konnte sie ihm den Eintritt verwehren? Ärgerlich war, daß in diesem modernen Wochenendhäuschen die Möbel entweder eingebaut oder sehr leicht und zerbrechlich waren. Wandschrank und Toilettentisch waren geschickt in die getäfelte Wand eingelassen, und das Zimmer enthielt keinen soliden, beweglichen Gegenstand, nicht einmal das Bett war geeignet. Ein Kind hätte es auf den Gleitrollen über den Zimmerboden schieben können. Bunty fand keine Möglichkeit, sich zu verbarrikadieren. Blieb nur noch die Offensive. Das Schloß der Tür wirkte neu und anscheinend intakt, aber es war leicht und nur ein moralischer Schutz der Privatsphäre. Bunty leerte den Inhalt ihrer Handtasche auf das Bett und suchte nach einem Gegenstand, der sich als Werkzeug oder Waffe benutzen ließ. Für einen Versuch, das Schloß zu öffnen, eignete sich am besten die riesige Nagelfeile aus dem Etui, das George ihr einmal geschenkt hatte – lang, kräftig und mit scharfer Spitze versehen. Dieser Gegenstand ließ sich aber noch anders verwenden. Er war der einzige, der auch nur entfernt einer Waffe ähnelte, und es fehlte der Feile nur ein Handgriff, an dem sie sie fester packen konnte. Sie steckte das stumpfe Ende in das Seifenstück, das sie aus dem Bad mitgenommen hatte. Als Abwehrwaffe gegen einen Revolver taugte die Feile nicht viel, aber sie wollte auf jeden Fall versuchen, einer direkten Auseinandersetzung aus dem Weg zu gehen. Wenn sie diese winzige Waffe vor einer halben Stunde in der Hand gehalten hätte, als er erschöpft und gebrochen auf der Treppenstufe hockte und ihr den Rücken zukehrte ...

So also wird ein Mensch zum Mörder, dachte sie und strich sich das zerzauste Haar aus der Stirn. Nein, ich kann's nicht! Trotzdem betastete sie die Spitze der Feile, erinnerte sich an die Ziegelwand vor dem Fenster, schob es wieder hoch und begann den improvisierten Dolch behutsam auf der glatten Fläche eines Ziegelsteins zu wetzen, bis die Kanten metallisch glänzten.

Es wurde jetzt allmählich heller. Sie sah nach rechts zum Meer hinüber und beobachtete, wie die dünne Nebelschicht über dem Wasser in Schleiern zerflatterte und sich schließlich im zunehmenden Tageslicht auflöste. Dann zog ein farbiger, sich bewegender Punkt ihre Aufmerksamkeit zu der schmalen Bucht hinunter.

Aus dem Bootshaus glitt lautlos und geschmeidig wie eine Katze ein elegantes Boot aus Naturholz, schimmerndem Messing und hellblauer Farbe. Es war schon ein Glück für ihn, daß er jemanden kannte, der an einer verschwiegenen Bucht ein Wochenendhaus besaß, dazu ein Boot, das ein geschickter Mann leicht übers Meer steuern konnte. Jedenfalls bis zu einem gewissen Punkt, wo er spurlos untertauchen konnte.

Sie beobachtete, wie in der Ferne die kleine Gestalt aufs Land sprang und das Boot befestigte. Vom unteren Ende des Pfades trug er mit beiden Armen einen Gegenstand herbei. Sie konnte zuerst nicht erkennen, was es war, sondern sie merkte nur an der Art, wie er sich bückte, daß es sich um einen schweren Gegenstand handeln mußte. Erst als er ihn im Boot verstaute und eine Zeltplane holte, um sie darüber zu decken, wurde ihr klar, um was für einen schlichten und doch bedeutungsvollen Gegenstand es sich da handelte: Es war ein großer, unregelmäßig geformter Stein, sonst nichts.

Sie stand am Fenster, die Nagelfeile fest in der Hand. Natürlich – er würde ja ein Gewicht zum Beschweren brauchen.

Nein, verbesserte sie sich – zwei Gewichte. Da kam er auch schon mit dem zweiten Stein und legte ihn behutsam auf die andere Seite, um das Gleichgewicht des Bootes nicht zu stören. Zwei Leichen erfordern ein Doppelbegräbnis in der See. Es hätte keinen Sinn gehabt, die erste verschwinden zu lassen, ohne sich gleichzeitig der zweiten zu entledigen und sie für alle Zeiten zum Schweigen zu bringen.

Sie schaute den letzten Vorbereitungen für ihren eigenen Tod und ihr Begräbnis zu.

Bunty stocherte verzweifelt mit einer gerade gebogenen Haarnadel im Schloß herum, hatte sich schon zwei Fingernägel abgebrochen und eine Fingerkuppe blutig gerissen. Da hörte sie, wie der Mann wieder das Haus betrat und die Treppe heraufkam. Der Schlüssel drehte sich im Schloß, dann öffnete er die Tür.

»Kommen Sie herunter, sobald Sie fertig sind.«

Seine Stimme klang ruhig und dumpf. Er wich ihrem Blick zwar nicht aus, schien sie jedoch kaum wahrzunehmen. Aber ihr war klar, daß ihn jede falsche Bewegung sofort zur Wachsamkeit zurückrufen würde. Sie sah auch nichts von der Pistole, doch die hatte er sicher schußbereit in einer Tasche stecken. Im gedämpften Licht des Treppenflurs waren nur seine Umrisse wie eine ausgeschnittene graue Silhouette zu erkennen.

Sie nahm ihre Handtasche vom Bett, ging mit gleichmäßigen Schritten an ihm vorbei, verschwand im Bad und verriegelte die Tür hinter sich. Nach einem Augenblick hörte sie ihn langsam die Treppe hinabsteigen, Stufe um Stufe, wie ein Lahmer.

Während der ganzen Zeit, die sie im Bad damit zubrachte, ihr Make-up für die letzten Minuten mit fast abergläubischer Sorgfalt und in einem unwirklichen Traum des Abschiednehmens zurechtzumachen, spürte sie, wie sein Blick nicht für einen Augenblick von der Tür wich und sie gleichsam einschloß. Sobald ihr Äußeres so sorgfältig wie möglich zurechtgemacht war, mußte sie ihm wieder gegenübertreten. Man kann sich nicht einfach in eine Ecke verkriechen, die Augen verschließen und auf ein Wunder warten. Sie vergewisserte sich, daß ihr improvisierter Dolch griffbereit oben auf ihrer Handtasche lag, bedeckt von einer Ecke ihres Schals. Wenn man schon untergeht, soll man wenigstens bis zum letzten Atemzug kämpfen.

Ein Frühstück am Sonntag morgen, dachte sie benommen, auf einem kurzen Wochenendausflug vor dem Einsetzen des Winters! Wo war ich gestern? Ich saß zu Hause, eingehüllt in meine herbstlichen Depressionen, und brauchte doch nichts weiter zu tun als zu warten, bis alles wieder in Ordnung war. Wenn es ein klarer, sonniger Morgen gewesen wäre wie dieser, so wäre gar nichts geschehen, und die Spinnweben ihrer Gedanken hätten sich wie die Nebelschleier über dem Meer aufgelöst.

Sie lenkte resolut ihr Denken weg von der Vergangenheit und hin auf das, was ihrer Zukunft noch blieb.

Mit ebenso schleppenden, benommenen Schritten wie er taumelte sie die Treppe hinab. Genau wie sie es sich vorgestellt hatte, stand er da und wartete auf sie. Er öffnete ihr die zweite weißlackierte Tür in der kleinen Diele.

Das Wohnzimmer in diesem Haus lag sicherlich auf der Seeseite. Ein Rest von Neugier war ihr geblieben. Sie sah mit unpersönlichem, unwirklichem Interesse aus dem Panoramafenster, in das die Morgensonne in unfaßbarer Schönheit strahlte; es ging fast genau nach Osten hinaus. Daneben führte eine schmale weiße Tür zweifellos in eine winzige Kochnische. Alles bestand aus weißem Korbgeflecht und orangefarbener Seide, leuchtend, lustig, fröhlich – Polstersessel, ein kleines Sofa, ein kleiner Ecktisch mit orangefarbenem Tischtuch.

Sie hatte das Gefühl, als würde alles rings um sie immer unwirklicher. Sicher gab es in einem Wochenendhaus einen Vorrat an haltbaren Eßwaren und Konserven. Er hatte Tee bereitet und Dosenschinken, Käse und Kekse aufgetischt. Er selbst hatte das Frühstück zweifellos nötig, doch er hatte für zwei gedeckt. Entweder mußte er den Verstand verloren haben, oder dieses Wochenendhaus übte einen unwiderstehlichen Zwang auf ihn aus, in allererster Linie die gewohnte Gastfreundschaft nicht zu vergessen, auch nicht gegenüber seinem Opfer.

Sie kannte die Tatsachen, sie wußte, was ihr bevorstand, aber es gelang ihr nicht mehr, sich entsprechend zu verhalten. Von diesem Punkt an läßt man alle Vorsicht außer acht, weil sie absolut keinen Sinn mehr hat, alles Schweigen, weil es unnütz geworden ist; und manchmal kann man gerade durch zielloses Gerede rein zufällig einen Treffer anbringen, wie man ihn planvoll und gezielt niemals erreichen würde.

Sie begann, im Zimmer hin- und herzugehen, ohne auf ihn zu achten. Sie betrachtete jeden Gegenstand, der auf die abwesenden Besitzer hinwies. Auf dem kleinen Bücherregal mit Taschenbüchern für die Gäste stand ein Foto: das Porträt eines Mannes und einer Frau in den Fünfzigern, er in weißem Sporthemd mit einem Schal um den Hals, mit einem runden, freundlichen Gesicht und zurückweichendem Haar; sie in einem alterslosen Paisley-Seidenkleid und dem freundlichen Lächeln einer würdigen Matrone.

»Ihre Eltern?« fragte sie bewußt boshaft, weil sie ganz sicher war, daß es sich nicht um seine Eltern handelte.

»Freunde«, antwortete die belegte Stimme hinter ihr. »Louise ist meine Taufpatin«, fügte er mit nervtötender Gelassenheit hinzu.

»Ach, deshalb fühlen Sie sich hier so zu Hause«, sagte sie. »Wie heißen sie denn?«

»Alport, Reggie und Louise Alport.« Warum sollte er ihr solche Einzelheiten noch verheimlichen? Er beantwortete ihre Fragen, weil es ihn mehr Mühe und Energie gekostet hätte zu schweigen. Dann fügte er gleichgültig hinzu: »Falls Sie ein Glas Tee möchten, bedienen Sie sich, bitte.«

Sie drehte sich um, kam zum Tisch zurück und setzte sich. Plötzlich hatte sie unglaubliche Sehnsucht nach einer Tasse Tee. Von dem gedeckten Tisch ging etwas Unwiderstehliches aus, selbst wenn es in dieser Situation lediglich das sinnlose Zwischenspiel vor einem unvermeidbaren Ende darstellte.

»Leben die beiden auch in Comerbourne?«

»Nein, in Hereford.«

Eine beklemmende, verzweifelte Frage schien ihn zu beherrschen. Jetzt, wo das Tageslicht, das vom Ostfenster hereindrang, ihn voll beschien, wirkte er bleich und wesenlos wie vergilbtes Papier, so morsch, als würde es beim nächsten Windstoß zu Staub zerbröckeln.

»Dort kommt auch meine Familie her«, sagte er.

»Dann arbeiten Sie in Comerbourne?« Sie hätte nicht erklären können, warum es ihr so wichtig war, zu reden und Tee zu trinken und bissenweise das Frühstück hinunterzuschlingen, das ihr wie Sägespäne im Hals steckenblieb. Sie mußte unter einem hypnotischen Zwang so handeln, als sei alles hier völlig normal. Sie mußte diese Stimmung erhalten, damit der Durchbruch zu einem Gewaltakt immer schwieriger würde.

Natürlich! Wer sonst kann im Oktober ein Wochenende genießen, das bis zum Mittwoch morgen dauert? Es waren Herbstferien, sie hätte daran denken müssen.

»Sie sind Lehrer«, sagte sie tastend. »An einer der Schulen in Comerbourne.«

»Ich war Lehrer«, antwortete er gleichmütig.

»Welches Fach?«

»Kunsterziehung – aber das spielt jetzt keine Rolle mehr.«

Sie empfand deutlich das verhaltene Beben hinter dem harmlosen Wortwechsel und überlegte, ob er ihre Gedanken wohl ebenso eindeutig erraten konnte wie sie die seinen. Wenn er mich jetzt hier umbringt, dann muß er mich zum Boot hinunterschleppen oder zerren und riskiert, dabei gesehen zu werden. Wenn er mich zwingt, zum Boot hinunterzugehen, dann riskiert er einen letzten, verzweifelten Ausbruchsversuch von mir. Warum auch nicht, wenn man nichts mehr zu verlieren hat? Es bestand immerhin eine winzige Möglichkeit, daß selbst dann noch etwas schiefging. Vielleicht bleibe ich doch am Leben und kann ihn verraten. Nein, er wird sichergehen wollen. Er wird mich hier umbringen.

Er hat sich in diesem Augenblick entschlossen! spürte sie.

»Seltsam«, sagte sie, ließ keinen Blick von ihm und tastete mit der Rechten in die geöffnete Handtasche. »Ich weiß noch nicht einmal Ihren Namen.«

»Warum sollten Sie auch?« murmelte er. Plötzlich streckte er beide Hände gegen die Tischkante und stieß seinen Stuhl zurück. Sein Gesicht war mehr das eines Toten als das eines Lebenden, Augen und Lippen bläulich verfärbt, die Haut von zementfarbenem Grau. Aber er bewegte sich methodisch und präzise wie eine Maschine.

»Ja, worauf warten Sie denn noch?« schrie sie ihn plötzlich an, sprang auf und hielt die Nagelfeile in der Hand. Ihre Handtasche flog auf die eine Seite, der Schal auf die andere. »Oder glauben Sie, ich weiß nicht, daß Sie schon alles vorbereitet haben? Sogar den Stein, den Sie mir an die Beine binden werden!«

Er stand im Zeitlupentempo auf und schob sich um die Tischkante herum. Mit einer Hand hielt er sich daran fest, um den Tisch beiseite zu schieben. Aber sie bemerkte das kurze Aufblitzen in seinen verschleierten Augen, die so tot waren wie graues Glas.

»Es tut mir leid«, sagte die tonlose Stimme, die aus unendlichen Fernen, jenseits allen Kummers, zu kommen schien. »Was kann ich schon tun? Sie hätten nicht hineinschauen sollen. Lassen Sie mir denn eine andere Möglichkeit? Ich habe Sie gern gemocht«, sagte er und drehte damit das Messer in seiner eigenen, schmerzenden Wunde herum. »Sie waren nett zu mir. Aber was bleibt mir jetzt schon übrig?«

»Sie könnten mich zu Fuß zu meinem Grab gehen lassen«, antwortete sie und zog sich zollweise vor ihm zurück. »Damit würden Sie sich Ärger sparen.«

Es kam nur darauf an, noch fünf Minuten herauszuschinden, oder drei, oder gar nur eine – eine einzige Chance noch. Selbst in dieser äußerst angespannten Lage funktionierte noch eine Ecke ihres Verstandes; sie fragte sich, wo die Pistole geblieben war. Er konnte hier doch nicht befürchten, daß jemand einen Schuß hören würde. Weit und breit war keine andere Behausung in Sicht. Wenn er vernünftig genug gewesen wäre, die Schußwaffe zu benutzen, brauchte er sich nicht einmal in ihre Reichweite zu begeben, sie hätte dann überhaupt keine Chance mehr gehabt.

Seine Hand stieß den Tisch beiseite. Die Teekanne fiel um, der Tisch prallte gegen den Korbsessel an der Wand. Sie wagte nicht, sich umzusehen, aber sie stieß mit der Hüfte gegen den Korbsessel und konnte nicht weiter fliehen.

»Das kann ich nicht riskieren«, hörte sie seine Stimme müde und hoffnungslos sagen. »Sie würden davonrennen, Sie würden schwimmen, tauchen oder sonst etwas versuchen! Warum mußten es ausgerechnet Sie sein?«

Sie umklammerte den Griff ihres Dolches, und für einen Augenblick durchzuckte sie eine Art zorniger Genugtuung, unwillkürlich und schmerzhaft, weil er sie durchschaut hatte. Aber dann war dieser Augenblick vorüber. Er fiel über sie her.

Den letzten Meter nahm er mit einem einzigen leichten Schritt und griff mit kralligen Fingern nach ihr. Sie duckte sich unter den Händen weg, statt vor ihnen zurückzuweichen, und stieß dann mit aller Kraft nach oben auf seinen Hals zu – sie schnellte hoch wie eine Feder. Sie spürte, daß sie traf und daß plötzlich etwas Warmes über ihre Finger rann, aber im gleichen Augenblick hatte er ihr Handgelenk gepackt und die Hand mitsamt der Waffe von seinem angeritzten Hals weggezogen. Er drehte ihr den Arm zurück, bis sie loslassen mußte. Durch das Dröhnen in ihren Ohren hörte sie wie aus weiter Ferne ein leises Klicken, als die Nagelfeile auf den Parkettboden fiel, ein leichtes, fast lächerliches Geräusch. Dann umklammerten seine tastenden Finger ihren Hals, eine chaotische Eruption von Licht und Dunkelheit blendete sie.

Sie riß die Hände hoch und krallte ihre Finger ins Gesicht ihres Mörders, bis der Druck an ihrem Hals immer entsetzlicher und unerträglicher wurde und sie in der beginnenden Agonie nur noch kraftlos an seinen Händen ziehen konnte. Ihre Augen brannten, alles ringsum war nun schwarz, und nichts anderes existierte mehr als dieser Verzweiflungskampf um Luft. Ein Geräusch, das nach Schluchzen klang, dröhnte ihr in den Ohren. Die tiefen Atemzüge, die ihre Lungen nicht mehr erreichten, schienen auf geheimnisvolle Weise von außen her in sie einzudringen. Zusammen mit ihr schien noch einer zu sterben; sie hörte undeutlich ein schmerzhaftes Stöhnen und Wimmern; als sie schon längst keine Stimme mehr hatte, Klagelaute von sich zu geben, folgte ihr dieses mitleiderregende Geräusch hinunter in die Dunkelheit und Stille.

Das Bewußtsein kehrte in einem Ausbruch feuriger Schmerzen zu ihr zurück. Das glühendheiße Band aus Stahl um ihren Hals dehnte sich, brach und löste sich auf. Sie war tot – sie mußte ja tot sein! Aber warum strömte plötzlich herrlich kühl mit einem bewußten Atemzug die Luft wieder in ihre Lungen? Warum waren plötzlich Druck und Angst von ihr genommen? Woher kam dieses seltsame Gefühl der Erleichterung und Ruhe? Nichts hielt sie mehr fest, nichts bedrängte sie; ihre schwachen Hände konnten ungehindert den gequetschten Hals betasten.

Langsam gaben die Knie unter ihr nach. Sie glitt an der Armlehne des Korbstuhls herab und sank wie eine kraftlose Puppe auf den Kissen zusammen. So lag sie da, schnappte gierig nach Luft, genoß sie wie nie zuvor in ihrem Leben als ein fast sinnliches Vergnügen. Das Dunkel hob sich langsam. Sie öffnete die Augen. Farben und Formen tanzten verwirrend vor ihnen. Sie sah den Widerschein der Sonne an der Decke, bewegt von einem Flimmern, das die Spiegelung des lebendigen Meeres sein mußte.

Mit ihren Augen wurde auch ihr Verstand wieder klar. Es war eine unfaßbare, noch nie zuvor erlebte Klarheit. Sie lag eine ganze Weile völlig still und erkannte die Umrisse der Gegenstände ringsum mit einer schillernden Intensität, die nach der Dunkelheit in ihren Augen schmerzte. Dasselbe Zimmer, dieselben Anzeichen des Kampfes, die Handtasche auf dem Boden, die zerbrochene Teekanne, das Tischtuch, das unordentlich daneben lag. Sie lebte, sie war gesund. Nicht weil ein Wunder sie gerettet hatte, sondern aus ganz realen Gründen, die ihren Verstand beschäftigten, während sie sich allmählich erholte.

Die Klarheit in ihr war genauso blendend und grell wie die Klarheit draußen.

Sie setzte sich langsam auf, klammerte sich an die Tischkante und sah sich nach ihrem Mörder um.

Er lag auf dem geflochtenen Sofa, den dunklen Haarschopf gesenkt, die orangefarbenen Kissen ans Gesicht gepreßt, Finger, Gelenk und Unterarm angespannt vor Anstrengung, als wollte er nie wieder das Tageslicht sehen. Er hatte sie losgelassen und sich in die entgegengesetzte Ecke des Zimmers zurückgezogen. Krampfartige Zuckungen erschütterten ihn vom Kopf bis zu den Zehen. Eine einzige Berührung, und er müßte zerspringen und verbluten. Am Hals blutete er bereits – sie sah den dunklen Kratzer, von dem das Blut auf das orangefarbene Kissen tropfte. Wer von beiden war hier einem Mord näher?

In diesem Augenblick pochte der schwarze, delphinförmige Klopfer draußen vor der Tür dreimal befehlend auf seiner Meereswoge aus Gußeisen.

5

Der Mann auf dem Sofa lag völlig still. Er unterdrückte gewaltsam das Beben und hielt die Luft an. Er hob nicht den Kopf. Er wollte ihn überhaupt nicht mehr heben. Bunty stemmte sich endlich vom Sessel hoch und stellte fest, daß sie sich bewegen konnte. Sie wußte jetzt auch genau, was sie zu tun hatte. Rasch bückte sie sich nach der Handtasche und fuhr sich mit dem Kamm durch das Haar. Ob man an ihrem Hals schon etwas sehen konnte? Nein, wahrscheinlich noch nicht. Sie schüttelte trotzdem ihren weißen Schal aus und schlang ihn sich locker um den Hals, um ganz sicher zu sein. An ihren Fingern klebte Blut. Sie tauchte ihr Taschentuch in die nächstbeste Flüssigkeit, nämlich in die Reste des verschütteten Tees auf dem Tisch, und wischte sich die Flecken ab.

»Geben Sie mir den Schlüssel.«

Das Sprechen tat ihr fast gar nicht weh. Trotz der inneren Spannung fand sie Zeit zu dem Gedanken, daß ihr eigentlich gar nichts geschehen war. Er mußte die Hände von ihr genommen haben, als er ihre Schmerzen spürte.

Beim scharfen Klang ihrer Stimme hob er den Kopf und wandte ihr ein ausdrucksloses, verständnisloses Gesicht zu.

»Den Schlüssel, schnell, geben Sie her!«

Er setzte sich auf, tastete gehorsam seine Taschen ab und reichte ihr wortlos den Schlüsselbund. Von seinem letzten Rastplatz am Ende eines Verzweiflungsweges aus, wo er weder etwas zu gewinnen noch zu verlieren hatte, sah er ihr nach, wie sie aus dem Zimmer ging und die Tür hinter sich offenließ. Er hörte, wie der Riegel an der Haustür zurückgezogen wurde, wie sich der Schlüssel im Schloß drehte.

Die wenigen Schritte genügten Bunty, um alles, was ihr widerfahren war, in völlig neuem Licht zu sehen. Ihre Sinne funktionierten gut, ihr Verstand schaltete schnell und präzise. Dinge fielen ihr ein, die sie wahrgenommen, aber nicht begriffen hatte, und die jetzt plötzlich einen Sinn ergaben. Ihre Beine fühlten sich noch ein wenig zittrig an, aber geistig war sie wieder völlig auf der Höhe.

Sie öffnete die Haustür mit der genau bemessenen Zurückhaltung der Dame, die allein im Haus ist und am Sonntagmorgen zu ungewöhnlich früher Stunde herausgeklopft wird. Zuerst nur einen Spalt, als wollte sie die Tür schnell wieder zuschlagen und verriegeln, falls der Besucher ihr nicht zusagte; dann tat sie überrascht und erleichtert, öffnete die Tür weit und trat mit zuversichtlichem Lächeln auf die Schwelle.

Die beiden uniformierten Polizeibeamten auf der Veranda

sahen sie eine ganze Weile schweigend an; sie waren bei ihrem Anblick mehr überrascht als sie selbst.

»Guten Morgen«, sagte Bunty und wartete mit der höflich-reservierten Neugier eines unschuldigen Bürgers auf das, was sie ihr zu sagen hatten.

»Guten Morgen, Madam.« Der ältere der beiden stieß sich grüßend die Kappe von seinem wilden, pfeffer-und-salzfarbenen Haar in den Nacken. Er betrachtete sie unauffällig und schien in ihr die seriöse, achtbare Dame zu erkennen. »Entschuldigen Sie, wenn wir Sie gestört haben, aber wir sahen vor einer Weile in einem der Fenster ein Licht, als wir die Küstenstraße entlangfuhren, und da wir wissen, daß der Herr und die Dame, die im letzten Sommer hier wohnten, schon ihre Zelte hier abgebrochen haben, dachten wir ... Man kann ja nie wissen, wenn ein Haus leersteht, muß man schon mal nachsehen.«

»Ach so! Ja, natürlich. Wie freundlich von Ihnen! Reggie und Louise werden Ihnen sehr dankbar sein, wenn sie hören, wie gut auf ihr Häuschen aufgepaßt wird«, sagte Bunty freundlich. »Ich bin mit den Alports befreundet, sie haben mir das Wochenendhäuschen zur Verfügung gestellt. Ich bin erst gestern spät am Abend gekommen.«

»Ah, daher das Licht.« Er schien völlig zufriedengestellt zu sein. Warum auch nicht, da sie doch so bereitwillig und geläufig den Namen der Besitzer nannte. Eine feine Dame von etwa vierzig Jahren in einem eleganten, ziemlich teuren, grauen Jerseykostüm kam durchaus als Bekannte der Alports in Frage. Eine solche Person würde ohne genaue Anweisung der Besitzer den Weg hierher niemals allein finden. »Und Sie haben hier alles ordentlich vorgefunden, Madam? Kein Anzeichen dafür, daß jemand in der Nacht herumgeschnüffelt hat? Keine Schwierigkeiten?«

Der jüngere Beamte, ein knochiger, hochgewachsener junger Mann, der bestimmt hier aus der Gegend stammte, hatte sich ein Stück von der Veranda zurückgezogen und sah sich unauffällig um. Er warf einen raschen Blick ins vordere Fenster und fand sicherlich alles genauso vor, wie die Alports es verlassen hatten. Er betrachtete auch den festen Kiesboden, dem man ansah, daß kürzlich ein Wagen hier angekommen und eine Weile gestanden hatte, um dann in die Garage gefahren zu werden. Etwas anderes würde man von einer gut erzogenen englischen Lady auch nicht erwarten. Nun richtete er seine blauen, unschuldigen Augen auf Bunty, musterte sie von Kopf bis Fuß, ohne anscheinend ihre Echtheit zu bezweifeln, sondern eher mit einer Art kritischen Vergnügens auf eigene Rechnung.

»Schwierigkeiten?« fragte Bunty und riß die Augen auf. Ihr Lächeln verschwand. Sie wirkte ängstlich, vermischt mit einem Schuß Neugier. »Nein, es war niemand hier. Alles war in Ordnung, als ich ankam. Stimmt denn etwas nicht?«

»Ach, Sie brauchen sich da keine Sorgen zu machen, Madam«, sagte der ältere Beamte begütigend. »Sie werden hier kaum belästigt werden. Vermutlich ist er nach Norden weiter.«

»Er?« fragte sie. »Suchen Sie etwa jemanden? Einen Kriminellen?«

»Wir sollen uns nach einem Auto umsehen. Nach einem großen, alten Wagen, vermutlich Rover, mit der Nummer NAQ 788. Es ist bekannt, daß dieser Wagen England nachts in nördlicher Richtung verlassen hat. Der Kollege in Muirdrum glaubt, diesen Wagen vor drei Stunden gesehen zu haben, und zwar in Richtung auf Arbroath, aber wegen der Nummer ist er nicht sicher. Wir überprüfen auf alle Fälle diese Wege. Doch Sie haben keinen Grund zur Besorgnis, Madam, Sie bleiben hier ganz ungestört.«

Also wurde sie offenbar noch nicht gesucht. Niemand

schien erwähnt zu haben, daß in dem Wagen auch eine Frau gesessen hatte. Daß der Fahrer ein Mann war, wußte man aber.

»NAQ«, wiederholte sie aufmerksam, »ein schwarzer Rover. Ich setze mich natürlich sofort mit Ihnen in Verbindung, wenn ich etwas bemerken sollte.«

»Gut, tun Sie das, Madam. Aber ich glaube nicht, daß Sie ihn zu Gesicht bekommen werden, denn zweifellos ist er inzwischen noch nicht so weit im Norden.«

»Weshalb wird der Mann gesucht?« fragte Bunty. Eine Frau, die nicht neugierig ist, macht sich automatisch verdächtig. »Hat er jemanden umgefahren oder was?«

»Nicht nur das!«

Sie hatte gar nicht mit einer direkten Antwort gerechnet, und vermutlich bekam sie auch keine, aber seine sachliche, gar nicht erregte Art sagte ihr mehr, als sie im Augenblick wissen wollte.

»Irgendwo im Süden ist ein Kollege nur mit knapper Not davongekommen«, vertraute er ihr noch an, nachdem er es sich gründlich überlegt hatte. Aber mehr sollte sie aus ihm nicht herausbekommen. Er allerdings schien sich überlegt zu haben, daß er diese Auskunft nicht ganz umsonst geben wollte.

»Schön, wir fahren wieder. Tut uns leid, wenn wir Sie gestört haben. Übrigens: vielleicht könnten Sie mir nur zur Information Ihren Namen und Ihre Adresse nennen, Madam?«

Mit dieser Frage hatte sie nicht gerechnet, aber zu ihrer eigenen Überraschung antwortete sie ruhig und ohne Zögern: »Ich bin Rosamund Chartley – das heißt Mrs. Chartley natürlich ...« Zumindest der jüngere der beiden Beamten hatte längst die Bedeutung des Ringes an ihrem Finger erkannt. »Ich wohne 17, Hampton Close in Hereford.« Sie konnte natürlich nicht wissen, wieviel ihm über die Alports bekannt war. Ihren Namen schien er zumindest gut zu kennen, und so durfte sie damit rechnen, daß er auch wußte, woher die Alports kamen. Sie sah ihm zu, wie er sich ihre Stegreifdichtung notierte, und lächelte, während er das Notizbuch einsteckte. Natürlich nicht allzu ermutigend, im Gegenteil, ihr Lächeln drückte die leise Andeutung aus, daß sie nicht mehr für die beiden tun könnte und jetzt doch gern wieder ihr Frühstück fortgesetzt hätte.

»Vielen Dank, Madam, wir wollen Sie nicht länger aufhalten. Sie brauchen sich wirklich keine Sorgen zu machen. Guten Morgen, Mrs. Chartley!«

Er drückte sich die Kappe wieder auf das graue Heidekraut, das er als Haar auf dem Kopf hatte, beorderte seinen jungen Kollegen mit dem Zeigefinger an seine Seite und ging.

Bunty schloß die Tür und lehnte sich eine Weile lauschend an den Türrahmen. Sie waren natürlich mit dem Wagen gekommen, hatten ihn aber vermutlich vorher schon gewendet und im Schutz der Bäume zurückgelassen. Sie hörte jetzt, wie der Motor aufheulte und das Geräusch sich dann entfernte. Erst jetzt verriegelte und versperrte sie die Tür und ging ins Wohnzimmer zurück.

Der junge Mann saß kerzengerade aufgerichtet auf dem Sofa. Vor der hell funkelnden See wirkte sein Umriß dunkel; seine Sinne waren bis zum äußersten gespannt, seine Augen mit einem an Wahnsinn grenzenden Ausdruck auf die geschlossene Tür gerichtet.

Er wartete auf sie. Die Pistole hatte er in der verkrampften Rechten auf den Knien liegen, den Zeigefinger um den Abzug gekrümmt.

Das sah sie sofort, und ebenso rasch begriff sie. Er hatte die Hand völlig perplex wieder sinken lassen, als ihm die Bedeutung ihrer erstaunlichen Darbietung an der Tür einging; nur um Haaresbreite war er am Tod vorbeigegangen.

Großer Gott, dachte sie, wenn er nun nicht gewartet hätte, bis ich etwas sagte! Warum habe ich ihm nur nicht vorher die Pistole abgenommen? Aber jetzt war nicht die Zeit, über das alles nachzudenken. Auf jeden Fall hatte er gewartet, und die Verwirrung und das fassungslose Erstaunen hatten ihn vor dem Tod bewahrt, vielleicht aber auch die Neugier; denn Neugier kann durchaus ein triftiger Grund für den Wunsch zum Weiterleben sein, wenn einem sonst nichts mehr geblieben ist.

Zuallererst mußte sie ihm nun, ohne jede Hast und ohne ihn erneut zu erschrecken, das gefährliche Ding ganz sanft aus der Hand nehmen. Er leistete keinen Widerstand.

Als sie seine verkrampften Finger berührte, öffneten sie sich von selbst, und er reichte ihr die Pistole ohne Protest. Seine weitaufgerissenen, staunenden Augen verschlangen sie förmlich und wichen nicht von ihrem Gesicht.

»Warum?« fragte er. Es war nur ein heiseres Flüstern.

»Sie brauchen das nicht mehr«, sagte sie, und dabei wußte sie genau, was er gemeint hatte.

»Warum haben Sie die beiden nicht hereingebracht und mich ausgeliefert? Warum haben Sie ihnen nicht gesagt, daß ich Sie umbringen wollte?«

Wortlos öffnete sie in der entgegengesetzten Ecke des Zimmers eine Schublade der Kommode und schob die Waffe ganz hinten hin. Dann kam sie zu ihm zurück und setzte sich neben ihn auf das Sofa.

»Sehen Sie«, sagte sie eindringlich, »wir beide müssen uns einmal unterhalten. Wir haben etwas Zeit, und der Wagen ist da, wo er steht, am sichersten. Sie werden ihn vorerst gerade hier nicht mehr suchen.«

»Warum haben Sie die beiden weggeschickt?«

»Machen Sie sich darüber jetzt keine Gedanken. Es gibt da

ein paar Dinge, die ich wissen muß, und wir haben vielleicht nicht allzuviel Zeit. Das Mädchen in dem Wagen – wer ist sie?«

»Sie heißt Pippa Gallier«, sagte er gehorsam wie ein verzweifelter, verschreckter und völlig durcheinander geratener Junge. Doch schon machten sich die ersten positiven Anzeichen des Vertrauens bemerkbar, als ob ihre Schocktherapie ihn veranlaßt hätte, einen ersten Riegel von der Tür zu seiner entsetzlichen Einsamkeit zurückzuziehen. »Wir wollten heiraten. Ich dachte jedenfalls, wir ...«

»Stammte sie aus Comerbourne? Dort sind Sie doch als Lehrer tätig, nicht wahr? Wer war sie? Was hat sie gemacht?«

»Sie arbeitete in dem großen Modegeschäft von Pope Halsey und führte auch bei Modeschauen Kleider vor. Sie war stellvertretende Einkäuferin. Ihre Familie kommt allerdings nicht aus Comerbourne, sondern aus Birmingham. Sie hatte eine kleine Wohnung über einem der Läden in der Queen Street. Warum?« fragte er dumpf, aber allmählich machte sich ein kleiner Lebensfunke in seiner Stimme bemerkbar und flackerte in den Augen auf, die ihr Gesicht beobachteten. Er hatte inzwischen zu ihr eine Art unerklärlichen Vertrauens gewonnen und wußte, daß sie für diese Fragen einen bestimmten Grund haben mußte. Nichts, was sie tat, war jemals willkürlich. Das bedeutete jedoch nicht, daß sie etwas an den Dingen ändern konnte.

»Und warum ist sie gestorben?«

»Ich habe sie erschossen«, antwortete er; er starrte durch sie hindurch und sah hinter ihr das Gesicht des toten Mädchens.

»Schön, Sie haben auf sie geschossen, aber das will ich jetzt nicht wissen. Ich will genau wissen, wie das abgelaufen ist, jede Einzelheit, alles, woran Sie sich erinnern können. Erzählen Sie!«

Er holte tief Luft, als koste ihn diese Anstrengung unendliche Mühe, aber dann berichtete er, nach Worten tastend, immer wieder stockend, wenn er sich an die richtige Reihenfolge der Ereignisse zu erinnern versuchte. Er war entsetzlich müde und völlig verwirrt, aber sein Denken funktionierte noch normal.

»Ich wollte sie heiraten. Bis vor zwei Monaten gingen wir miteinander und betrachteten uns als so gut wie verlobt. Dann wurde sie aus irgendeinem Grund abweisend und zog sich von mir zurück. Wenn ich mich mit ihr verabreden wollte, erfand sie Ausreden oder rief kurzfristig an und entschuldigte sich, und wenn ich protestierte, wurde sie wütend und legte auf. Man hat mir immer gesagt, daß Pippa noch andere Männer traf, aber ich habe das nicht geglaubt. Ich war verrückt nach ihr ...«

»Man?« unterbrach ihn Bunty, »wer war das?«

»Ein Kollege namens Bill Reynolds, mit dem ich meine Wohnung teile – teilte. Auch noch andere Freunde.«

»Hat von denen jemand das Mädchen genauer gekannt? Hatte sie sich vielleicht mit einem von ihnen getroffen?«

»Das weiß ich nicht, aber ich glaube es nicht. So gut haben die Pippa nicht gekannt. Ich hab's auch nie geglaubt. Und dann, vor etwas mehr als einer Woche, war es plötzlich, als hätten wir die Durststrecke überwunden. Sie wissen ja, wie das manchmal geht: Alles kommt wieder in Ordnung und läuft wie von selbst. Sie war zu mir viel netter als jemals zuvor, und alles wurde wieder genau wie früher. Was war ich glücklich! Verstehen Sie, was ich meine? Ich hatte zwar immer an sie geglaubt, aber ganz sicher war ich meiner Sache nicht. Aber nun gab sie mir ihr Ja-Wort, wir waren verlobt. Sie hat dann vorgeschlagen, daß wir über die kurzen Herbstferien miteinander nach London fahren sollten ...«

»Nach London?« unterbrach ihn Bunty. »Nicht nach hier?«

»Nein, nach London. Sie hatte noch ein paar Tage Urlaub zu bekommen und schlug vor, daß wir am Freitag abend hinfahren sollten. Am Freitag war ich lange vor der vereinbarten Zeit fix und fertig und fuhr zu ihr, um sie abzuholen. Etwa eine halbe Stunde früher, als sie mich erwartete. Ich wollte gerade den Wagen parken, ein Stück vom Haus entfernt – Sie wissen ja, wie schwer man in Comerbourne einen Parkplatz findet –, da sah ich sie aus dem Haus kommen. Nicht allein, sondern mit einem Mann, den ich noch nie gesehen hatte. Sie hing an seinem Arm und plapperte und sah ihn an, als ob ... Genau wie ein billiges Flittchen! So was sieht man doch.«

»Haben die beiden Sie gesehen?« fragte Bunty aufmerksam.

»Nein, ich sagte Ihnen ja, daß ich ein Stück entfernt parken mußte. Nein, sie haben mich nicht gesehen.«

»Und Sie sind ihnen nicht nachgegangen, haben sie nicht zur Rede gestellt?«

»Dazu hatte ich keine Zeit. Ich stieg gerade aus, als die beiden aus dem Haus kamen und in die andere Richtung davongingen. Er hatte seinen Wagen genau vor dem Laden geparkt. Sie stiegen ein und fuhren weg. Als ich die Straße überquerte, bogen sie schon um die Ecke und waren aus der Queen Street verschwunden.«

»Was war das für ein Wagen? Würden Sie ihn wiedererkennen?«

»Die Nummer habe ich nicht gesehen, daran dachte ich gar nicht, aber es war ein hellgrauer Jaguar. Spielt das eine Rolle?«

»Bestimmt«, sagte sie eindringlich. »Jede Einzelheit spielt jetzt eine Rolle. Und der Mann?«

»Den würde ich wiedererkennen«, sagte er bitter. »Ein breitschultriger, sehr gut angezogener Kerl, für Comerbourne etwas zu elegant; denn in der Queen Street kriegt man nicht allzu viele Smokings zu sehen. Aber an Männern seines Typs wirkt alles, was sie tragen, ein wenig sportlich. Man könnte sich den Kerl als Rallyefahrer vorstellen und nicht in einem großen Jaguar. Er war von Kopf bis Fuß ein Kraftprotz, und doch war alles an ihm aalglatt, seine Kleidung, seine Bewegungen … Nur nicht sein Gesicht. Das hatte ein paar häßliche Linien. Über der runzligen, niedrigen Stirn trug er braunes Haar, das Kinn war eckig, die Augen lagen tief in dem knochigen Schädel. Ja, den würde ich wiedererkennen!«

»Und sie ist freiwillig mitgegangen? Sind Sie da wirklich ganz sicher?«

»Freiwillig? Mit Freuden! Sie hätten sie mal sehen sollen!«

»Und was haben Sie getan?«

»Was sollte ich schon tun? Sie waren weg, und ich wußte nicht, wohin. Ich war mir jedoch ziemlich sicher, daß sie nicht in der nächsten halben Stunde in meine Arme zurückeilen würde. Ich fuhr wieder nach Hause in der Einbildung, daß es eine andere Erklärung geben müsse. Ich redete mir ein, daß sie mir eine Nachricht hinterlassen hatte. Und das stimmte auch! Bill wollte gerade zu seinen Eltern nach Essex fahren, als ich zurückkam. Er sagte mir nur rasch, Pippa habe angerufen und eine Nachricht hinterlassen. Es täte ihr schrecklich leid, aber sie müsse unseren Ausflug um einen Tag verschieben. Ihre Mutter sei unerwartet aufgetaucht, wolle über Nacht bei ihr bleiben, und sie habe einfach nicht das Herz, ihr davonzulaufen. Sie könne ihr nicht einmal etwas von der geplanten Fahrt erzählen, weil ihre Mutter ihr so etwas bestimmt nicht verderben wolle. Sie ließ mich deshalb bitten, mich bis morgen nicht blicken zu lassen, dann würde sie mich abholen, sobald sie ihren Besuch zur Bahn gebracht hatte.

Es hätte alles stimmen können«, sagte er bedrückt. Er betrachtete die Vergangenheit mit den Augen eines Mannes, der eine Katastrophe beschreibt, an der sich nun nichts mehr ändern läßt. »Wenn ich nur nicht vorher gesehen hätte, daß dieser Besuch einen Smoking trug und gut eins achtzig groß war. Wir hatten uns schließlich gerade erst verlobt. Ihre Mutter wußte noch nichts von mir, und wir wollten sie nicht so ohne jede Vorbereitung mit der Nachricht überraschen. Natürlich – es hätte alles wahr sein können, aber ich wußte, daß es nicht stimmte.

Ich ging also aus und betrank mich. Ich ließ mich richtig bis oben hin vollaufen. Normalerweise trinke ich nicht viel, aber ich scheine eine Menge vertragen zu können, und es dauert lange, bis ich etwas merke. Doch nach der Sperrstunde war ich nicht blau genug, um nicht noch einmal an ihrer Wohnung vorbeizugehen. Ich habe auch noch ganz genau erkannt, was ich sah. Der graue Jaguar parkte diskret hinter der nächsten Ecke. ›Mutter‹ blieb tatsächlich über Nacht!«

»Und das war am Freitag? Aber wenn Pippa Sie hat sitzenlassen, wie sind Sie dann am Samstag noch einmal mit ihr aneinandergeraten?« fragte Bunty.

»Sie vergessen, daß Pippa ja nicht wußte, daß ich sie abgeschrieben hatte. Sie dachte, sie brauche mir nur eine Nachricht zukommen zu lassen, und ich würde alles widerspruchslos schlucken und einfach warten, bis sie zu mir käme.«

»Natürlich«, sagte Bunty, »sie ist völlig programmgemäß am Samstag abend bei Ihnen aufgetaucht.«

»Jedenfalls nach ihrem Programm. Und ob Sie's glauben oder nicht – – diese Möglichkeit kam mir ganz einfach nicht in den Sinn. Ich war so erledigt von dem, was geschehen war, ich hatte sie so völlig abgeschrieben, daß ich einfach vergaß: Sie konnte ja nicht wissen, was ich wußte. Sie glaubte, alles sei in Ordnung, sie brauche nur zu mir zu kommen und zu sagen: ›Liebling, hier bin ich wieder.‹ Ich würde dann rennen und den Wagen holen, und wir könnten abfahren. Am Samstag abend gegen sieben Uhr kam sie mit ihrem größten Koffer in einem Taxi angefahren und hielt sofort eine ausführliche Entschuldigungsrede, als sie bei mir eintraf. Ich hatte mich den ganzen Vormittag mit dem größten Katzenjammer meines Lebens herumgeschlagen und am Nachmittag erneut getrunken, um mir wieder ein bißchen Mut zu machen. Ich war in einer mörderischen Stimmung.«

Man merkte Bunty die Konzentration an. »Ist Ihnen eigentlich klar«, sagte sie, »daß Sie noch mit keinem Wort den Besitz einer Pistole erwähnt haben, sei es nun legal oder illegal?«

»Ich hatte keine Pistole, weder legal noch illegal. Ich hatte bis dahin noch nie eine Waffe in den Fingern. Aber ich verstehe schon. Wenn ich das jetzt sage, werden Sie es doch nicht glauben. Ich glaub's ja selbst kaum.«

»Vielleicht doch«, sagte Bunty. »Schön, kommen wir zur Sache: Sie kam herein und wollte nach London gefahren werden. Sie haben ihr gesagt, es sei aus und vorbei und sie solle wieder nach Hause gehen.«

»Was ich ihr sagte, klang wesentlich ordinärer, aber lassen wir es dabei, es lief ungefähr darauf hinaus. Ich erkundigte mich, ob ihre Mutter gut geschlafen habe und bei welchem Schneider sie ihre Smokings arbeiten lasse. Aber Pippa war immer schnell von Begriff. Vielleicht nicht ganz so klug, wie sie selbst meinte, aber trotzdem sehr schlau. Sie begriff sofort, daß ich die beiden gesehen hatte, und hatte auch sofort eine passende Entschuldigung bereit. Das war der Vetter ihrer Mutter, der Mann mit dem Jaguar, und da er zufällig in Comerbourne zu tun hatte, brachte er ihre Mutter mit. Deshalb war sie auch unangemeldet erschienen.

Sie war schon drauf und dran, sich zu rechtfertigen und mich ins Unrecht zu setzen, so wie sie es immer geschafft hatte. Am Ende sollte ich mich wohl entschuldigen. Nur diesmal funktionierte es nicht. Verdammt noch mal, ich hatte die beiden doch gesehen! Ich fragte sie, ob sie ihre Mutter in der Wohnung eingeschlossen hätte, als sie mit ihrem Vetter zum Essen ging, weil ich beobachtet hatte, wie sie ihre Schlüssel in die Handtasche schob. ›Du lügst mich an‹, sagte ich zu ihr. ›Du betrügst mich, und was du sonst noch tust, weißt du ja selbst besser, aber was mich betrifft, so bin ich fertig mit dir. Du kannst meinetwegen nach London oder auch zum Teufel gehen, wohin du willst – aber nicht mit mir!‹ Sie wollte es nicht glauben. Ich hatte es ihr bis dahin immer sehr leicht gemacht, und es dauerte eine Weile, ehe sie begriff. Aber als sie merkte, daß ich es wirklich ernst meinte, da wurde alles noch viel verrückter.

Sie versuchte, mich zu überreden, sie drohte, sie flirtete – Sie haben keine Ahnung, wie phantasievoll sie in dieser Hinsicht war. Man hätte fast glauben können, die Fahrt nach London sei an diesem Abend für sie eine lebenswichtige Angelegenheit. Sie hatte damit gerechnet, daß mein Wagen unten auf der Straße startbereit auf sie warten würde, statt dessen stand er in der Garage bei Flood am anderen Ende der Straße. Als sie endlich erkannte, daß es nun nicht mehr nach ihrem Dickschädel gehen würde, griff sie plötzlich in ihre Tasche und zog eine Pistole – diese Pistole – hervor.« Er sah hinüber zu der Schublade, in die Bunty die Waffe gelegt hatte. Dann streifte er mit einem raschen Blick ihre aufmerksame Miene und meinte kläglich: »Ich habe Ihnen ja gleich gesagt, daß Sie mir nicht glauben werden.«

Sie ermutigte ihn nicht, sie versprach ihm nichts. Noch nicht.

»Weiter«, bat sie.

»Nun, ich kann's ja selbst noch nicht fassen. So etwas gibt es einfach nicht, jedenfalls nicht bei einem Mädchen wie

Pippa. Woher sollte sie eine Waffe haben? Und wozu? Und warum, zum Teufel, sollte ihr die Fahrt nach London so wichtig sein, daß sie eine Pistole aus ihrer Handtasche zog und auf mich richtete, um mir klarzumachen, ich hätte mein Versprechen einzulösen oder ... Warum nur? Ich weiß, daß sie immer gern mit dem Kopf durch die Wand wollte, aber doch nicht auf diese Weise. Sie meinte es ernst, das weiß ich jetzt. Aber gestern ...«

»Gestern waren Sie viel zu wütend, um an Vorsicht zu denken«, ergänzte Bunty.

»Zu betrunken«, sagte er bitter. »Sie bedrohte mich mit dem Ding, und ich griff nach dem letzten Strohhalm. Ich wollte sie wirklich umbringen – ich war jedenfalls dazu bereit. Ich sprang auf sie los. Ich war wie verrückt. Ich packte sie beim Handgelenk, und wir rauften eine ganze Weile wie wild um die Waffe. Was dann geschah, weiß ich nicht mehr genau, ich weiß noch, daß ich ihr das Ding aus der Hand gerissen habe. Das weiß ich wirklich. Ich weiß, daß ich die Pistole in der Hand hielt, als wir übereinanderfielen und es neben mir krachte. Ich weiß aber nicht mehr, wo ich angeschlagen bin. Wahrscheinlich war's die Tischkante, denke ich. Jedenfalls muß ich mächtig draufgebumst sein, denn das tut noch jetzt weh, und ich habe eine Beule, so groß wie ein Hühnerei. Sicher bin ich nur, daß ich eine ganze Weile bewußtlos war. Wie lange, das weiß ich nicht mehr genau, aber nicht länger als zwanzig oder höchstens fünfundzwanzig Minuten. Als ich wieder zu mir kam, lag ich quer über Pippa auf dem Fußboden. Ich hatte immer noch die Pistole in der Hand, und Pippa – war tot. Ich brauchte ein paar Minuten, um das zu begreifen.

Ich schüttelte sie, ich redete ihr gut zu, erklärte ihr, die Dummheiten hätten gar keinen Zweck ... Mein Gott! Sie sah kaum verändert aus, eigentlich gar nicht. Da war kein Blut und nichts, nur das kleine, runde Loch in ihrem Pullover. Sie sah aus, als spiele sie das alles nur, um mir angst zu machen. Aber sie regte sich nicht, sie atmete nicht – und aus dem Loch sickerte ein ganz klein wenig Blut, das der Pullover aufsaugte. Da wußte ich, daß sie tot war und daß ich sie umgebracht hatte.« Auf einmal wandte er seinen verzweifelten Blick Bunty zu. »Sie können manches ändern«, stieß er hervor, »aber daran können nicht einmal Sie etwas ändern.«

Sie beugte sich vor, legte ihm die Hand auf den Arm und hielt seinen Blick fest. »Der Schuß ... Es gab doch nur einen Schuß, haben Sie den Knall gehört?«

Er dachte sehr gründlich darüber nach. »Ich kann mich nicht erinnern. Ich glaube, daß die Pistole in dem Augenblick losging, als wir beide zu Boden stürzten. Daß ich in dem Augenblick schoß«, verbesserte er sich grimmig. »Ich habe Ihnen ja gesagt, in welcher mordlustigen Stimmung ich war. Aber an den Schuß selbst erinnere ich mich eigentlich nicht. Ich weiß nur, daß sie tot war, als ich wieder zu mir kam.

Dann drehte ich durch. Dafür kann ich nicht dem Alkohol die Schuld geben. In sehr guter Verfassung war ich nicht, aber eines kann ich Ihnen sagen: Ich war plötzlich stocknüchtern. Ich räumte auf, schloß die Tür ab und holte rasch den Wagen. Man kann bis an die Hintertür fahren, wo kaum jemand hinkommt. Ich packte das Mädchen mitsamt dem Gepäck in den Kofferraum, hob die leere Patronenhülse auf – sie lag neben ihr auf dem Teppich – und schloß wieder sorgfältig ab, als ob wir planmäßig abgereist wären. Es dauerte nicht lange, es gab kein Durcheinander, keine Blutflecken. Sie lag auf dem Rücken; die Kugel steckt wahrscheinlich noch in ihr. Ich fand jedenfalls keine Wunde am Rücken. Sobald ich aus der Stadt heraus war, warf ich die leere Patronenhülse in irgendeine Wiese. Ich dachte nur noch an Flucht.

Zuerst wußte ich nicht, wohin ich mich wenden sollte, ich fuhr einfach herum – in einer Art Schock kreuz und quer über die Landstraßen, versuchte, meine Gedanken zu ordnen. Ich brauchte einen Whisky, um wieder klarzuwerden. Ich brauchte ihn einfach. Dabei lernte ich Sie kennen.«

Er hob den Kopf und betrachtete sie eine Weile, ebenso erstaunt wie aufmerksam. Für diese Sekunde vergaß er seine Sorgen. »Seltsam, wie Sie sich verändert haben. Als wir uns kennenlernten, waren Sie das heulende Elend. Weil Sie so traurig aussahen, ging ich zu Ihnen hinüber. Wenn ich Sie nur allein gelassen hätte. Es tut mir leid.«

»Was hatten Sie denn vor?« fragte Bunty.

»Mir fiel dieses Haus ein. Ich war ein paarmal mit Reggie und Louise hier und hatte von ihnen die Erlaubnis, jederzeit hier herauszukommen, wenn sie ihre Ferien hinter sich hatten. Die beiden sind sehr großzügig und haben vermutlich auch andere Leute eingeladen. Deshalb liegt immer ein Schlüssel über der Tür. Mir fiel auch Reggies Boot ein.«

»Sie wollten das Mädchen über Bord werfen«, sagte Bunty, »und dann nach Dänemark fahren oder ...«

»Eigentlich nach Norwegen. Es muß doch möglich sein, an dieser endlos langen Küstenlinie irgendwo unbemerkt an Land zu gehen. Ich kenne mich dort ein bißchen aus. Ich habe dort sogar Freunde – ich glaube allerdings nicht, daß ich es fertiggebracht hätte, die in diese Sache mit hineinzuziehen«, fügte er bedrückt hinzu.

»Und ich sollte auch irgendwo unterwegs über Bord gehen«, sagte sie sachlich, beinahe etwas vergnügt.

Er war jetzt so erschöpft, daß er weder Scham noch Angst empfinden konnte. Selbst die Spannung, die ihn bisher aufrecht gehalten hatte, brach nun in sich zusammen. »Warum haben Sie Ihre Chance nicht genützt?« fragte er mit dünner Stimme. »Warum haben Sie die Polizei weggeschickt?«

Sie stand langsam auf und bückte sich nach den Scherben der Teekanne. »Ich will hier aufräumen«, sagte sie ein wenig geistesabwesend und verlor für ein paar Sekunden den Faden. Die Hausfrau kam zum Vorschein, aber sie setzte sich nicht durch. Bunty richtete sich mit den Scherben in der Hand wieder auf und betrachtete sie nachdenklich.

»Ich brauchte die beiden nicht«, sagte sie und wandte sich dem Jungen auf dem Sofa zu. Er hatte bis jetzt nicht einen Blick von ihrem Gesicht gelassen und sie durch eine Wolke von Schuldbewußtsein, Sorge und Resignation betrachtet.

Sie fuhr in ganz normalem Ton fort: »Klar geworden ist es mir erst jetzt, aber ich habe vorhin schon gewußt, daß ich sie nicht brauchte. Während der Nacht habe ich nicht sehr klar denken oder beobachten können, sonst hätte ich es da schon gewußt; wenn man Angst hat, sehen alle Dinge verzerrt aus. Vielleicht wußte ich es instinktiv, das ist schon möglich. Ich sah ja alles, was darauf hindeutete, ich erkannte es nur noch nicht. Als Sie in Hawkworth auf den Polizeibeamten zufuhren – ist er zuerst zurückgesprungen oder sind Sie zuerst ausgewichen? Jetzt weiß ich, wie es war und welche Mühe Sie sich gegeben haben, den Hasen nicht zu überfahren, obgleich Sie es eilig hatten! Kein Wunder, daß Sie es auch nicht schafften, als ich dran war.«

Sie merkte, daß er nur die Hälfte davon verstand. Er war nicht mehr in der Lage, ihr zu folgen. Aber er klammerte sich verzweifelt an seine Frage, die nun eine etwas andere Bedeutung bekam und einen Anklang echter Neugier bewies; oder war es gar schon Hoffnung?

»Warum haben Sie die beiden weggeschickt? Warum haben Sie mich nicht ausgeliefert und sich selbst in Sicherheit gebracht?«

Bunty war ihrer Sache jetzt sicher. »Weil ich gar nichts zu befürchten hatte. Weil ich Sie nicht für einen Mörder halte.

Weil ich nicht glaube, daß Sie jemanden umgebracht haben – auch nicht Pippa!«

6

Er starrte sie eine ganze Weile völlig verstört an und konnte überhaupt nicht begreifen, was sie da gesagt hatte. Selbst als die Worte schon in seinen angeschlagenen Verstand einsickerten, entzog sich ihr Sinn immer noch aalglatt dem Zugriff seines Denkens. Sie sah, wie er ungläubig die Lippen bewegte und Silben formen wollte, und dann kam etwas verspätet mit einem Schlag die Erkenntnis. Er bebte am ganzen Körper.

»Mein Gott, wenn das möglich wäre!« keuchte er. »Aber es ist zu verrückt. Sehen Sie, diese verdammte Szene hatte ja nur zwei Darsteller: Pippa und mich. Sonst war keiner da. Machen Sie sich jetzt nicht über mich lustig. Es ist nett von Ihnen, daß Sie mich noch für einen Menschen halten nach allem, was ich Ihnen angetan habe ...«

»Ich meine es ernst«, unterbrach sie ihn. »Ich glaube es wirklich. Die Zeit ist so kurz, daß ich mir bestimmt keinen Spaß erlaube, und Sie haben auch keine Zeit, an meinen Worten zu zweifeln, wenn wir aus diesem Schlamassel noch etwas retten wollen.«

»Retten?« fragte er ungläubig. »Du liebe Zeit, was kommt denn jetzt außer der Sühne noch in Frage?«

»Wir können versuchen, einmal das vernünftig zu analysieren, was wir wissen – wissen und nicht vermuten.«

Er schlug hilflos die Hände vors Gesicht. Das dunkle Haar fiel ihm über die Stirn. Aber als er die Augen wieder öffnete und Bunty benommen anblinzelte, bis er wieder klar sehen konnte, stand sie immer noch mit derselben harten, entschlossenen Miene vor ihm.

»Bitte nicht«, flehte er matt. »Sagen Sie nichts, wenn Sie es nicht wirklich meinen. Ich hatte mich gerade mit dem abgefunden, was ich bin. Wenn Sie jetzt anfangen, mir wieder Hoffnung zu geben, muß ich die ganze Hölle noch ein zweites Mal durchmachen. Das halte ich nicht aus! Was wir wissen! Ich weiß nur, daß ich auf ihr lag, daß sie tot war, eine Kugel in der Brust hatte und ich die Pistole in der Hand hielt. Ich weiß, daß ich ihr die Pistole aus der Hand gerissen hatte, daß ich sie hielt, als wir hinfielen. Ich weiß, daß ich Pippa umbringen wollte ...«

»Mich wollten Sie auch umbringen«, sagte Bunty brutal. »Was beweist das schon.«

»Nein«, erwiderte er leidenschaftlich. »Sie wollte ich nicht umbringen. Ich hatte es vor ...«

»Ob Sie es vorhatten oder wollten – ich lebe jedenfalls noch.«

»Aber es war doch außer Pippa und mir keiner da.«

»Wie wollen Sie das wissen? Sie waren doch zwanzig Minuten besinnungslos?«

»Sie meinen es tatsächlich ernst«, flüsterte er, starrte sie an und erbebte in einer Mischung aus plötzlich erwachender, überwältigender Hoffnung und Angst.

»Aber wenn ich sie nicht getötet habe – wer dann sonst? Wer hat schon ein Motiv, wenn nicht ich?«

»Woher sollen wir das wissen, wenn wir über das Mädchen selbst so gut wie gar nichts wissen? Wenn Pippa Sie betrogen hat, kann sie andere ebensogut betrogen haben. Und wenn Untreue für Sie ein überzeugendes Motiv darstellte, dann vielleicht auch für andere.«

»Aber woher sollte denn jemand anderer überhaupt gewußt haben, wo sie war? Sie kam in einem Taxi. Ich saß in meiner Wohnung und hatte ein Motiv. Ich könnte höchstens noch sagen, daß es vielleicht fast ein Unfall war. Aber selbst daran kann ich kaum glauben. Wenn Sie versuchen, diese Möglichkeit zu beweisen ...«

»Nein«, unterbrach sie ihn sofort. »So meine ich das nicht. Ich bin überzeugt, daß an dem Abend ein Mord geschehen ist. Aber Sie waren nicht der Mörder.«

»Mein Gott, wenn Sie mich nur überzeugen könnten!« stöhnte er bitter.

»Lassen Sie es mich versuchen. Ich möchte mir gern einmal die Beule ansehen, die Sie sich zugezogen haben, als Sie auf die Tischkante fielen – falls Sie überhaupt auf eine Tischkante fielen.«

Er saß wie gebannt da und hielt gehorsam still, als sie seinen Kopf zwischen ihre Hände nahm und ihn so drehte, daß das Licht vom Fenster voll auf seinen Nacken fiel. Sie spürte an seinen hohlen Wangen die Kälte der Erschöpfung, aber unter ihrer Berührung spannte sich die Haut und wurde warm.

Vorhin hatte er seine Augen wie ein braver Junge geschlossen, aber jetzt öffnete er sie plötzlich und sah zu ihr auf, gerührt und benommen. Zum erstenmal bemerkte sie, wie jung er noch war – höchstens sechsundzwanzig oder siebenundzwanzig. Sie hatte einen übermüdeten Jungen vor sich, der sich nun völlig wehrlos ihren Händen ausgeliefert hatte. Und sie hatte ihm ein Wunder versprochen! Es ist nicht leicht, Wunder zu wirken. Beim Gedanken an ihre Verantwortung zuckte sie zusammen.

»Verrückt«, flüsterte er. »Nach allem, was geschehen ist, weiß ich noch nicht einmal, wie Sie heißen.«

»Die meisten Leute nennen mich einfach Bunty. Beugen Sie den Kopf ein bißchen vor – so ist's gut.«

Sie konnte die Spuren des Schlags, den er erhalten hatte, ohne Mühe finden: Eine empfindliche birnenförmige

Schwellung dicht oberhalb seines rechten Ohrs. Das vordere Ende der Schwellung lag ein Stückchen höher, an dieser Stelle war die Haut geringfügig geplatzt. Sie strich behutsam das dichte Haar auseinander, um diesen Punkt genauer untersuchen zu können.

»Ich bin kein Arzt, nicht einmal eine Krankenschwester. Aber wenn Ihr Tisch nicht gepolsterte Kanten hat, dann stammt diese Beule mit Sicherheit nicht vom Fallen gegen die Tischkante. Wenn man auf eine scharfe Kante aufschlägt, so entsteht ein ziemlicher Riß.«

»Ich habe noch einen alten, ledergepolsterten Stuhl«, murmelte er undeutlich. »Der stand rechts von mir am Tisch. Kein dick gepolsterter Sessel – man konnte die Holzkante unter der Polsterung noch spüren. Vielleicht bin ich auf die Stuhllehne gefallen.«

»Möglich, aber dann hätten Sie auf die Seite fallen oder beim Hinstürzen den Kopf rasch drehen müssen. Die Schwellung verläuft diagonal von hier nach da.« Sie zog mit dem Finger die geschwollene Linie nach, die dicht hinter seinem Ohr endete. »In meinen Augen ist das mehr die Spur eines sehr geschickt geführten Schlags, mit dem man Sie außer Gefecht gesetzt hat. Der Schlag wurde bestimmt von jemandem ausgeführt, der eine Menge Erfahrung haben muß und dazu genau das richtige Werkzeug benutzte.« Sie strich ihm wieder das Haar über die wunde Stelle und kam um die Couch herum, bis sie ihm wieder ins Gesicht sehen konnte. »Vielleicht ein Stück Eisenrohr in einem Wollsocken.« Sie lächelte jetzt matt, aber zuversichtlich. »Vermutlich war es aber ganz schlicht und einfach ein Gummiknüppel.«

Er betastete seine Beule und blinzelte Bunty verständnislos an. »Aber das gibt's doch nicht! Falls Sie an einen gewöhnlichen Einbruch denken – es gab absolut nichts in der Wohnung, wofür es sich gelohnt hätte. Niemand macht sich die Mühe, eine Wohnung auszurauben, die Leuten wie Bill und mir gehört. Warum auch? Diese Burschen wissen doch immer genau, wo etwas zu holen ist. Und falls Sie an keinen Zufall denken – falls Sie meinen, ich hätte irgend etwas mit Gangstern oder dergleichen zu tun –, so kann ich Ihnen schwören, daß das nicht der Fall ist. Mit solchen Leuten hatte ich nie etwas zu tun. Nicht etwa aufgrund meiner Tugendhaftigkeit, sondern weil mir ganz einfach nie einer über den Weg gelaufen ist.«

»Ein gutes Argument«, pflichtete sie ihm zu. »Wer einen Gummiknüppel in der Tasche hat, besitzt für gewöhnlich auch eine Pistole. Pippa hatte eine Pistole«, fügte sie mit Nachdruck hinzu. »Sie hatten unter Berufsverbrechern keine Bekannten, aber vielleicht das Mädchen?«

Die Gedanken jagten durch seinen Kopf. Sie pendelten schmerzhaft hin und her zwischen dem verzweifelten Wunsch, die hingeworfene, rettende Leine zu ergreifen, und dem entsetzlichen Gedanken, sie könnte nicht halten. Er fragte sehr ruhig, ohne den Blick von ihrem Gesicht zu nehmen:

»Bunty, glauben Sie wirklich, was Sie da sagen? Sie versuchen doch nicht etwa, mich – mich nur zu trösten? Nur aus Menschenfreundlichkeit?«

»Nein«, erklärte sie fest. »Das würde ich nicht tun. Ich sage nur, was ich wirklich meine.«

»Dann ... Was, meinen Sie, könnte geschehen sein?«

»Ich glaube, daß außer Pippa noch jemand Ihr Zimmer betreten hat. Um Ihnen das glaubhafter zu machen, möchte ich fast wetten, daß Sie mit dem Rücken zur Tür standen und Pippa die Tür sehen konnte. Sie wurden mit einem geschickt geführten Schlag zu Boden gestreckt, dann erledigte der Eindringling Pippa. Das geschah aus irgendeinem Grund, den wir nicht kennen. Die Pistole ist der Beweis dafür, daß sie in irgendeine gefährliche Sache verwickelt war. Sie haben schon recht: Woher sollte ein Mädchen wie Pippa sonst einen Revolver nehmen?

Pippa war also tot, und Sie kamen gerade recht, die Schuld zugeschoben zu bekommen. Das wurde so geschickt gemacht, daß sogar Sie selbst glaubten, den Mord begangen zu haben. So ungefähr stelle ich mir die Sache im Augenblick vor. Aber wir haben ja noch kaum mit unseren Überlegungen begonnen.«

»Dann sieht es doch in jedem Fall so aus, als ob mein Kopf in der Schlinge steckte, nicht wahr?« meinte er mit schiefem Lächeln. »Ich bin davongelaufen und habe mich damit noch verdächtiger gemacht. Was soll ich jetzt tun? Wer soll mir jemals glauben, daß ich vielleicht unschuldig bin?«

»Man wird es vielleicht glauben«, sagte Bunty. »Ich glaube es jedenfalls.«

»Ja – Sie!«

Obgleich sie im Augenblick zu sehr mit ihren Gedanken beschäftigt war, erkannte sie in seinen Augen doch einen Ausdruck, der ihr sagte, daß sie für ihn zu einem unendlich wunderbaren und geheimnisvollen Wesen geworden war. Zu einem Wesen, das es nur einmal gibt.

»Bunty, was soll ich jetzt tun? Zur Polizei gehen und mich stellen?«

»Nein«, antwortete die ehrbare Ehefrau eines Gesetzeshüters, ohne zu zögern. »Noch nicht. Vergessen Sie nicht, daß ich ebenfalls die Brücken hinter mir abgebrochen habe. Indem ich die Polizisten anlog und wegschickte, habe ich uns ein paar Stunden Zeit gewonnen. Ich habe einen falschen Namen angegeben. Für die Polizei habe ich mich damit der Beihilfe schuldig gemacht. Wir müssen jetzt die kurze Zeitspanne, die uns zur Verfügung steht, nutzen. Bevor wir zur Polizei gehen, müssen wir alles sichten, was wir haben, und uns bemühen, es sinnvoll zu ordnen. Je mehr Beweise wir ihnen liefern können, um so bessere Aussichten haben wir.«

»Haben wir?« fragte er leise. Dabei hob er unerwartet eine Augenbraue, während sein Mundwinkel sich verzog. Es war ein etwas schiefes, ein wenig abgenutztes Lächeln, aber immerhin das erste Lächeln, das sie auf seinem Gesicht sah.

»Wir!« wiederholte sie betont. »Was Sie jetzt zu allererst brauchen, das sind ein paar Stunden Schlaf – und ein Bad. Das wird Ihnen helfen. Sie haben seit zwei Nächten nicht mehr geschlafen und ich auch nicht viel – dabei werden wir beide unseren ausgeruhten Verstand bitter nötig haben. Ich räume hier auf, dann lege ich mich auch ein bißchen hin.«

»Ein Bad!« Sein Gesicht leuchtete in kindlicher Freude auf. »Ich hätte nie gedacht, daß ich mich auf irgend etwas so würde freuen können.«

»Dann gehen Sie baden. Sie erreichen mehr, wenn Sie ausgeruht sind und wieder klar denken können.«

Er stand auf und schlich wie ein zu Bett geschicktes Kind müde und verschlafen zur Tür. Aber dort blieb er stehen, drehte sich nach ihr um und betrachtete sie lange und ernsthaft. Seine Augen blickten jetzt klarer, in einem reinen, matten Grau, jung und empfindsam und immer noch voller Sorge, aber zögernd leuchtete in ihnen schon Hoffnung auf.

»Bunty ...«

Sie war schon dabei, das Geschirr von der teebefleckten Decke abzuräumen und auf ein Tablett zu stapeln. Sie sah ihn über den Tisch hinweg fragend an.

»Wofür ist Bunty eigentlich die Abkürzung?«

Sie lächelte. »Bernarda, aber das sag' ich nicht jedem. Die Leute riefen mich zuerst Bunny, aber das gefiel mir nicht, weil ich ganz und gar nicht niedlich und kuschelig sein wollte. Ich habe selbst Bunty daraus gemacht. Das hat wenigstens noch Konturen. Und wie soll ich Sie nennen?«

»Luke, mein Name ist Luke Tennant. Lauter Konturen und Ecken. Bunty – Bernarda …« Seine Stimme berührte die Namen mit ängstlicher Vorsicht, wie Trittsteine zu dem, was er eigentlich sagen wollte. »Es tut mir leid!« stieß er plötzlich hervor. »Hab' ich – hab' ich Ihnen sehr weh getan?«

»Nein«, antwortete sie rasch. »Ich hab's kaum gespürt. Ist schon wieder in Ordnung.« Bisher waren ihr die Steifheit und die Schmerzen am Hals kaum zum Bewußtsein gekommen. Sie betastete jetzt die geschwollenen Stellen mit ein wenig Überraschung.

»Es tut mir leid! Wie konnte ich nur! Ich muß glatt den Verstand verloren haben.«

»Vergessen Sie's!« Bunty wurde allmählich etwas schwindlig und sie hatte ein sonderbares Gefühl im Kopf. Sie betrachtete bedauernd den langen Kratzer an seinem Hals, von dem ein paar Tropfen eingetrockneten Blutes dunkel abstachen. »Mir tut es übrigens auch leid, daß ich Sie umbringen wollte. Keiner von uns beiden hat sich sehr geschickt angestellt. Bleiben wir dabei, daß wir bei der praktischen Prüfung durchgefallen sind – wir sind quitt.«

Der innere Aufruhr, die neue Hoffnung hatten ihn schließlich überwältigt. Er rollte sich auf dem Bett der Alports in die Decke ein und ertrank in einem riesigen Meer von Schlaf, das nur auf den ersten unbewachten Augenblick gelauert hatte, um ihn zu überrollen.

Nachdem Bunty das Wohnzimmer aufgeräumt hatte, versuchte sie nachzudenken. Es war überhaupt die erste Gelegenheit zum Nachdenken, die sie seit dem Beginn dieser ganzen phantastischen Geschichte bekam. Und es war wohl auch der letzte Augenblick, den sie dafür vor dem Ende finden würde. Was sie selbst und ihn betraf, so hatte sie nun zumindest Klarheit. Aber wie klar würde das Ende sein?

Sie hatte eigentlich vor, seinen Bericht noch einmal sorgfältig durchzugehen und aus seinen stockenden Worten etwas herauszulesen, was ihm vielleicht unwichtig erschienen war. Aber sobald sie die Augen schloß, tauchte hinter ihren Lidern Georges schmales, alterndes, gewissenhaftes Gesicht auf, und dann sah sie nichts anderes mehr. Wenn sie sich wirklich gewünscht hatte, einmal selbst etwas zu tun, einmal zu beweisen, daß sie auch in der Welt zu etwas taugte, so hatte sie jetzt Gelegenheit dazu. George war weit weg und wußte nichts davon – er konnte ihr nicht helfen.

Sei vorsichtig, wenn du um etwas flehst, dachte sie beklommen. Manchmal wird es wahr. Und zu dem geliebten Gesicht vor ihren geschlossenen Augen sagte sie: Konzentrier du dich nur auf deinen Fall, mein Lieber, das hier ist meiner – ob mir das nun paßt oder nicht. Ich bin hineingeschliddert und muß nun zusehen, wie ich uns beide hier wieder heraushole. Du weißt doch, wie das ist – einen anderen Weg gibt es nicht. Sei so gut, mein lieber George, und verschwinde endlich und laß mich nachdenken.

Aber sein Bild wollte nicht weichen. Nach einer Weile gab sie ihre Bemühungen auf und hüllte sich statt dessen in den Gedanken an ihn ein. Es war eine stille, eine dankbare Liebe. Und in dem Augenblick, da sie ihrem Verstand eine Ruhepause gönnte, ein Ausruhen in dem Gedanken an George, schlief sie ein.

Es war schon fast Mittag, als sie aufwachte. Die Sonne stand hoch am Himmel, das Licht war greller, und nur noch die Hälfte des Zimmers lag im direkten Sonnenschein.

Sie erhob sich ein wenig steif. An ihren Augen klebte der Schlaf, und der Gedanke an die davoneilende Zeit überfiel sie wie Furcht.

Sie wusch sich, legte frisches Make-up auf und machte sich

dann daran, den Inhalt der Schränke in der Küche zu sichten. Ihre Familie hätte ein Sonntagsessen aus der Dose strikt abgelehnt, aber es war immer noch besser als gar nichts. Kartoffeln waren natürlich nicht vorhanden, dafür aber Reis, Schinken und ein paar ausgefallene Gemüsesorten. Glücklicherweise fand sie auch Kaffee. Die Küche war winzig und bis zur vordersten Kante der Klippe hinausgebaut; unter dem gleichen Dach befand sich eine kleine Besenkammer, ein Vorratsraum. Sie öffnete die Hintertür und ließ das schimmernde, vom Meer reflektierte Licht herein. Von einer kleinen, mit Steinen belegten Terrasse führte eine Treppe hinunter zu der schmalen Bucht und dem Bootssteg. Dort schaukelte das vertäute Boot.

Während sie sich in der sonnenhellen Küche mit Dosenöffner und Töpfen zu schaffen machte, wußte sie, daß die Stille und die Helligkeit nur Illusion waren und daß nichts sich so leicht erlangen ließ – weder Luke Tennants Freiheit noch ihr eigener Seelenfriede.

Er kam mit raschen, sicheren Schritten die Treppe herunter. Jede seiner Bewegungen drückte es deutlich aus: Er war entschlossen, selbst wieder die Verantwortung für sein Schicksal in die Hand zu nehmen. Er sah aus wie neugeboren, auch wenn er noch ein bißchen angeschlagen wirkte, frisch gewaschen, rasiert und gekämmt. Er wirkte ebenso unternehmungslustig wie ordentlich. In dieser Hinsicht war er besser dran, weil er zumindest sein Gepäck mitgenommen hatte. Er hatte sich sogar umgezogen, vielleicht als symbolische Geste der Hoffnung und Selbsterneuerung.

Der viel zu kurze Schlaf der Betäubung, in den er gefallen war, hatte nicht alle Müdigkeit verscheuchen können, doch er strahlte Entschlossenheit aus. Sein Gesicht war immer noch blaß, nur die entsetzliche Nervenanspannung, der verzerrte Ausdruck waren gewichen, ein für allemal verschwunden. Er konnte sogar wieder richtig lächeln. Er lächelte, als er die Tür des Wohnzimmers öffnete, nach Bunty suchte. Es war, als hätten seine Augen nur bereitwillig auf ihren Anblick gewartet, als sei sie der Funke, der das Lächeln auslöste.

Sie stand auf und sagte: »Hoffentlich haben Sie Hunger. Wenn nicht, dann werden Sie das Zeug, das ich da improvisiert habe, gar nicht essen wollen. Aber besser geht es nicht. Wenn Sie nichts dagegen haben, gebe ich es schon in der Küche auf die Teller.«

»Bunty, ich war ...« Er überflog das ganze gut aufgeräumte Zimmer, den gedeckten Tisch, die Spuren ihrer Tätigkeit in der Küche. Vor lauter Erstaunen stockte er, dann überfiel ihn das bestürzende Bewußtsein seiner eigenen Nutzlosigkeit im Vergleich zu ihr. »Großer Gott, Sie können ja überhaupt nicht geschlafen haben.«

»Doch, ich habe geschlafen«, rief sie aus der Küche zurück. »Das ist eine Fünf-Minuten-Mahlzeit.« Sie erschien mit den beladenen Tellern in der Hand in der Küchentür, schloß sie hinter sich mit dem Fuß und warnte: »Vorsicht, heiß!«

Sie hatte Louise Alports Servierschürze gefunden, dazu die handschuhförmigen Topflappen. Dieses Wochenendhaus war tatsächlich ein kleines Wunder, unwirklich, unerschöpflich; wenn man schon einen solchen bösen Traum durchzustehen hat, dann nimmt man alles, was man bekommen kann, als Gegengewicht zu dem, was man verloren hat: seine normale Welt. Der eigentliche Grund für ihre Bemühungen war vermutlich, daß sie ihren Begleiter beeindrucken wollte, damit sein Lebensmechanismus weitertickte, bis er in die normale Welt zurückkehren konnte.

Falls das überhaupt möglich war.

»Bunty, ich habe mir überlegt ...«

»Gut«, rief sie herzlich. »Vielleicht ist das ansteckend. Nach dem Essen werden wir gemeinsam scharf nachdenken müssen.«

»Nicht wir«, sagte der junge Mann. »Ich.«

Sie hob mit einem Ruck den Kopf und betrachtete ihn zweifelnd über den Tisch hinweg. Er hatte zumindest das seelische Gleichgewicht wiedergefunden. Ob er nun ernsthaft an seine Unschuld glaubte oder nicht – er würde sich jedenfalls nicht wieder in ein so marionettenhaftes Dasein drängen lassen.

»Bunty, ich bin Ihnen viel dankbarer, als ich es jemals mit Worten ausdrücken kann. Aber jetzt lassen Sie mich allein weitermachen. Es ist mein Problem und nicht das Ihre. Sie haben schon viel zu viel für mich getan, und ohne Ihre Hilfe hätte ich meinen Verstand niemals wiedergefunden. Aber nun kann ich wieder klar denken. Ich möchte, daß Sie fortgehen und mit diesem ganzen Durcheinander absolut nichts mehr zu tun haben. Ich möchte Sie zu Hause wissen, ungestört, als hätten Sie mich nie kennengelernt und nie etwas von meinen tristen Angelegenheiten erfahren. Nach dem Essen werde ich Sie nach Forfar fahren und Sie in den Zug nach Edinburgh setzen. Sie müssen nach Hause. Ich würde Sie gern bis Edinburgh bringen und dafür sorgen, daß Sie sicher den D-Zug bekommen, aber ich glaube kaum, daß ich mit dem Wagen so weit komme, ohne gestellt zu werden.«

Bunty legte ihre Gabel sehr behutsam auf den Tisch und sagte ruhig: »Ich bezweifle auch, daß Sie bis Forfar kommen würden.«

»Ich glaube schon, ich kenne mich hier aus. Sie wissen ja, was die Polizisten sagten: Sie suchen nach einem Wagen, der ein Rotlicht überfahren und einen Polizeibeamten zu Tode erschreckt hat, aber sie suchen nicht nach einem Mörder. Sie sind also hinter mir her, aber sie fahnden nicht mit allen verfügbaren Kräften nach mir. Ich werde Sie sicher und ungestört nach Forfar bringen. Wenn ich weiß, daß Sie von hier weg sind, werde ich kein so schlechtes Gewissen mehr haben. Ich kann nicht zulassen, daß Sie weiterhin meine Last schleppen.«

»Eines vergessen Sie dabei«, bemerkte sie trocken. »Die Polizei weiß, daß ich hier bin. Ich habe einen falschen Namen und eine falsche Adresse angegeben, die in diesem Augenblick wahrscheinlich gerade überprüft wird.«

Er sah sie besorgt, beunruhigt und doch voller Verehrung an. Sein Blick enthielt klar verständlich die Antwort: ›Wer dich nur für eine Sekunde angesehen hat, wird dich unter Tausenden wiedererkennen.‹ Seine ruhige, sachliche Stimme sagte jedoch nur: »Was macht das schon? Die Polizei hat nichts weiter als einen falschen Namen. Sie werden vielleicht feststellen, daß ihre Rosamund überhaupt nicht existiert, aber das wird ihnen nicht helfen, Bunty zu finden. Morgen sind Sie wieder zu Hause, keiner wird je erfahren, wo Sie gewesen sind oder wer die Frau war, die heute morgen der Polizei die Tür geöffnet hat.«

»Ausgeschlossen«, erklärte Bunty mit aller Entschiedenheit. »Außerdem habe ich kein Geld bei mir, nicht einen Pfennig.«

»Wir haben Geld bei uns«, sagte er und lächelte sie an. Dabei betonte er das ›wir‹.

Was sie am meisten überraschte, war die Heftigkeit, mit der die Versuchung nach ihr griff, das Angebot anzunehmen und zu fliehen, zurück in ihr altes, prosaisches Leben, die Tür dieses Wochenendhauses zuzuschlagen und damit das ganze heimliche Intermezzo hinter sich zu lassen. Mit einem erstaunlichen Gefühl der Freude und Sehnsucht dachte sie an ihren überhaupt nicht aufregenden Haushalt in Comerford und die Hälfte ihres Lebens, das ihr in der Rückschau von diesem gefährlichen Beobachtungspunkt aus erfüllt und zufrieden und in jeder Hinsicht erstrebenswert vorkam.

Was Luke sagte, klang gar nicht so abwegig. Morgen konnte sie wieder zu Hause sein. Niemand würde erfahren, wo sie sich in der Zwischenzeit aufgehalten hatte. Sie brauchte vermutlich nicht einmal jemandem zu sagen, daß sie weg war, nicht einmal George!

Aber schon der bloße Gedanke an George ließ sie einhalten und brachte sie wieder zur Vernunft. Natürlich war überhaupt nicht daran zu denken. Diese Möglichkeit hatte sie ernsthaft auch gar nicht erwogen.

»Und was wollen Sie dann tun?« fragte sie gleichmütig.

»Sobald ich Sie sicher weggebracht habe, werde ich hier aufräumen und das Haus möglichst im gleichen Zustand zurücklassen, wie wir es vorgefunden haben. Ich werde auf jeden Fall versuchen, die Alports aus der Sache herauszuhalten. Dann nehme ich den Wagen mit allem, was drin ist, und fahre auf kürzestem Wege zum nächsten Polizeirevier, ohne mich unterwegs erwischen zu lassen. Ich werde alles zu Protokoll geben, was ich über Pippas Tod weiß. Alles«, wiederholte er, und seine grauen Augen blickten sie unverwandt an. »Nur von Ihnen werde ich kein Wort erwähnen. Dann hängt alles von der Polizei ab.«

Und ich werde dich niemals vergessen, sagten die grauen Augen, ob ich dich noch einmal wiedersehe oder nicht, was auch immer aus mir werden soll.

Der Augenblick der Stille zwischen ihnen war kurz, ja hypnotisch. Sie durfte ihm nicht nachgeben, denn die drängende Wirklichkeit wich ihr nicht aus dem Sinn. Sie wußte, daß sie nicht weggehen würde, und es war allerhöchste Zeit, daß auch er sich darüber klar wurde.

»Essen Sie«, sagte sie nüchtern. »Kalt schmeckt das Zeug noch widerwärtiger. An mir verschwenden Sie ohnehin Ihre

Zeit. Ich lasse Sie nicht allein hier. Wir sind gemeinsam in diese Sache hineingeraten, und wir werden gemeinsam stehen oder fallen. Ich fahre nicht nach Comerbourne zurück, ehe ich Sie nicht als freien Mann mitnehmen kann.«

Plötzlich stieß er rauh hervor: »Und ich wollte Sie umbringen!« Beim Gedanken daran zitterte er.

»Ich weiß. Ich weiß, Sie hatten das vor, aber Sie konnten nicht. Sie haben es nie gekonnt, Sie waren gar nicht dazu in der Lage, als der entscheidende Punkt erreicht war. Ebensowenig kann ich jetzt weggehen und Sie allein lassen. Vielleicht hatte ich das eine Sekunde lang ebenfalls vor, aber ich kann's nicht.«

»Ich verdanke Ihnen alles, was ich jetzt auf der Welt noch habe«, sagte er tastend. »Alles, was ich bin, so viel oder so wenig das auch sein mag. Sie verdanken mir überhaupt nichts, höchstens Angst und Schmerzen.«

Sie stand auf und lief in die Küche, um den Kaffee zu holen.

Als sie damit zurückkam, starrte er zum Fenster hinaus, das Gesicht von ihr abgewandt.

Nach einer sehr langen Pause sagte er nur: »Dann werde ich lieber ihre Sachen aus dem Wagen holen und nachsehen, ob nicht etwas dabei ist, was uns weiterhelfen könnte.«

»Wir sollten uns auch die Pistole noch einmal ansehen«, pflichtete ihm Bunty erleichtert bei.

»Ich glaube, ich sollte sie auch hereinholen«, sagte er.

Bunty beobachtete genau sein Profil. Sein Gesicht war ruhig, entschlossen, wenn auch seine Sachlichkeit zerbrechlich wie Glas wirkte. Sie sah, wie auf seiner Oberlippe kleine Schweißtröpfchen erschienen.

»Ich muß sie ohnehin hereinholen, damit ich an ihren Koffer herankann.«

Sie hätte ihm fast schon ihre Hilfe angeboten, da wurde ihr gerade noch rechtzeitig klar, daß sie das nicht durfte. Wenn es um den Tod ging, war sie stärker und geübter als er – hatte sie nicht gewissermaßen ihren eigenen Tod schon durchlitten, um zu ihrem unheimlich klaren Verständnis dieses Mannes durchzudringen?

Doch im Augenblick war die Wahrscheinlichkeit, daß sie ihn verletzte oder kränkte, viel größer, als daß sie ihm half. Sie spürte, was in seinem Innern vor sich ging. Sie konnte sich in ihn hineindenken.

Er legte das Mädchen behutsam aufs Bett. In seinen Händen war der Körper schlaff und gefügig. Er bettete ihren Kopf auf das Kissen, richtete ihre Arme und Beine aus und versuchte sich zu erinnern, ob ihr Gesicht einen Ausdruck von Angst getragen hatte; denn jetzt war nichts als Gleichgültigkeit zu erkennen.

Was die Leute auch immer sagen mögen: Tote sehen niemals so aus, als lebten sie noch, als schliefen sie nur. Sie sehen immer tot aus. Der Tod hat etwas Absolutes, etwas Unverwechselbares an sich.

Da lag sie nun, jung, schlank und lieblich, der Angelpunkt dreier Jahre seines Lebens, die Quelle all dessen, was er an Leid kennengelernt hatte. Vielleicht hatte er sie wirklich getötet. Doch in seinem Herzen wuchs die Überzeugung, daß das nicht stimmen konnte. Wenn er seiner Unschuld ganz sicher gewesen wäre, hätte er in diesem Augenblick vielleicht einen letzten bitteren Schmerz der Liebe zu ihr empfunden, da er aber nicht ganz sicher war, konnte er sich nur zu einem entsetzlichen, schmerzenden Gefühl des Mitleids angesichts der grausamen Vergänglichkeit aufraffen. Er strich ihr langes, blondes Haar zu beiden Seiten des Gesichts glatt und versuchte so, ein wenig Ordnung in die Unordnung zu bringen.

Dann verschloß er die Tür und ging hinunter, um ihren Koffer und die Handtasche aus dem Wagen zu holen.

7

Die Pistole lag zwischen ihnen auf dem Tisch. Dieses kleine, handliche Ding aus bläulichem Stahl, kaum zwölf Zentimeter lang, war nach außen hin eine so simple, scheinbar harmlose Konstruktion, daß es mehr einem Theaterutensil oder einem Spielzeug glich als einem Apparat zum Töten. Seitlich am Griff war ein kleiner Kameenkopf eingraviert. Die Buchstaben am Lauf verkündeten klipp und klar Name und Gattung: ›Liliput Kal. 6,35 – Modell 1925‹.

»Ich glaube, jetzt hat's auch keinen Sinn mehr, vorsichtig damit umzugehen«, sagte Bunty mit einem zweifelnden Blick. »Wir haben die Pistole inzwischen rundherum mit unseren Fingerabdrücken gepflastert und können ganz sicher sein, daß die anderen keine Spuren darauf hinterlassen haben, die jemand erkennen könnte.«

Trotzdem hatten sie es beide nicht eilig, die Pistole in die Hand zu nehmen. Dieses kleine Ding, das beinahe aus der Wundertüte eines Kindes stammen konnte, hatte sie die ganze Nacht hindurch gleichzeitig aneinander gekettet und strikt getrennt. Jetzt schien dafür in ihrem neuen Verhältnis zueinander kein Platz mehr zu sein.

Bunty hätte ihn am liebsten gefragt, warum er eigentlich nicht die Pistole genommen hatte, als er sie entgegen seiner Natur umbringen wollte. Aber sie drängte diese Frage zurück, denn das war eine der vielen Fragen, die sie ihm niemals stellen konnte, und er hätte wohl auch keine Antwort darauf gewußt.

Plötzlich hob er die Liliput auf und kontrollierte den kleinen gerillten Schieber links vom Griff.

»Ist schon in Ordnung«, sagte er und reichte ihr mit mattem Lächeln die Pistole. »Ich habe nur nachgesehen, ob sie gesichert ist. Das beeinträchtigt keinerlei Hinweise, die wir vielleicht finden, aber wenn wir schon mit der Waffe umgehen müssen, so sollten wir lieber kein Risiko eingehen.« Er merkte das plötzliche Aufflackern in ihren Augen und beantwortete ihre Frage hastig, bevor sie sie stellen konnte: »Nein, wirklich nicht! Die Pistole war nicht die ganze Zeit über entsichert. Ich hatte sie gesichert, sobald ich zu mir kam und mich entschlossen hatte, zu verschwinden und alles mitzunehmen. Ich weiß nicht einmal, warum. Wahrscheinlich hatte ich Angst, das Ding in die Hand zu nehmen, weil ich so etwas nicht gewöhnt bin. Pippa kam übrigens auch nicht gut damit zurecht.« Er verzog das Gesicht. »Sie mußte den Sicherungshebel mit der freien Hand zurückschieben, statt nur den Daumen zu gebrauchen. Sie war sehr ungeschickt und konnte kaum mit einem Flaschenöffner umgehen.«

Bunty drehte die leichte Waffe ungläubig in der Hand hin und her. Sie wog kaum mehr als ein halbes Pfund.

»Sie wollen damit sagen, die Pistole war die ganze Zeit gesichert?«

»Ich glaube schon, ich hoffe es jedenfalls! Ich weiß gar nicht genau, auf welcher Seite der Hebel stehen muß, damit die Waffe gesichert ist, und ich habe auch keinen Schuß abgegeben, um das festzustellen. Aber wenn man regelmäßig die Fernsehserien sieht, bekommt man eben doch so einiges mit. Als Pippa mir die Pistole unter die Nase hielt, war sie gewiß nicht in der Stimmung, sie zu sichern, und die Waffe war auch bestimmt nicht gesichert, als Pippa damit getötet wurde.« Dann wurde er blaß. »Ich habe die Sicherung erst wieder zurückgeschoben, als die Polizei ... als Sie zur Tür ...«

Sie wußte genau, zu welchem Zeitpunkt er dieser kleinen Schlange ihre Zähne wiedergegeben hatte – und zu welchem Zweck. Je weniger er jetzt daran dachte, um so besser.

»Ich denke, wir dürfen als sicher annehmen, daß diese Pistole wirklich die Mordwaffe ist, nicht wahr?« fuhr sie energisch fort. »Alles andere wäre unsinnig. Man hätte Sie bestimmt nicht mit einer falschen Waffe in der Hand zurückgelassen. Was hätte das schon genützt? Die Polizei hätte die Kugel sichergestellt, und Sie wären von jedem Verdacht befreit gewesen. Aber wir könnten doch zumindest nachsehen, wieviel Schuß abgefeuert worden sind. Haben Sie eine Ahnung, wie man dieses Ding öffnet?«

Er nahm ihr die Pistole ab. »Die meisten Waffen dieser Art haben einen kleinen Schieber am unteren Ende des Griffs. Dort gleitet das Magazin hinein. Das muß es sein.« Er legte schon den Finger auf die kleine Sperre, da packte sie ihn plötzlich beim Handgelenk und sah ihn mit leuchtenden Augen an.

»Halt, warten Sie! Mir ist da gerade etwas eingefallen. Wie sieht dieses Magazin aus?«

»Es ist eine Art längliches Kästchen aus Stahl, an dem eine Seite offen ist. Man schiebt die Patronen hinein, dann drückt eine Feder sie einzeln in die Kammer. Ich glaube jedenfalls, so ähnlich muß es sein. Wir können ja mal nachsehen.«

»Nein, nicht aufmachen. Wenn das Magazin schöne glatte Oberflächen hat, dann nimmt es doch auch Fingerabdrücke an, oder? Wer die Waffe geladen hat, muß das Magazin in die Hand genommen haben. Ich weiß, daß wir selbst die Chance verdorben haben, eventuell vorhandene Abdrücke von der Außenseite abzunehmen, falls außer unseren welche daran waren. Aber das Innere haben wir nicht angerührt! Ich möchte wetten, daß kein Mensch daran gedacht hat, das Magazin abzuwischen, bevor er Ihnen die Waffe unterschob.«

»Aber davon haben wir nichts«, widersprach er. »Wer auch Pippa erschossen haben mag, er brauchte das Magazin doch nicht zu berühren. Sie hat die Waffe geladen.«

»Wirklich? Woher wollen wir das wissen? Sie hat die Pistole von jemandem bekommen, vermutlich von irgendeiner dunklen Existenz. Sie sagten ja selbst, daß sie sehr ungeschickt war und in praktischen Dingen immer Schwierigkeiten hatte. Wenn sie jemanden dazu brachte, ihr eine Pistole zu geben, wird sie ihn doch bestimmt gebeten haben, die Waffe auch für sie zu laden, nicht wahr?«

»Damit könnten Sie recht haben!« rief er, und in seinen Augen spiegelte sich ein Widerschein ihrer freudigen Erregung. Hastig zog er den Finger zurück. »Sie glauben doch nicht etwa, daß der Kerl, der ihr den Revolver gegeben hat, unter Umständen derselbe ist, der sie umbrachte?«

»Warum nicht? Wenn Sie mich fragen, so hat sich Pippa auf etwas eingelassen, dem sie nicht gewachsen war. Wenn wir herausbekommen, woher sie die Waffe hatte, ist schon viel gewonnen. Wissen Sie, was mir an Pippa wirklich Rätsel aufgibt?« Bunty beugte sich vor. »Das ist nicht so sehr die Frage, warum Pippa Sie fallenließ, sondern warum sie wieder zu Ihnen zurückkam. Das geschah nicht aus Zuneigung, wie Sie ja selbst schnell feststellen konnten. Innerlich ist sie nämlich nicht zu Ihnen zurückgekehrt. Sie lief Ihnen nur nach und schmeichelte sich wieder ein, weil sie etwas von Ihnen wollte.«

»Das klingt ganz logisch«, mußte er zugeben. »Nur hat sie eigentlich nicht viel von mir verlangt, nicht wahr? Eine Fahrt nach London mit mir. Ach ja, am Donnerstag hat sie sich den Wagen ausgeliehen, weil sie noch ein paar Kleider einkaufen wollte. Es ist eine Qual, wenn man mit Paketen und Päckchen im Omnibus fahren muß. Sie brachte den Wagen am Abend zurück, und wir gingen ins Kino. Aber mehr hat sie von mir nicht verlangt. Was hatte sie schon davon?«

»Aber an dieser Fahrt mit Ihnen nach London war ihr doch sehr, sehr viel gelegen. Das hat sie Ihnen ja nachdrücklich gezeigt, als Sie sich weigerten. Was kann daran so dringlich gewesen sein? Ich meine, sie hätte ja auch genausogut mit dem Zug hinfahren können, wenn ihr die Sache so wichtig war. Das wollte sie aber nicht. Sie mußte mit Ihnen fahren!«

»Aber warum? Weshalb spielte es für sie eine Rolle, auf welche Weise sie flüchtete, wenn sie schon fliehen mußte?«

»Das weiß ich nicht. Aber Pippa wußte es. Für sie muß es sogar einen sehr triftigen Grund gegeben haben. Warum blieb sie weiterhin hartnäckig, selbst, als sie dahinterkam, daß Sie von dem nächtlichen Besucher wußten und sich von ihr nicht mehr einwickeln lassen würden? Als sie sich mit Charme nicht durchsetzen konnte, zog sie in ihrer Verzweiflung sogar die Pistole. Und jetzt ist mir im Zusammenhang mit der Waffe noch etwas anderes eingefallen. Sie sollten an Ort und Stelle gefunden werden, das Kaninchen in der Falle, alle Beweise der Anklage griffbereit. Sie sollten zu diesem Zeitpunkt entweder noch bewußtlos oder zumindest halb betäubt und halb betrunken sein, sich über die Leiche beugen und nicht wissen, wohin. Wenn man Sie in flagranti als Mörder ertappt hätte, so hätten Sie keine Chance gehabt, etwas abzuleugnen, zumal Sie sich ja selbst für schuldig hielten ...«

»Ja«, sagte er. »So wäre es wohl gekommen.«

Sie schloß die Augen, um sich besser konzentrieren zu können. »Weiter«, sagte sie. »Wer Ihnen das eingebrockt hat, muß auch irgend etwas unternommen haben, damit Sie tatsächlich in dieser Situation entdeckt wurden. Er konnte es nicht dem Zufall überlassen. Ich möchte meinen Kopf darauf verwetten, daß die Polizei in einem anonymen Anruf aufgefordert wurde, in dieses Haus zu kommen, sobald der andere sich in Sicherheit gebracht hatte. Vermutlich wurde von einer Telefonzelle aus angerufen, nicht allzunahe. Er hätte sicher gern alles beobachtet und sich davon überzeugt, daß es nach Plan lief, aber das wird er nicht riskiert haben.

Berufsverbrecher gehen kein Risiko ein, sie sorgen dafür, daß sie davonkommen. Sie sagten, daß Sie etwa fünfundzwanzig Minuten bewußtlos dagelegen hätten – wer der Mörder auch war, er muß davon überzeugt gewesen sein, daß Sie längere Zeit nicht zu sich kommen würden.«

Sie öffnete ihre strahlenden, grünlich-bernsteinfarbenen Augen und sah ihn groß an. »Wissen Sie was, ich glaube, Sie sind einfach deshalb so rasch wieder zu sich gekommen, weil Sie einen harten Schädel haben – rascher, als irgend jemand erwarten konnte. Ihre Rolle bestand darin, benommen und hilflos betrunken, vielleicht sogar bewußtlos aufgefunden zu werden – in flagranti entdeckt, mit dem toten Mädchen auf dem Fußboden, die Pistole in der Hand. Statt dessen kamen Sie zu früh wieder zu sich, die Angst ernüchterte Sie, Sie räumten auf, holten rasch den Wagen und verschwanden mit sämtlichen Beweisen. Und noch etwas: Allmählich gelange ich zu der Überzeugung, daß es das Beste war, was Sie tun konnten.«

»Vielleicht hatte ich doch ein kleines Quentchen Glück«, meinte er und ließ sich, fast widerwillig, von ihrem Funken entzünden. »Eines weiß ich sicher: Wir kämpften um die Waffe, verloren irgendwie das Gleichgewicht und fielen hin. Nehmen wir an, jemand sei hinter mir eingedrungen und hätte gerade mit dem Gummiknüppel zugeschlagen – nehmen wir einmal an, das sei so gewesen –, dann wurde die Wirkung des Schlags zum Teil dadurch aufgehoben, daß ich schon im Hinfallen war. Das hat der Mann vielleicht gar nicht bemerkt.«

»Und es stimmt, daß Sie so standen? Ich hatte recht? Sie wandten der Tür Ihren Rücken zu?«

»Mehr oder weniger schon. Wenn Sie Pippa gekannt hätten ... Was sie sich einmal aneignete – wie mich zum Beispiel –, das gehörte ihr ganz. Ihr gehörte alles, was mein war.

Wenn sie zu mir kam, dann ergriff sie von dem Raum Besitz. Einen Augenblick später stand man dann selbst schon mit dem Rücken zur Tür.«

»Wenn also einer von euch beiden die dritte Person eintreten sah, so war das Pippa. Hat sich ihr Gesichtsausdruck verändert? Hat sie geschrien?«

»Herr im Himmel, woher soll ich das wissen?« Er stöhnte vor Anstrengung, sich genau zu erinnern. »Wir hatten so sehr miteinander zu tun, daß bestimmt keiner von uns an etwas anderes dachte. Ich weiß nicht, ich kann mich nicht erinnern ... Sie hat mich die ganze Zeit angeschrien, so daß mir ein Ruf dazwischen, der nicht für mich bestimmt war, gar nicht aufgefallen wäre.«

»Nein, das sehe ich ein. Es hätte sich damit ohnehin nichts beweisen lassen. Es ist nicht so wichtig.«

»Bunty«, sagte er plötzlich, griff über den Tisch und streichelte ihre Hand. »Ich möchte nicht, daß Sie sich zuviel erhoffen und am Ende bitter enttäuscht werden. Es ist Ihnen, weiß Gott, gelungen, mich langsam zu der Überzeugung zu bringen, daß ich es vielleicht nicht getan habe, aber das alles sind ja nur Vermutungen. Es gibt nicht einen einzigen handfesten Hinweis darauf, daß außer uns beiden überhaupt jemand in meiner Wohnung war. Nicht einen einzigen! Ich gebe zwar nicht so schnell auf, das meine ich damit nicht. Ich möchte auch gar nicht glauben, daß ich ein Mörder bin. Aber falls es sich herausstellen sollte ... Ich möchte nicht, daß Ihnen etwas geschieht.«

»Lassen Sie mir Zeit«, sagte sie und blieb klugerweise bei der praktischen Frage, die er aufgeworfen hatte. »Ich finde schon den Beweis, den Sie haben müssen. Ich werde beweisen, daß sich außer Ihnen noch jemand in der Wohnung befand. Hat zum Beispiel irgend etwas an der Toten gefehlt? Oder aus Ihrer Wohnung?«

Er schüttelte mit mattem Lächeln den Kopf. »Daran habe ich natürlich auch gedacht. Pippa trägt ihren Verlobungsring immer noch! Ich weiß, er ist nicht sonderlich wertvoll, aber wenn irgendeiner von ihren Gangsterfreunden sie bis zu meinem Haus verfolgte und dort tötete, so hätte er sich vor dem Weggehen doch sicher die kleine Mühe gemacht, einen Solitär von ihrem Finger zu ziehen. Das hätte ihn nicht einmal lange aufgehalten.«

Sie zog die Oberlippe zwischen die Zähne und überlegte rasch. »Das könnte auch etwas bedeuten, das mir sehr viel wahrscheinlicher vorkommt. Schließlich bringt man nicht wegen einer kleinen Meinungsverschiedenheit jemanden um. Schon die Tatsache, daß ein Mord sich lohnte, scheint mir darauf hinzuweisen, daß der Mörder nicht an einem Ring interessiert war, nicht einmal nebenbei. Für ihn stand viel mehr auf dem Spiel. Der Ring war an der Stelle, wo er sich befand, nämlich an Pippas Finger, für ihn sehr viel wertvoller. Alles mußte unberührt zurückgelassen werden, oder die Indizien gegen Sie bekamen ein großes Loch.«

»Aber wie wollen Sie jemals diesen Beweis für mich finden?« fragte er mit angespanntem Lächeln.

»Wollen wir wetten?« fragte Bunty zurück. »Lenken Sie mich nicht ab, dann kommen wir schon noch dahinter. Wo waren wir stehengeblieben? Ach ja, Sie saßen in der Falle, und der Mörder rief aus sicherer Entfernung über einen öffentlichen Fernsprecher die Polizei an. Sie können es als erwiesen betrachten, daß die Polizei einem solchen Anruf nachgeht, ob er nun ernst klingt oder nicht. In Ihrem Fall fanden sie nur eine leere Wohnung vor, abgeschlossen und harmlos, keine Leiche, kein Verbrecher, keine Waffe, nichts. Nur eine Junggesellenwohnung, deren zwei Bewohner in die Ferien gefahren waren, was vermutlich irgendwelche Nachbarn bestätigen konnten. Vielleicht auch der Hausmeister Ihrer Schule, falls es keine Nachbarn gibt, mit denen Sie gelegentlich ein paar Worte wechseln. Alles in Ordnung. Was unternimmt die Polizei als nächsten Schritt? Die ganze Geschichte als blinden Alarm abtun? Solch ein Anruf kommt nur allzuoft vor, entweder aus Bosheit oder aus Langeweile oder einem verdrehten Sinn für Humor. Oder wird man die Mordkommission anrufen und die Wohnung genau durchsuchen? Bei der augenblicklichen Personalknappheit und Überbeanspruchung der Beamten und angesichts der scheinbaren Unmöglichkeit, daß zwei angesehene junge Männer wie Sie und Ihr Kollege in einen Mordfall verwickelt sein könnten, werden sie sich diese Mühe wahrscheinlich gespart haben. Andererseits wird doch ein Rest Neugier zurückgeblieben sein; die Polizei wird sich dafür interessiert haben, was nun wirklich hinter diesem Anruf steckte.«

»Glauben Sie, daß der Anrufer Namen genannt hat?« fragte Luke dazwischen.

»Eine gute Frage! Nein, ich glaube es nicht. Je anonymer ein Anruf ist, um so weniger kann man dabei geschnappt werden. Er wird vermutlich nur gesagt haben: ›Macht euch rasch auf die Socken, die Adresse heißt sowieso, da ist ein Mädchen ermordet worden.‹«

»Nachdem die Polizei bei mir eine Niete gezogen hatte, gab es keine Möglichkeit, etwa durch eine Überprüfung von Pippas Wohnung oder eine Fahndung nach ihr nachzufassen? Was konnte die Polizei noch tun?«

»Das will ich Ihnen sagen. Sie wird eine kleine Meldung an die Zeitung geben, daß die Polizei einem offenbar blinden Alarm nachgegangen ist, weil angeblich in Comerbourne ein Mädchen ermordet worden sein sollte. Dann werden sie einfach warten, bis sich jemand meldet, dem eine Tochter, eine Schwester oder eine Freundin abgeht. Natürlich keine Einzelheiten, nur ganz allgemein.«

»Aber heute ist doch Sonntag«, wandte er ein.

»Genau. Die Sonntagszeitungen werden schon am Samstagabend gedruckt, deshalb konnten sie diesen Artikel nicht mehr bringen, vor morgen früh kann sich also nichts ergeben. Ich wette den letzten Penny darauf, daß die Polizei noch nichts von Pippas Tod weiß, niemand weiß etwas davon, nur Sie und ich und der Mörder. Das paßt genau zu dem, was die beiden Polizisten mir sagten. Sie waren lediglich hinter einem rücksichtslosen Autofahrer her.«

»Damit ist zumindest etwas Zeit gewonnen«, murmelte er.

»Und vermutlich ein wichtiger Pluspunkt, wenn wir uns freiwillig stellen und von uns aus Pippas Tod melden. Wir werden alles zu Protokoll geben, was wir darüber wissen.«

Er hatte sich abgewandt und Pippas Koffer hochgehoben, aber nun drehte er sich auf dem Absatz herum und betrachtete Bunty ebenso lange wie eingehend. Seine Miene war ernst, aufrichtig und entschlossen.

»Sie setzen wirklich großes Vertrauen in die Polizei, nicht wahr?« fragte er und betrachtete sie neugierig.

»Ja. Auch Polizeibeamte sind Menschen, und nicht alle von ihnen sind so, wie sie sein sollten, aber im großen und ganzen setze ich doch Vertrauen in sie. Stellen Sie den Koffer hier auf das Sofa, hier ist das Licht besser.«

Pippa Galliers Koffer täuschte häufige Luftreisen vor; er war groß, aber leicht, bestand aus grauweißem Fiberglas mit festem Rahmen und war außer den zwei Schlössern noch mit einem breiten Ledergürtel gesichert. Luke stellte ihn auf das Sofa, schnallte den Riemen los und probierte eines der beiden Schlösser mit dem Daumen. Sofort sprang der Verschluß auf. Mit diesem Erfolg hatte er nicht gerechnet. Er öffnete auch das andere Schloß und klappte den Deckel hoch.

Darunter kam eine ganz normale weibliche Garderobe zum Vorschein, wie sie wohl in jedem Damenkoffer zu finden ist.

Luke schreckte davor zurück, diese Reliquien zu berühren. Das geschah teils aus Ehrfurcht vor dem Wert dieser schönen Dinge, teils aus Erinnerung an die Besitzerin. Bunty knüpfte die beiden Bänder auf, die den Inhalt zusammenhielten. Dann begann sie vorsichtig, die obersten Lagen abzuräumen, und musterte jeden Gegenstand genau, ehe sie ihn beiseite legte.

»Sie muß ganz gut verdient haben. Kommen Ihnen nicht auch viele von diesen Dingen funkelnagelneu vor?«

»Ich habe Ihnen doch erzählt, daß sie am Donnerstag mit meinem Wagen zum Einkaufen fuhr. Ich hatte ihr zwar gesagt, daß sie in London Gelegenheit genug zum Einkaufen haben würde, aber sie wollte nicht warten. Sie liebte schöne Kleider«, sagte er ziemlich hilflos und sah zu, wie die hübschen, feinen Sachen aus dem Koffer gehoben wurden.

»Das sehe ich auch. Der Koffer ist zu sorgfältig gepackt, als daß sie dies hier übersehen hätte«, sagte Bunty scharf.

Ihm war nichts aufgefallen. Es gab auch wenig zu sehen. Nur eine Ecke eines Faltenrocks in seiner Plastikhülle war zerknautscht wie der Kotflügel eines Autos nach einem Zusammenstoß. Unmittelbar darunter war die spitzenbesetzte Ecke eines Slips zurückgeklappt. Bunty schob ihre Hand in diese Ecke und tastete sich Lage um Lage nach unten. Dabei betrachtete sie sehr aufmerksam jeden Gegenstand, der zum Vorschein kam. Dann legte sie alles wieder zurecht. Auf dieselbe Art untersuchte sie die drei anderen Ecken des Koffers. In ihren Augen schimmerte ein Funke der Erregung.

»Sehen Sie?«

Er sah nichts. Ein Koffer, den er selbst gepackt hätte, sah ganz anders aus. Im Vergleich dazu war dieser Koffer hier schon beinahe pedantisch ordentlich. Aber gerade in einem übersorgfältig gepackten Koffer fallen Kleinigkeiten um so mehr auf.

»Er war sehr vorsichtig und brachte kaum etwas durcheinander, trotzdem hat er Spuren hinterlassen. Sie hätte diese Ecken unbedingt wieder glattgestrichen und hätte das auch dann sehr sorgfältig getan, falls sie den Koffer aus irgendeinem Grunde noch einmal auspacken mußte. Jemand hat in diesem Koffer etwas gesucht. Einen Gegenstand, der groß genug war, um ohne Mühe gefunden zu werden; er hat nämlich nichts herausgenommen, sondern die Hand nur an den Ecken und hier an der Vorderseite in den Koffer geschoben und danach getastet. Und was noch wichtiger ist«, fügte sie überzeugt hinzu, »er hat nichts gefunden.«

»Halt! Woher wollen Sie das schon wieder wissen?«

»Wenn er nämlich etwas gefunden hätte, einen Gegenstand, der groß genug war, um auf diese Weise entdeckt zu werden, so hätte er die anderen Sachen aus dem Koffer genommen, um an diesen Gegenstand heranzukommen. Oder er hätte ihn gewaltsam darunter hervorgezogen, und in beiden Fällen müßten wir das merken. Falls etwas Größeres hier unter der Wäsche hervorgezogen wurde, so wäre nicht nur alles sehr viel mehr durcheinandergeraten, sondern man hätte auch die Lücke merken müssen, die danach zwischen den anderen Sachen zurückblieb. Versuchen Sie es einmal. Und selbst wenn er wirklich einiges herausgenommen hat, so bin ich sicher, daß ich es bemerkt haben würde. Außerdem bezweifle ich, ob er genug Zeit dazu hatte.«

»Viel Zeit hatte er sicher nicht, aber ...« Er fürchtete sich davor, allzu bereitwillig ihren Schlüssen zu folgen. Sie betrachtete das alles vielleicht als Beweis dafür, daß an jenem Abend noch eine dritte Person in seiner Wohnung war, aber er wartete immer noch auf das erste ganz unmißverständliche Anzeichen, das nicht von Meinungen beeinflußt war – etwas so Greifbares wie einen Fingerabdruck zum Beispiel.

»Wonach mag er nur gesucht haben?« fragte Bunty. Sie

deckte die Überbleibsel von Pippas weiblicher Eitelkeit behutsam zu. Dann wandte sie sich ihrer letzten Trumpfkarte zu, Pippas großer Handtasche aus cremefarbenem Wildleder, weich wie Samt und fast so teuer wie Nerz. »Ist die auch neu? Anscheinend hatte sie die feste Absicht, ringsherum neu zu beginnen.«

»Ja«, antwortete er gelassen. »Das hat sie wohl geglaubt.«

Bunty öffnete die riesige Handtasche und drehte sie über dem Tisch um. Sie ließ den Inhalt vorsichtig durch die Hand gleiten und betrachtete alles mit einem einzigen Blick. Dann schob sie die Gegenstände nacheinander zur Seite: Unverdächtige Dinge wie Kamm, Taschentuch, Geldbörse, Briefmarkenheftchen, Lippenstift, Papiertücher in farbloser Plastikhülle, andere Dinge ...

»Kugelschreiber, Maniküretui, Reisetabletten. Ist ihr denn beim Autofahren schlecht geworden?«

»Nicht daß ich wüßte. Aber wir hatten zuvor noch keine größeren Fahrten miteinander unternommen. Vielleicht wurde ihr wirklich leicht schlecht. Bei Licht betrachtet, weiß ich doch eigentlich sehr wenig über sie.«

»Hier noch eine Broschüre über das Londoner Nachtleben und ein kleines Kästchen mit Lockenwicklern. Das ist alles: Nun?«

»Nun?« wiederholte er verständnislos. »Nichts Bemerkenswertes dabei.« Seine Stimme klang entmutigt, obgleich er versuchte, sachlich und ruhig zu bleiben. Was, zum Teufel, hatte er sich eigentlich erwartet?

»Das alles hier sagt uns nichts Neues.«

»So, wirklich nicht?« fragte Bunty. »Wo sind denn dann ihre Schlüssel?«

»Schlüssel?« fragte er erschüttert, geblendet, gebannt von der Erkenntnis. »Schlüssel!«

Er begann, unkontrollierbar zu zittern. Sie legte ihm den Arm um die Schultern, hielt ihn fest und beobachtete sein Gesicht. Unter ähnlichen Umständen hätte sie es sogar gewagt, ihren Arm um Dominik zu legen, trotz seines reifen, gesetzten Alters von zwanzig oder fast einundzwanzig Jahren, doch gegenüber Dominik wäre sie sehr viel vorsichtiger gewesen, ganz einfach, weil er ihr Sohn war und immer noch ein wenig in sie verliebt, doch schrecklich verliebt in eine andere und eifersüchtig auf sein eigenes, männliches Empfinden.

Luke war da schon ein leichterer Fall. Ihr Verhältnis zueinander mochte zwar verwickelt sein, aber es fehlte ihm dennoch diese äußerste Verwicklung.

»Ja, ihre Schlüssel. Haben Sie an die gar nicht mehr gedacht? Ihr Koffer war nicht verschlossen, oder? Würde Pippa mit unverschlossenem Koffer verreisen? Natürlich hat sie ihn abgeschlossen! Natürlich hatte sie ihre Schlüssel bei sich, und zwar hier in ihrer Handtasche. Sie hat doch auch ihre Wohnung abgeschlossen, nicht wahr? Sie hat ihr Gepäck abgeschlossen. Er – wer es auch war – nahm ihr die Schlüssel ab, um ihren Koffer zu durchsuchen, und da er nicht fand, was er suchte, behielt er die Schlüssel. Warum? Um die Suche in ihrer Wohnung fortzusetzen. Meinen Sie nicht auch?«

Sie hielt ihn fest, führte ihn zu dem danebenstehenden weißen Korbsessel und schob ihn behutsam hinein. Dann setzte sie sich auf die Armlehne und hielt ihn an ihre Schulter gedrückt, redete ihm sanft, vernünftig und nüchtern zu.

»Er wollte etwas haben, was sie besaß, oder wovon er zumindest glaubte, daß sie es besitzen müßte. Er hat es im Koffer vermutet, aber dort war es nicht. Also setzte er die Jagd in ihrer Wohnung fort. Jetzt wissen Sie's«, schloß sie und hielt es nicht mehr für notwendig, ihm noch zu erklären, was er wüßte.

»Es war also wirklich jemand da«, sagte er und schüttelte sich plötzlich vor Lachen wie ein Irrer. »Ich habe nicht ...« Dann legte er ihr den Kopf in den Schoß und lachte und weinte vor Erleichterung und Freude darüber, daß er kein Mörder war.

»Sie trug ihre Schlüssel immer bei sich«, sagte er klar, fast fröhlich und sah hinaus über das jetzt tiefblaue und schattiggrüne Meer im Licht des Nachmittags. »Es war eine Eigenart von ihr, alles abzuschließen. Sie hatte ein kleines Lederetui, das wie ein Bergschuh geformt war. Das hatte sie sich von irgendwo aus dem Urlaub mitgebracht. Ein winzig kleiner Bergschuh mit einem Schlüsselring darin. Man befestigte die Schlüssel an dem Ring, und sie verschwanden in dem Schuh. Dann konnte man den Reißverschluß zumachen. Sie tat keinen Schritt ohne dieses Schlüsseletui, und nun ist es nicht hier. Ich habe die Schlüssel nicht genommen, also hat sie ein anderer gefunden. Deshalb glaube ich – ich glaube es jetzt! –, daß ich sie nicht getötet habe. Jemand hat uns überrascht. Man wollte mir absichtlich die Schuld zuschieben. Begreifen Sie das?« fragte er starr vor Staunen. »Jetzt ist es mir gar nicht mehr so wichtig, ob ich verurteilt werde oder nicht. Hauptsache, ich weiß, daß ich es nicht getan habe.«

»Man wird Sie nicht verurteilen«, sagte Bunty ruhig. »Die Polizei kann auch logisch denken, und man wird Ihnen zuhören, dafür sorge ich schon. Außerdem ist da noch Pippas Wohnung in Comerbourne, die einige Hinweise erbringen müßte. Die Pistole ... die Durchsuchung ihres Koffers ... ihre fehlenden Schlüssel ... Jetzt haben wir etwas zu bieten.«

Er schaute wieder hinaus aufs Meer, rechnete sich die Chancen aus und überlegte.

»Vielleicht sollten wir noch ein wenig warten, bis es dunkler wird. Ich möchte mich nur ungern jetzt noch schnappen lassen. Ich möchte zum Polizeirevier fahren und mich ohne eine Spur von Zwang selbst stellen.«

»Wir können noch etwas warten«, sagte Bunty. »Aber wollen Sie nicht inzwischen das Boot in den Schuppen bringen?«

Das Boot hatte er ganz vergessen. Es schaukelte sanft am Bootssteg und rieb sich bei dem leichten Wellengang wie eine schnurrende Katze am Fender. Die Flut mußte ihren Höchststand erreicht haben, das Deck hob sich hoch empor, die kleine Bucht war randvoll mit Wasser.

Es schien schon ein Menschenalter her zu sein, seit er die beiden Steine an Bord geschafft und sie schuldbewußt zugedeckt hatte. Jetzt konnte er es kaum noch fassen, was für ein Mensch er in den nur so kurz zurückliegenden Morgenstunden doch gewesen war.

Er sah Bunty an und versuchte, sich darüber klar zu werden, was sie für ihn bedeutete. Er betrachtete aufmerksam ihr Äußeres, das, wenn auch unvollkommen, ihrem Wesen Ausdruck gab.

Sie war so schön mit ihrem kastanienbraunen Haar, das sich wie eine weiche Kappe um ihren Kopf schmiegte, mit diesen wenigen Strähnen von Grau, den goldfarbenen Sommersprossen über der Wurzel der geraden Nase – und dann diese Augen, für die ihm bisher jeglicher Vergleich fehlte, diese strahlenden, ehrlichen, mutigen und klaren Augen, die gleichzeitig grün und golden und braun schimmerten – sie hatten ihn zuerst angezogen. Sie sahen ihn nun direkt und gelassen an, und er fühlte deutlich die Zuneigung in diesem Blick, aber mehr wagte er nicht zu finden.

Aber ich liebe dich, dachte er. Ich werde dich immer und immer und immer lieben, solange ich lebe, mit allem, was von mir übrig ist, was noch lieben kann – selbst wenn ich einmal tot bin. Er hätte es nie für möglich gehalten, daß es diese Art von Liebe überhaupt gab.

Und er dachte, man müsse immer Kompromisse schließen, immer Zugeständnisse machen, wenn man zur Liebe finden will. Niemand hatte ihm jemals gesagt, daß es so etwas wie Bunty gab, sonst hätte er sich nie mit etwas Minderem zufriedengegeben.

»Ja, natürlich«, sagte er laut und suchte in dem Nebel der Erkenntnis, für den es keine Worte gab, nach gewöhnlichen Ausdrücken. »Ich werde lieber Reggies gutes Stück unter Dach und Fach bringen.«

Er zog sein Jackett aus, hängte es über eine Stuhllehne, warf sich einen alten Dufflecoat über, den Reggie Alport im Flurschrank hängen hatte – als Arbeitskleidung für die Tage, an denen sich die Ostküste von ihrer unfreundlichsten Seite zeigte. Ein paar Sekunden später hörte ihn Bunty, die inzwischen die Küche aufräumte, mit leichten Schritten die steile Treppe zum Wasser hinunterspringen.

8

Als Bunty das teebefleckte Tischtuch ausgewaschen und zum Trocknen aufgehängt hatte, setzte sie sich hin, um auf Lukes Rückkehr zu warten. Was die Schlüssel betraf, war sie nun nicht mehr so restlos beruhigt.

Wenn sie nun in das Fehlen der Schlüssel zuviel hineininterpretiert hatte? Wenn sie ihn mit angreifbaren Argumenten aus seiner Lethargie gerissen hatte, nur um ihn noch tiefer in den Abgrund zu stoßen, wenn die Schlüssel beispielsweise die ganze Zeit schon in Pippas Manteltasche steckten? Nein, das war kaum anzunehmen. Wer Kleider so sehr liebt, der verdirbt sie nicht, indem er große oder schwere Gegenstände in die Manteltasche schiebt. Das ist auch ein Grund, warum heutzutage die Handtaschen größer geworden sind als Einkaufstaschen.

Aber wissen kann ich es doch nicht, dachte Bunty. Da war es am besten, rasch hinaufzulaufen und nachzusehen, solange Luke noch draußen war.

Natürlich hatte er das Schlafzimmer abgeschlossen; das konnte sie gut verstehen. Aber seine Jacke hing über der Sessellehne am Tisch, und höchstwahrscheinlich befand sich der Schlüssel in der Tasche. Er brauchte ja nicht zu wissen, daß sie seine Vorsorge umgangen hatte, wenn sie die Durchsuchung nur jetzt gleich vornahm.

Sie fand den Schlüssel zum Gästezimmer in der linken äußeren Tasche. Sie lief die Treppe hinauf und schloß das weißrosa Zimmer auf.

Bunty stellte sich neben das Bett und betrachtete die Tote mit einer Mischung aus Frage und Mitleid. Die Berührung mit ihr weckte keine anderen Gefühle, auch keinerlei Abscheu. Bunty war mit dem Tod vertraut.

Der kohlschwarze Mantel war mit feinen silbernen Fäden durchwebt. Zwei große Taschen saßen über einem ausgestellten Rock. Sie waren leer, aber leider auch so breit und so flach geschnitten, daß die Trägerin des Mantels sich nur zurücklehnen brauchte, um den halben Tascheninhalt zu verlieren. Der zum Mantel passende Rock hatte keine Taschen. Er war sehr eng und hätte auch nirgendwo Platz für eine Tasche gehabt. Sonst gab es nichts, wo sie hätte nachsehen können.

Nein, Pippa hatte keine Schlüssel, und sie brauchte auch keine mehr.

Bunty schlich auf Zehenspitzen aus dem Zimmer, schloß die Tür und drehte den Schlüssel herum, lief hinunter und steckte den Schlüssel wieder in Lukes Jackettasche. Armes Mädchen! Wie alt mochte sie gewesen sein? Dreiundzwanzig, vierundzwanzig? Sie sah zwar jünger aus, aber offenbar war sie immerhin alt genug für den Posten der zweiten Einkäuferin in einem erstklassigen Geschäft wie Pope Halsey. Wahrscheinlich war sie in ihrem Beruf sehr tüchtig gewesen. Schade, schade und noch einmal schade! Sie hatte sich nicht damit zufriedengegeben, bei diesem Beruf zu bleiben, sie mußte sich auf etwas einlassen, was außerhalb ihrer Möglichkeiten lag.

Der Garagenschlüssel hing an seinem Haken in der Küche. Luke hatte gar nicht erst versucht, ihn zu verstecken, nachdem er Pippa und ihre Habseligkeiten ins Haus geschafft hatte.

Bunty nahm den Schlüssel, verließ das Haus durch die vordere Tür und ging über den Kiesboden hinüber zu dem Nebengebäude aus Holzbohlen. Die Garage war groß genug für zwei Autos. Bunty schloß die Tür auf und trat ein.

Da stand der alte schwarze Rover. Ein massiges Ungeheuer im schwachen Licht, das durch das verstaubte Fenster hereinfiel, unmodern, kraftvoll und solide, zu einer Zeit konstruiert, als Autos noch für die Dauer gebaut wurden.

Im letzten Augenblick fragte sie sich, ob Luke wohl auch den Kofferraum wieder abgeschlossen hatte. In diesem Fall mußte sie noch einmal die Schlüssel holen. Doch der breite Kofferraumdeckel gab dem Druck ihres Daumens sofort nach und klappte bereitwillig auf. Hier gab es nun nichts mehr zu verbergen.

In diesem schwarzen Sarg hatte Pippa viele, viele Meilen zurückgelegt. Unterwegs war die Straße manchmal recht uneben gewesen. Dabei konnte der Tiroler Bergschuh leicht aus diesen flachen Manteltaschen herausfallen und in eine dunkle Ecke gerutscht sein.

Aber nein – sie fand nichts als den Reservekanister, das Ersatzrad und eine hölzerne Werkzeugkiste sowie den Wagenheber im Hintergrund des Kofferraums. Bunty schob die beweglichen Gegenstände hin und her und tastete den staubigen Boden des Kofferraums ab, bis sie zufriedengestellt war. Nichts. Die Schlüssel konnten nicht gut in den Reservekanister oder die Werkzeugkiste geraten sein.

Trotzdem hob sie ohne eigentlichen Grund den Deckel der Werkzeugkiste. Der Behälter war derb, aber solide gebaut und vielleicht schon genauso alt wie das Auto. Das oberste Fach enthielt kleine Werkzeuge und eine Menge unnützen Kram, der sich im Laufe der Zeit angesammelt hatte. Solche Dinge werden aufgehoben, weil man immer wieder glaubt, sie eines Tages noch gebrauchen zu können.

Sie hob das obere Fach heraus. Es ruhte auf zwei stabilen Holzkeilen, und darunter öffnete sich ein größeres Fach.

Hier lag ein sauberes, neues, flaches Päckchen, das fast genau in die Vertiefung paßte, ordentlich eingewickelt in buntes Packpapier. Es paßte so wenig hierher, daß Bunty überrascht zurückfuhr. Das Päckchen war ungefähr 45 × 30 cm groß und sah aus wie einer jener teuren Kunstbände, die reiche Leute heutzutage auf ihren Tischen herumliegen haben. Aber es war kein Buch. Sie betastete es und spürte nichts von einem harten Buchdeckel. In dem Päckchen mußte sich nachgiebiges, schweres Papier befinden. An anderer Stelle wäre ihr das Päckchen gar nicht aufgefallen, doch hier erregte es ihre Aufmerksamkeit wie plötzlich aufflammendes bengalisches Feuer.

Sie hob das Päckchen heraus und zupfte neugierig am Ende des rosa Bändchens, mit dem es zusammengebunden war. Dann wickelte sie eine Ecke aus. Der Inhalt fühlte sich wie Papier an – es war auch Papier. Ordentliche Bündel von dünnem, länglichem, geschmeidigem, weißem Papier, bedruckt in Sepiabraun und gedämpftem Grün, zusammengehalten von einfachen braunen Gummibändern.

Ungläubig ließ sie das freie Ende dieser Papierscheine

durch die Finger gleiten und riß die Augen auf. Soviel Zehn-Pfund-Noten hatte sie noch nie in ihrem ganzen Leben gesehen. Nach einer oberflächlichen Schätzung mußte sie mindestens zwölftausend Pfund in der Hand halten.

Für einen kurzen Augenblick empfand sie Erschrecken, Entsetzen, Abscheu. Sie hatte plötzlich Luke vor Augen, der sie die ganze Zeit über angelogen hatte, der sich zusammen mit dem Mädchen auf irgendein schmutziges Geschäft eingelassen und sie dann ermordet hatte. Das Paket war hier versteckt in seinem Wagen, seinem Werkzeugkasten, er war an die Küste geflohen, wollte die Flucht mit dem Boot fortsetzen und hatte genügend Mittel mitgebracht, um sich woanders eine ganze Weile über Wasser halten zu können.

Es war ein furchtbares Erschrecken. Und es verging wieder so schnell, wie es gekommen war. Wie ein scharfer Windstoß fuhren ihr die Gedanken durch den Sinn, dann trat wieder völlige Windstille ein.

Nein, sie wußte es besser, sie hatte untrügliche Beweise dafür. Wenn er Pippa umgebracht hätte, so wäre Bunty Felse inzwischen auch tot und brauchte sich keine Gedanken wegen des Geldes zu machen. Er war kein Mörder, und als Mittäter bei irgendeiner kriminellen Sache würde er gar nicht taugen. Außerdem sagte ihr der Instinkt, daß er ihr unmöglich die ganze Zeit über etwas vorgemacht haben konnte. Wozu auch, selbst wenn seine schauspielerischen Fähigkeiten dafür gereicht hätten? Nein, ihr Vertrauen wurde durch den Schrecken eigentlich gar nicht erschüttert. Sie wußte, daß sie sich in ihm nicht täuschte, darauf hätte sie ihren Kopf verwettet. Vielleicht tat sie das sogar wirklich. Luke nicht, Pippa!

Hatte er nicht zweimal erwähnt, daß sie sich seinen Wagen am Donnerstag zum Einkaufen ausgeliehen hatte?

Deshalb war sie also so scharf darauf, mit Luke nach London zu fahren. Deshalb hatte sie so heftig reagiert, als Luke ihr eindeutig klargemacht hatte, daß sie nicht fahren würden, daß er sich ihretwegen keine Illusionen mehr machte, daß der Wagen noch in der Garage stand, daß sie ihn nie erreichen konnte.

Von dem Geld konnte sie ihm nichts sagen, und zu dem Versteck hatte sie keinen Zutritt. Sie hatte ihren Schatz selbst an eine Stelle gelegt, die für sie nun unerreichbar war. Kein Wunder, daß sie tobte, kein Wunder, daß sie sich zu der Dummheit hinreißen ließ, ihn auch noch mit der Pistole zu bedrohen.

Richtig – hier hatte sich jemand auf eine kriminelle Sache eingelassen, aber dieser Jemand war nicht Luke. Pippa wollte Hals über Kopf mit dem heißen Geld fliehen, doch es war keine Flucht vor Luke. Im Gegenteil: Sie war zu ihm zurückgekehrt, hatte sich erneut bei ihm eingeschmeichelt, nur um in ihm einen Helfer für die Flucht zu finden. Das war es, was sie von ihm gewollt hatte. Nur das hatte sie im Sinn, als sie zu ihm zurückkehrte und netter zu ihm war als je zuvor.

Und sein Verlobungsring? Nun, eine zusätzliche Prämie ist immer willkommen. Warum nein sagen? Wenn sie den Ring annahm, dann war sie seiner Mithilfe noch sicherer. Außerdem wirft man einen Solitär nicht einfach weg.

Vor Buntys Augen taten sich mehr und mehr Folgerungen auf. Sie war fast benommen, als sie merkte, wie die bisher wirr durcheinanderliegenden Mosaiksteinchen sich nacheinander ordneten wie ein Puzzlespiel, das sich plötzlich entschlossen hat, von selbst zu einem Bild zu werden.

Luke konnte jetzt jeden Augenblick vom Strand heraufkommen. Er sollte das Päckchen selbst finden, genau wie sie es gefunden hatte; er sollte selbst daraus folgern, was dieser Fund für ihn bedeutete. Das würde wahrscheinlich das letzte Körnchen Zweifel in ihm zerstören, wie auch sie von der Vermutung eines einzigen Augenblicks rasch wieder abgekommen war. Er hatte ein Recht darauf zu wissen, daß sie an ihm gezweifelt hatte, wenn er nur begriff, daß dieser Zweifel der letzte war.

Hastig packte sie das Bündel, das sie geöffnet hatte, wieder zu, verschnürte das Päckchen genauso, wie es zuvor gewesen war, und legte es in den Werkzeugkasten zurück. Sie schloß den Kofferraumdeckel, sperrte die Garage ab und brachte den Schlüssel an seinen Platz zurück.

Gleich darauf kam Luke von der Bucht herauf. Sie wartete, bis er den Dufflecoat in den Flurschrank gehängt hatte und seine eigene Jacke wieder trug. Dann steckte sie den Kopf aus der Küche und rief: »Wäre es nicht möglich, daß sie den Schlüssel doch noch in ihrer Tasche hatte?«

Er schüttelte entschieden den Kopf. Er hatte diese schmale Gestalt in seinen Armen gehalten und ordentlich auf das Bett gelegt, er wußte, daß ihre Taschen nichts enthielten. Sie hatte auch früher nie etwas in ihren Taschen getragen, sondern dazu stets diese übergroßen, vollgestopften Handtaschen benutzt.

»Sie können auch nicht im Kofferraum herausgerutscht sein?« fragte sie. »Ich möchte nur wirklich ganz sicher sein, daß jemand anders die Schlüssel an sich genommen hat.«

»Ich halte das für ausgeschlossen«, sagte Luke, »aber ich kann ja rasch einmal nachsehen.« Bereitwillig griff er nach dem Garagenschlüssel und ging voran.

Er fand es.

Sie brauchte ihm nicht einmal einen entsprechenden Hinweis zu geben. Er tastete mit übertriebener Sorgfalt jeden Winkel des großen Kofferraums ab, schob den Benzinkanister beiseite, griff mit der Hand hinter das Reserverad und öffnete den Deckel des Werkzeugkastens.

»Nichts«, sagte er. Dann lächelte er in einer plötzlichen Erinnerung. »Wissen Sie, daß dieser Kasten das einzige ist, was ich im Werkunterricht in der Schule jemals zustande gebracht habe? Nicht sehr sauber gearbeitet, aber den guten Willen muß man doch anerkennen.«

Er war glücklich. Er hoffte auf Gnade, er glaubte an die Gerechtigkeit. Er wußte – wußte bestimmt –, daß er kein Mörder war. Sie fragte sich jetzt selbst, wie sie auch nur für einen einzigen Augenblick hatte zweifeln können. Nur wenige Menschen auf der ganzen Welt konnten ihn so genau kennen, wie sie ihn kannte. Nicht einmal seine Mutter – falls er noch eine hatte – kannte ihn besser.

»Ein stabiles Ding«, sagte sie. »Was haben Sie eigentlich drinnen? Eine komplette Heimwerkerausrüstung? Dafür ist der Kasten fast groß genug.«

»Hauptsächlich unnützen Kram«, antwortete er. »Ich kann schlecht etwas wegwerfen.« Er hob den Kasten heraus und war einen Augenblick selbst neugierig geworden.

»He«, rief er laut. »Was ist das denn? Ich hab' doch nicht ... Der Weihnachtsmann war da!« Aber es gelang ihm nicht, den harmlosen, leichten Ton wiederzufinden. Besorgt, verwundert, doch ruhig hob er das Buch heraus, das keines war, betrachtete das lustige Packpapier, das mit Bücherwürmern aller Sorten bedruckt war, die ihre Nasen in verschiedene Bücher steckten, die Jungen in Kinderbücher, die Alten in Romane und so weiter.

»Das verstehe ich nicht, ich habe das Päckchen hier nicht hingelegt.«

»Was ist denn drinnen?« fragte Bunty hinter ihm. »Machen Sie doch auf.«

Er öffnete das Päckchen auf dem Kotflügel und klappte das Papier mit der Entschlossenheit beiseite, die er immer zeigte, wenn er sich für etwas entschieden hatte. Sie beobachtete das plötzliche Erstarren seiner Miene, die Kinnlade, die herabfiel, die erstaunt aufgerissenen Augen, dann das wunderbar rasche Begreifen. Alles echt. Weniger vorbereitet war sie auf dieses plötzliche Begreifen, auf das intelligente Erfassen, als er ihr den Blick zuwandte.

»Ja«, antwortete sie. »Ich habe es gefunden, als Sie beim Boot unten waren.«

»Ich schwöre Ihnen, daß ich davon nichts gewußt habe.«

»Das weiß ich. Etwa fünf Sekunden lang habe ich gezweifelt«, gab sie mit fester Stimme zu. »Aber das war auch alles. Nein, das Päckchen hat natürlich Pippa hier versteckt. Deswegen wollte sie unbedingt mit Ihnen nach London. Es durfte kein anderes Auto sein. Und deshalb mußte sie auch sterben.«

Sie schlossen die Garage wieder ab, trugen ihren Fund ins Haus und packten ihn auf dem Wohnzimmertisch vollends aus. All das viele Geld – sie konnten es kaum fassen. Keiner von ihnen hatte jemals so viel auf einem Haufen gesehen.

»Deshalb war sie also so aufgeregt, als ich sie hinauswerfen wollte«, sagte Luke, betrachtete stirnrunzelnd das Paket und wagte kaum, es zu berühren. »Und danach hat er auch gesucht. Er hat ihren Koffer durchsucht, dann die Schlüssel weggenommen, um in ihre Wohnung zu gelangen – und die ganze Zeit über war das Geld in meinem Wagen versteckt. Was glauben Sie wohl, woher sie es hat?«

»Es ist gestohlenes Geld, eine andere Möglichkeit gibt es kaum. Ich glaube aber nicht, daß sie selbst etwas Derartiges getan hat. Jemand muß das Geld bei ihr deponiert haben, damit einige Zeit verging und er es dann sicher aus der Gegend wegschaffen konnte. Das Geld lag aber so lange bei ihr, daß sie es schon als ihr eigenes betrachtete. Es bedeutete für sie eine Menge Kleider und Klubs und Partys und Reisen und

Vergnügen – alles, was sie sich wünschte. So stellte sich ihr allmählich die Frage, ob es überhaupt geteilt werden mußte. Konnte ein anderer es besser gebrauchen als sie?«

»Halten Sie das wirklich für möglich? Ich bin zwar sicher, daß sie extravagant und verzogen war ... Aber sie hätte doch niemals ... Ach, ich weiß auch nicht!« schloß er verzagt und wickelte sich nervös das rosa Bändchen um die Finger.

»Was könnte es denn sonst sein? Auf welche andere Art und Weise hätte sie denn an so viel Bargeld kommen können? Und wenn sie es ehrlich erworben hatte – läßt man so viel Geld in bar herumliegen? Und warum hatte sie sich eine Pistole beschafft, wenn sie nicht etwas damit beschützen wollte? Warum hatte sie jemanden gefunden, der ihr eine Pistole gab, wenn sie nicht etwas schützen sollte?«

Bunty setzte sich, stützte das Kinn in beide Hände und betrachtete die Banknoten. Dann fragte sie: »Wie lange hat Pippa eigentlich in Comerbourne gearbeitet?«

»Fast drei Jahre. Als ich sie kennenlernte, hatte sie gerade angefangen.«

»Dann muß das Geld aus einem Überfall in der Nähe stammen«, sagte sie mit aller Entschiedenheit und schloß die Augen, um sich besser an die Ereignisse der letzten Zeit erinnern zu können. Der Anblick der vielen Banknoten störte auch sie beim Denken. »Sie sagten, daß Pippa vor ungefähr zwei Monaten begann, Sie immer mehr abzuschieben. Das war vermutlich der Zeitpunkt, zu dem sie mit diesen Leuten in Berührung kam. Und vor etwas mehr als einer Woche kam sie zurück und schmeichelte sich wieder bei Ihnen ein. Sie hat bei Pope Halsey als stellvertretende Einkäuferin ...«

Plötzlich brach sie ab. Sie riß die Augen auf, große, hellgrüne, verwirrte Augen. »Nein, nein! Doch das muß es sein! Sagen Sie mir noch einmal, Luke, in welcher Abteilung sie gearbeitet hat?«

»Ich glaube nicht, daß ich Ihnen das schon gesagt habe – sie war in der Pelzabteilung«, antwortete er, seltsam berührt, und vergaß für einen Augenblick das Geld. »Warum?«

»Und sie war die Vertreterin des Einkäufers?«

»Ja. Außerdem arbeitete sie als Fotomodell für die Pelzwerbung. Sie sah phantastisch aus. Ich habe die Photos gesehen ...« Er bemerkte Buntys starren, leuchtenden Blick, wie bei einer Wahrsagerin, die im Begriff ist, in ihrer Kristallkugel die letzte Wahrheit zu entdecken. »Warum?«

»Da war eine große Sendung Pelze«, sagte sie mit der Stimme einer Schlafwandlerin. »Sie kam aus London und war für Pope Halsey bestimmt. Das war vor etwa sechs Wochen. Der Lastwagen wurde kurz nach dem Verlassen der M 1 überfallen, indem jemand, der angeblich einen Unfall hatte, den Fahrer aufhielt. Am nächsten Tag wurde der Fahrer mit einer schweren Gehirnerschütterung aufgefunden, der Lastwagen war auf einer kleinen Seitenstraße abgestellt worden. Die Pelze waren verschwunden – restlos weg. Sie wurden vermutlich noch in derselben Nacht zu Bargeld gemacht. Jemand muß von diesem Transport gewußt haben. Wenn nun Pippa den Leuten den Tip gegeben hat?«

»Nein«, stammelte er, erschüttert von Buntys Enthüllungen. Er zog zitternd die Finger von den Banknoten zurück. »Und Sie meinen, das könnte das Geld dafür sein? Nach so langer Zeit?«

»Nein«, antwortete Bunty überzeugt. »Dieses Geld ist das nicht. Comerbourne wäre der allerletzte Ort, wo sie die Ladung hinbringen und das Geld kassieren würden. Es war ja der Bestimmungsort. Nein, das ist es nicht. Aber nehmen wir einmal an, sie spielte bei diesem Überfall den Verbindungsmann. Und nehmen wir weiter an, dieselbe Bande brauchte für einen späteren Coup in Comerbourne ein sicheres Versteck. Nun fiel den Männern ein, daß sie dort ein Mädchen kannten, gut angesehen, über jeden Verdacht erhaben, und ohnehin schon in die andere Angelegenheit verwickelt. Es gab in Comerbourne nämlich noch einen anderen Überfall – vor etwa drei Wochen. Haben Sie nichts davon gehört? Die Lohngelder der Firma Armitage Pressings wurden auf dem Weg von der Bank zur Firma geraubt. Die Gangster verschwanden ebenso wie das Geld. Unmittelbar darauf wurden Straßensperren errichtet, aber das Geld blieb trotzdem verschwunden. Ich bin der Ansicht, daß es in Comerbourne versteckt wurde. Meinen Sie nicht auch? Den Geldtransporter fand man nachher auf einem Autofriedhof mitten in der Stadt. Das Geld mußte in einem Versteck bleiben, bis es nicht mehr ganz so heiß war. Versteckt bei einem Verbündeten in der Stadt, bei einem, dem man vertrauen konnte. Oder zumindest, dem man glaubte vertrauen zu können. Die wöchentliche Lohnsumme der Firma Armitage beträgt ungefähr fünfzehntausend Pfund. Auf wieviel schätzen Sie das Geld hier?«

Er hatte versucht, die Anzahl der Banknoten in jedem Bündel zu zählen und dann die Anzahl der Bündel, aber was dabei herauskam, konnte er kaum fassen. »Nach meiner Meinung müssen es noch über vierzehntausend sein. Da es sich um Lohngeld handelt, war natürlich auch Kleingeld dabei, aber das kann man schlechter transportieren, sie haben deshalb vielleicht darauf verzichtet. Selbst die Banknoten ... Aber die Banken notieren doch keine Nummern von gebrauchten Banknoten, die sie ausgeben, oder doch?«

Die Zeit stimmte, und die Summe stimmte. Woher sollte eine Angestellte sonst fünfzehntausend Pfund in Banknoten bekommen? Bunty beobachtete ihn, wie er immer noch benommen die Bündel durchblätterte. Sie sah, wie seine Hand plötzlich stillhielt. Mit gespannter Miene zog er irgend etwas aus einem der Bündel heraus.

Schwarzer, fester Karton. Oder war es so dunkelblau, daß es schon schwarz wirkte? Luke war die seltsame Steifheit dieses Bündels aufgefallen, noch bevor er die Kante des Kartons gesehen hatte. Er schob den Daumen unter den braunen Klebestreifen, riß ihn auf und warf ein kleines, schwarzes Büchlein auf den Tisch. Die Vorderseite trug einen Aufdruck in Goldbuchstaben, dazu ein Wappen, zwei weiße Sichtfenster.

»Ein Paß!«

Der Paß war so brandneu, daß der Deckel sich ein wenig öffnete, sobald er nicht mehr gepreßt wurde.

»Pippas Paß, natürlich!« sagte Luke mit leiser Stimme und schlug die bläulich getönten Seiten auf, die noch ein wenig zusammenklebten. Zwischen den Seiten lag ein zusammengefaltetes Stück Papier. Es öffnete sich von allein. »Ah!« rief er. »Jetzt wird mir alles klar!«

Es war eine Flugkarte der BEA. Er schlug sie auf und las die Eintragungen, die ihm eine neue Erleuchtung brachten.

»Es ist das Datum von heute. Ein einfacher Flug von Heathrow nach Le Bourget, mit der Acht-Uhr-Maschine. Deshalb brauchte sie also die Reisetabletten. Sie mußte um sieben Uhr im Londoner Westend sein. Ich glaube nicht, daß ich schon wach gewesen wäre, wenn sie nach Paris startete. Es wäre auch gar nicht schwierig gewesen. Wir – wollten eigentlich kein Doppelzimmer ... Für sie kam es nur darauf an, das Päckchen aus dem Werkzeugkasten zu holen, wenn ich nicht dabei war. Das hätte sie auch geschafft. Sie brauchte nur zu sagen, sie habe etwas im Auto vergessen, wenn ich mich gerade rasierte oder aus einem anderen Grund ihr den Weg nicht abnehmen konnte. Sie hat schon, weiß Gott, schwierigere Sachen fertiggebracht. Ich glaube, mit mir ist sie ganz gut fertig geworden.«

»Stimmt«, sagte Bunty. »Sie haben es ihr nicht schwer gemacht. Aber es hat dann doch nicht so geklappt. Die anderen wollten ihr Geld abholen, als Pippa gerade alles für ihre Flucht vorbereitet hatte. Kann's denn anders gewesen sein? Pippa wurde bis zu Ihrer Wohnung verfolgt. Vielleicht wurde sie ohnehin auf Schritt und Tritt überwacht, denn diese Leute trauen keinem Menschen über den Weg. Sie haben gesehen, wie sie mit einem Koffer ihre Wohnung verließ, sie wurde verfolgt, und es war sicher ganz einfach, in Ihre Wohnung einzudringen. Sie hörten einen Teil – vielleicht nicht sehr viel – von dem Wortwechsel zwischen Ihnen und sahen das Handgemenge um die Pistole. Jetzt war es ganz einfach, Ihnen einen Schlag über den Kopf zu versetzen, dann konnten sie sich von dem lästig gewordenen Mädchen befreien und gleichzeitig Ihnen die Schuld in die Schuhe schieben. Wenn selbst Sie von der eigenen Schuld überzeugt waren, warum sollte die Polizei dann noch weitersuchen? Aber Sie sehen ja selbst, welche Fehler die Gangster begingen. Sie waren sicher, das Geld in Pippas Koffer zu finden. Aber es war nicht dort! Nun war es zu spät, das Mädchen noch zu befragen, was es mit dem Geld getan hatte. Pippa konnte keine Fragen mehr beantworten. Wahrscheinlich wurde ihre Wohnung durchsucht, aber von dem Wagen können sie nichts gewußt haben.

Sie konnten nicht einmal ahnen, wo das Geld versteckt lag! Aber sie nahmen Pippas Schlüssel mit und machten sich an eine gründliche Durchsuchung ihrer Wohnung. Meines Erachtens gingen sie davon aus, daß Pippa das Geld selbst irgendwo in Sicherheit gebracht hatte, aber sie suchten wohl nach einem Gepäckschein, einem Safeschlüssel oder etwas Ähnlichem.«

Er hob den Kopf, sah sie an und verzog die Lippen zu einem warmen Lächeln. »Das sind eine Menge Vermutungen.«

»Ich weiß, aber sie erscheinen logisch. In einem Punkt können wir sicher sein: Der anonyme Anrufer, der die Polizei alarmierte, damit Sie abgeholt würden, hat die Leiche nicht identifiziert. Man wollte bezwecken, daß die Polizei sich mit aller Kraft in Ihrer Wohnung zu schaffen machte. Den Gangstern war nicht daran gelegen, daß sich die Untersuchung auf Pippas Wohnung ausdehnte, da sie dort selbst noch eine ganze Weile zu tun hatten. Ist Ihnen vielleicht aufgefallen, daß keiner der Gegenstände in Pippas Handtasche ihren Namen trägt? Sie hat nicht einmal einen Ausweis oder einen Bankauszug in der Brieftasche.«

»Jetzt fällt mir das auch auf«, sagte er und hob plötzlich den Kopf wie ein witternder Jagdhund, der plötzlich in der Ferne einen Schuß hört. »Sie hofften wahrscheinlich, am Morgen irgendwelche sensationellen Meldungen zu hören, zumindest übers Radio eine kurze Nachricht von dem Mord und der polizeilichen Durchsuchung meiner Wohnung. Aber es gab keine! Sie wußten, daß etwas schiefgegangen sein mußte. Sie mußten daraus folgern, daß es mir auf irgendeine Weise gelungen war, mich der Leiche zu entledigen und unbemerkt zu entfliehen.«

Bunty gab einen leisen, ärgerlichen Laut von sich. Sie stand rasch auf, schob die Banknotenbündel wieder zusammen und begann sie einzuwickeln.

»Ja. Luke, ich habe nicht bedacht ... Mir war nicht klar ...«

Er fuhr fort: »Und da sie in Pippas Wohnung nichts fanden, nicht einmal einen Gepäckschein, so mußte ihr nächster Gedanke wohl sein, daß ich nicht nur mit Pippa und allen Beweisstücken, sondern auch mit ihren fünfzehntausend Pfund in der Tasche geflohen war.«

9

Sie starrten einander über den Tisch hinweg an, über das belanglose Papier hinweg, das zu einem Mord geführt hatte. Jeder von ihnen kalkulierte hastig und überstürzt, welches Risiko es für sie beide darstellte.

Bunty sagte: »Sie werden heute aufmerksam die Ohren nach allen Polizeimeldungen von gestern spitzen. Sie werden nichts über einen Mord hören, aber die Bedeutung des Wagens, der ein Rotlicht überfahren hat und fast einen Polizeibeamten umgefahren hätte, wird ihnen nicht entgehen. Der Wagen, der es so eilig hatte, aus Comerbourne zu fliehen.«

»Natürlich«, gab er grimmig zu, »das werden sie sicher bemerken. Die Polizei hier oben wurde alarmiert. Auf irgendeine Weise wird man es auch weiter südlich erfahren, selbst wenn die Geschichte noch nicht eigentlich veröffentlicht wurde. Sie werden wissen, in welche Richtung die polizeilichen Ermittlungen führen. Innerhalb gewisser Grenzen werden sie wissen, wo sie nach mir suchen müssen ...«

»Nach uns«, verbesserte Bunty sofort.

»Nach mir! Ach, Bunty ... Gott im Himmel, ich hätte Sie doch nach Hause schicken sollen.«

»Sie haben es ja versucht. Zerbrechen Sie sich nicht den Kopf darüber, Sie sind nicht schuld daran, daß ich nicht gegangen bin. Ich wollte es nicht, und ich will es auch jetzt nicht«, sagte sie eigensinnig.

»Dann nehmen wir den ganzen Kram und verschwinden wir von hier, solange die Luft noch rein ist. Ich möchte Sie zur Polizei bringen. Ich habe mir noch nie so sehnlichst die Polizei herbeigewünscht«, sagte er, stieß ein ziemlich atemloses Lachen aus und knüpfte rasch das rosa Bändchen um das Banknotenpäckchen. »Ziehen Sie den Mantel an«, sagte er. »Alles andere lassen wir liegen. Wir führen die Polizei hierher. Ich führe sie hierher. Sie bleiben an einem Ort, wo Sie sicher sind.«

»Aber wir dürfen uns immer noch nicht erwischen lassen. Der Wagen …«

»Das spielt jetzt keine Rolle mehr«, sagte er entschieden. »Wenn die Polizei sich nach mir umsieht, um so besser. Ich halte gern an und gebe Sie in sichere Hände. Die anderen kennen doch unsere Autonummer nicht, oder doch?« Für eine Sekunde ging ihm auf, daß sie völlig isoliert hier saßen und keinerlei Nachrichten gehört oder gelesen hatten. »Großer Gott, warum läßt Reggie nicht ein richtiges Radio hier? Sie bringen natürlich immer ihren Transistor mit. Wir haben nicht die leiseste Ahnung, was sich den ganzen Tag über abgespielt hat, aber ich möchte wetten, daß die Bande ständig einen Mann am Radio sitzen hatte. Wenn man sich ein wenig auskennt, kann man auch den Polizeifunk empfangen. Ich habe mir oft ihre Unterhaltungen über Autodiebstähle angehört. Die Fahndung nach uns ist eine Angelegenheit, über die bestimmt den ganzen Tag gequatscht wurde.«

»Aber diese Leute sind vielleicht gar nicht so tüchtig«, sagte Bunty naserümpfend und zog ihren Mantel an. Dann bückte sie sich und zog den Stecker des Elektroherdes aus der Dose. »Vergessen Sie nicht den Hauptschalter. Sie wissen, wo er ist, ich weiß es nicht. Bedenken Sie doch die Fehler, die die Gangster begangen haben. Der Mord …«

»Ja …« Das kam so leise und verbittert, daß ihr schlagartig bewußt wurde, wie sehr er das arme Mädchen oben geliebt haben mußte, wie tief die Widerhaken dieser Liebe noch in seinem Wesen verankert waren.

»Hier, das nehmen Sie.« Er hielt ihr das Banknotenpaket

hin. »Ich möchte lieber ... Sie haben es entdeckt. Sie können sich kaum vorstellen, was für ein böses Gefühl es ist, fünfzehntausend Pfund in der Hand zu halten, die einem anderen gehören, wenn man an jedem Monatsletzten unweigerlich pleite ist.«

»Mir brennt es auch in den Fingern«, gab sie zu und war erschüttert, weil ihr aufging, daß sie tatsächlich die Wahrheit sagte. »Arme Pippa!« fügte sie hinzu, und die Gedankenverbindung war unmißverständlich. »Aber wir sind besser dran. Die fünfzehntausend Pfund bedeuten für uns mehr als den Geldwert – es ist der Entlastungsbeweis für Sie.«

Der Raum sah genauso aus, wie sie ihn vorgefunden hatten. Wenn er das Licht ausschaltete, dann deuteten nur noch die leeren Konservendosen und das zerbrochene Porzellan im Abfalleimer auf ihre Anwesenheit hin. Luke sah sich aufmerksam um und war zufrieden. Zuletzt schob er die Pistole behutsam in die rechte Manteltasche – die Mündung nach vorn, ein schlummernder Teufel.

Allmählich wurde es schon dunkel; in Wirklichkeit hatte die Dämmerung gerade erst begonnen, und wenn sie das Licht im Haus ausschalteten, würde es draußen wieder heller erscheinen und fast noch Tag sein.

Luke bückte sich in die Vorratskammer. »Fertig? Ich werde jetzt den elektrischen Strom abschalten. Ich bringe eine Taschenlampe mit, hier auf den Regalen liegt eine.«

Sie regte sich nicht. Sie kannte dieses Haus inzwischen ebensogut wie ihr eigenes. Sie war nicht bereit, einen einzigen Schritt ohne ihn zu tun. Es ging um ihre Ehre. Sie mußte bei ihm bleiben, ihn stützen und führen, bis er wieder selbst in der Lage war, auf eigenen Beinen zu stehen, selbst zu gehen und sich gegen jede Herausforderung zu wehren.

Das Licht ging aus. Die Fenster zeichneten sich hell ab, ein grünlich-blauer Schimmer fiel herein, angenehm und freundlich; undeutlich zeichneten sich die Konturen im Zimmer ab. Sie wartete und preßte das flache Paket fest an sich. Nach einem Augenblick sah sie einen Lichtschein, hörte feste, sichere Schritte – er war wieder an ihrer Seite. Er tastete nach ihrer freien Hand, nahm sie und hielt sie fest.

Genau in diesem Augenblick hörten sie den Motor eines Wagens, der sich vorsichtig über den unebenen Weg auf das Haus zu bewegte. Langsam, heimlich, mit so wenig Geräusch wie möglich kam er auf dem einzigen Weg näher, der zum Haus führte, und blockierte damit den Fluchtweg.

Sie hörten, wie der Wagen irgendwo zwischen den Bäumen anhielt. Sie hielten den Atem an und warteten. Einen Augenblick später brummte der Motor wieder auf, bedrohlich wie das Schicksal selbst. Das Geräusch kam näher, aber immer noch war eine Bodenwelle zwischen ihnen und der Bedrohung.

Die Polizei kommt zurück! schoß es Bunty durch den Kopf. Als ob sie diesen Gedanken laut ausgesprochen hätte, flüsterte er ihr zu: »Nein!« Er lauschte noch eine Weile mit angehaltenem Atem, dann fügte er hinzu: »Das ist nicht der Wagen von heute morgen.«

Er zog sie hinaus auf den Flur, ließ behutsam ihre Hand los, und dann hörte sie ihn mit langen, leichten Schritten die Treppe hinaufrennen. Er nahm immer drei Stufen gleichzeitig. Sie tastete sich hinter ihm her und fand ihn in dem großen Schlafzimmer, das nach vorn hinausging. Er duckte sich neben das Fenster. Auch ihre Augen hatten sich inzwischen an das Dämmerlicht gewöhnt, sie konnte alles klar erkennen.

Sie sah den Wagen ganz vorsichtig um die Kurve der Einfahrt kriechen; er hielt sich möglichst im Schutz der Bäume. Wieder hielt der Wagen an. Das im Dunkeln liegende Haus wurde beobachtet, dann glitt er weiter, die Einfahrt herauf.

Hatte das Fehlen eines Lichtscheins die Insassen beruhigt?

Oder hatte die Furcht, das Haus könnte wirklich leer sein, sie nur zu rascherem Handeln angeregt?

Die Tür flog auf, noch bevor der Wagen dicht an der Haustür zum Stehen gekommen war. Ruhig und entschlossen stiegen links und rechts zwei Gestalten aus dem Wagen, dann verstummte der Motor. Auch der Fahrer schob sich hinter dem Lenkrad hervor. Drei stumme, unbekannte Gestalten standen auf dem kiesbedeckten Hof und sahen unter den Krempen ihrer Hüte nachdenklich zu den dunklen Fenstern des Hauses hinauf. Zwei der Gestalten hielten plötzlich Waffen in den Händen, wie hingezaubert und festgewachsen.

Luke zog sich vom Fenster zurück, legte seinen Arm um Bunty und zog sie durch die Tür auf die Treppe zu. Lautlos schloß er die Tür zum Schlafzimmer hinter seinem Rücken. Ringsum herrschte jetzt absolute Stille. Sie wagten nicht zu sprechen, nicht einmal zu flüstern.

Gott sei Dank hatten sie vor der Ankunft des Wagens alle Lichter gelöscht. Aber sie erinnerten sich beide an das, was der Polizeibeamte am Morgen gesagt hatte. Er und sein Begleiter hatten von der Küstenstraße aus ein Licht bemerkt, und zwar schon aus einiger Entfernung. Vielleicht hatten auch diese Männer ein Licht gesehen, schon vor einer ganzen Weile. Bunty und Luke hatten gar nicht daran gedacht, die Fenster abzudunkeln. Die Anwesenheit von Mrs. Chartley war schließlich der Polizei bekannt, wozu dann noch die Heimlichtuerei? Jetzt war es zu spät, sich darum Gedanken zu machen. Sie konnten nur einfach über den einzigen noch offenen Fluchtweg von hier verschwinden und darum beten, daß diese Männer hier nichts weiter wollten als einer Spur nachgehen, sich davon überzeugen, daß das Haus leerstand, um dann an anderer Stelle zu suchen.

Aber die Waffen, die ganz plötzlich in den Händen der

Männer erschienen waren, sahen gar nicht danach aus. Auch ihre Bewegungen hatten etwas Zielstrebiges, Bedrohliches an sich.

Trotz aller Eile stolperte keiner der beiden im Haus auf der Treppe. Keiner von ihnen stieß im Flur an eines der Möbelstücke. Sie hörten das leise, gleichmäßige Knirschen von Kies unter vorsichtigen Schritten. Hier drinnen war es jedoch dunkel genug, um keine Bewegung erkennen zu lassen, und die Haustür war mit undurchsichtigem Milchglas versehen.

Luke tastete sich durch die Wohnzimmertür und schloß sie behutsam hinter sich. Im gleichen Augenblick machte sich eine Hand an dem Riegel der Haustür zu schaffen. Es gab ein leises, metallisches Geräusch, dann wußten die Männer, daß die Tür verschlossen war. Jetzt konnten die beiden im Haus sich freier bewegen, sie hatten einen sicheren Abstand zwischen sich und ihren Gegnern, sie konnten sich ganz auf Eile konzentrieren, denn nur darauf kam es in diesem Augenblick an. Sie mußten den steilen Pfad mit den Treppenstufen zu der Bucht hinter sich gebracht haben, bevor die Männer die Rückseite des Hauses erreichten und sie von der winzigen Terrasse aus hinunter zum Meer verfolgen konnten.

Das Boot war die einzige Trumpfkarte, die ihnen noch verblieben war. Warum hatte er sich durch ihren Ordnungssinn nur dazu verleiten lassen, es wieder ins Bootshaus zu bringen? Hätte das Boot noch am Steg gelegen, so wären jetzt kostbare Sekunden gespart worden.

Sie schlichen durch die Küche hinaus, vorbei an der Vorratskammer, dann opferte Luke einen Augenblick, um den Schlüssel in der Hintertür herumzudrehen. Das bedeutete zwar eine kleine Verzögerung, aber das Bild des leeren Wochenendhauses wirkte dann um so überzeugender. Hoffentlich gelang es ihnen, rasch genug außer Hörweite zu gelangen.

Der Mond stand noch nicht am Himmel, aber das schwache Licht der Sterne fiel auf die Steinplatten der winzigen Terrasse. Die flachen Stellen des steilen Pfades schimmerten ein wenig. Glücklicherweise hatte dieser Weg viele Kurven und Biegungen, so konnten sie innerhalb weniger Sekunden außer Sichtweite sein. Das Geräusch, das sie dabei unweigerlich verursachen mußten, war viel gefährlicher.

Luke eilte an den Rand der Terrasse und ging im zunehmenden Dunkel voran. Er bewegte sich auf bekanntem Gelände und konnte sich eine gewisse Schnelligkeit erlauben, aber auf dem Steilhang konnte schon ein einziger Stein, von einem Fuß losgetreten, eine kleine, geräuschvolle Lawine ins Rollen bringen. Die Männer vor dem Haus würden mit dem Öffnen der Haustür sicher nicht viel Zeit verschwenden. Wenn keine anderen Mittel zur Verfügung stehen, kann man ein Türschloß mit einem einzigen Schuß sprengen.

All diese Gedanken schob Luke vorerst beiseite und konzentrierte sich darauf, so rasch und lautlos wie möglich den Weg hinunterzurennen. Dabei hielt er Bunty mit dem linken Arm fest, damit sie nicht ausrutschte und stürzte, wenn die Steinplatten ein wenig schräg lagen. Der Weg war schmal und steil, und da sie schräg hinter ihm ging, konnte sie höchstens gegen ihn und nicht den Abgrund hinunterfallen, wenn sie den Halt verlor. An den Stellen, wo er ebener wurde, faßte er ihre Hand, aber stellenweise war der Weg so schmal, daß sie hinter ihm hergehen und sich an seiner Schulter festhalten mußte. Bei jedem Schritt zitterte er unter der Berührung ihrer Finger – es war gleichzeitig Freude und Angst –, und er wünschte sie viele Meilen weg von hier, an einen sicheren Ort, nur fort aus dieser Gefahr, in die er sie gebracht hatte.

Sie hatten ungefähr den halben Weg zurückgelegt, da hörten sie die Hintertür des Wochenendhauses mit einem Krach auffliegen. Im gleichen Augenblick knirschten eilige Schritte auf dem steinbelegten Weg, der um das Haus herum zur Rückseite führte. Ein Mann war ums Haus herumgegangen, zwei vermutlich durch das Haus hindurch.

Luke ließ den Schlüssel vom Bootshaus in seiner Tasche nicht aus den Fingern. Seine Knöchel preßten sich dabei gegen die Pistole. Dieses Gefühl gab ihm ein wenig Sicherheit. Der Lichtkegel einer Taschenlampe tastete sich über den zerklüfteten Felshang. Die vielen Windungen des Weges deckten sie gegen den Lichtschein, und sie hatten den Steg auch fast erreicht, aber die Verfolger würden auf jeden Fall den Pfad entdecken. Das Dach des Bootshauses schimmerte grau auf, als der Schein der Taschenlampe darüberstrich. Mit Hilfe dieses Lichts würden die Männer den Abstieg nur allzu rasch schaffen.

Luke konzentrierte sich so sehr auf die Bewegungen der Männer oben, daß ihn die Bewegung weiter unten völlig unvorbereitet traf. Er erschrak so sehr, daß sein Herz für eine Sekunde stehenzubleiben drohte.

Ein vierter Mann wuchs aus dem Schatten auf und versperrte ihnen den Weg. Die massige Gestalt mit den breiten Schultern, ohne Hals, mit dicken Muskeln bepackt, nahm die ganze Breite des Pfades ein. Eine tonlose Stimme, die so grau klang, wie die Felsen ringsum aussahen, befahl: »Ganz ruhig stehenbleiben, Freundchen, keine Bewegung, Hände hoch!«

Luke, der gerade ein paar besonders steile Stufen hinuntergelaufen war, blieb so ruckartig stehen, daß Bunty ihr Gleichgewicht verlor. Sie rutschte auf einem Stein aus, der unter ihren Schuhen nach vorn wegkippte, fiel auf Hände und Knie, klammerte sich am Felsen fest und spürte, wie die losgelöste Felsplatte gegen ihre Hüfte schlug. Ein paar von den Steinen, die die Platte gestützt hatten, waren weggeschwemmt worden und hatten sie zu einer Wippe gemacht.

Bunty preßte ihre Schulter dagegen, um die Platte zurückzustoßen und wieder freizukommen. Aus diesem Augenblick des Schreckens und der Unsicherheit wurde ihnen beiden die Gewißheit, daß sie hier nicht durchkommen konnten.

Sie hatten ihre Gegner unterschätzt. Die hatten sich von der Lage des Hauses überzeugt und es vom Meer her beobachtet, bevor sie mit dem Auto herankamen.

Auch dieser Fluchtweg war also versperrt.

Bunty raffte sich wieder auf, gedeckt durch Lukes Körper. Sie hörte die harte Stimme des Fremden ungeduldig sagen: »Du hast doch gehört, was ich gesagt habe. Los, hoch mit den Pfoten!«

Beim letzten Wort schoß Luke aus der Manteltasche. Er wußte gar nicht, daß er dazu überhaupt fähig war. Ihm war nicht einmal klar geworden, daß sein Daumen automatisch den Sicherungshebel zurückgeschoben hatte. Noch weniger bewußt hatte er den Schußwinkel so bestimmt, daß er seinen Gegner, der weiter unten stand, zwar verletzte, aber nicht tötete. Auf diese Entfernung konnte nicht einmal ein so schlechter Schütze wie Luke sein Ziel verfehlen; denn die massige Gestalt füllte den ganzen Felseinschnitt aus, durch den der Pfad hier führte. Gegen das silbrige Schimmern des Meeres zeichnete sich die Silhouette deutlich ab. Luke und Bunty waren gegen die dunklen Felsen jedoch kaum auszumachen. Trotzdem griff Luke mit der linken Hand nach ihr, während er mit der rechten die Pistole abfeuerte. Er zog sie dicht hinter seinen Rücken, um sie zu decken.

Der Schuß krachte zwischen den Felsen grell und laut, dann folgte ein keuchendes Ächzen und ein seltsam dünnes Wimmern. Die dunkle Gestalt vor ihnen kippte plötzlich zur Seite, der Mann griff nach seinem Knie und rollte kraftlos über die Steine. Erst einen Meter weiter unten fanden seine Füße wieder festen Halt.

Was Luke am meisten erstaunte, war die Tatsache, daß die Waffe seines Gegners nicht losging. Er hatte aber keine Zeit, sich darüber Gedanken zu machen. Ohne ein Wort warf er sich nach vorn, schob Bunty vor sich her an dem ächzenden, fluchenden Mann vorbei, sprang hinter ihr her.

Plötzlich erhob sich die zuckende Gestalt, als hätte der Felsen sie hochgedrückt. Ein Arm griff nach den beiden. Blindlings warf sich Luke nach vorn, spürte, wie Finger nach seinem Knöchel griffen, und kam wieder frei. Aber dann ereilte ihn das Schicksal. Er rutschte auf ein paar losen Steinen aus und krachte so hart auf den Rücken, daß er für einen Augenblick keine Luft mehr bekam. Die Sinne schwanden ihm beinahe. Die Hand, die von seinem Knöchel abgeglitten war, schoß auf ihn zu und krallte sich in sein Haar. Ein schweres Gewicht fiel über ihn und nagelte ihn am Boden fest. Die Hand preßte sich auf seinen Mund. Nicht an den Hals, an den Mund!

Das war es also! Deshalb hatte der andere nicht geschossen! Luke bemühte sich, seinen Arm unter dem schweren Gewicht hervorzuziehen. Sie wollten keinen Krach, den man trotz des Rauschens der Brandung meilenweit nach allen Richtungen hören konnte. Die Wache, die den Rückweg versperrte, hatte den Befehl, zu drohen, aber unter gar keinen Umständen zu schießen. In diesem Fall konnte Luke nur froh sein, daß er wenigstens einmal geschossen hatte. Irgend jemand in der Nähe mochte den Schuß gehört haben.

Bunty! dachte er verzweifelt. Er bekam einen Arm frei und schlug seine Faust von unten her mit aller Kraft gegen das massige Kinn. Schrei doch, Bunty, dachte er, jetzt kannst du noch schreien. Schrei doch! Vielleicht laufen sie doch noch davon. Aber es hatte keinen Zweck. Bunty war nicht der Typ, der in einer solchen Situation schrie. Von ihr kam kein Laut.

Ein Arm schoß auf seinen Kopf zu. Er wich mit einer

Kopfbewegung dem Schlag aus und spürte, wie etwas Hartes seine Schläfe berührte. Es klang ihm metallisch in den Ohren. Kräftige Finger bohrten sich tief in seine Backen und krampften sich um seine Zähne. Er bekam kaum noch Luft und hörte auch seinen Gegner keuchen. Der Mann fluchte monoton und zusammenhanglos vor sich hin, und zwischen den Worten ächzte und stöhnte er immer wieder vor Schmerzen.

Dann verschob sich das Gewicht auf Lukes Körper wieder. Der Mann unternahm einen zweiten Versuch, ihn mit dem Revolver niederzuschlagen. Da stemmte Luke sich hoch und versuchte, den Gegner abzuschütteln, aber der Mann war zu schwer, um so leicht aus dem Gleichgewicht gebracht zu werden. Von weiter oben kam das Geräusch rascher Schritte den Weg herunter – es war wie die Geräuschkulisse zu einem Fernsehdrama.

In diesem Augenblick stand Bunty neben den beiden Männern am Boden. Sie hielt einen dicken Steinbrocken in beiden Händen und war so wütend, daß sie die Angst ganz vergessen hatte. Der Stein eignete sich nicht besonders gut für ihre Zwecke, aber sie hatte im Dunkeln danach tasten müssen. Sie verstand es kaum, richtig damit umzugehen. Vielleicht hatte sie recht: In ihnen beiden war eine Sperre eingebaut, die sie am Töten hinderte. Eine Sperre, die in einer solchen Situation einen Hemmschuh darstellte.

Der Stein krachte an die Stelle, wo der Mann eigentlich seinen Nacken haben mußte. Dann rollte er ihm über die gebeugten Schultern und kugelte den Hang hinunter. Der Griff um Lukes Mund ließ für einen Augenblick nach, der Mann stöhnte auf und wurde schlaff.

Luke bäumte sich auf. Bunty erwischte im Finstern die Aufschläge vom Regenmantel des Mannes und zerrte mit aller Kraft daran. Luke riß sich mit einem Ruck los, durch den sie alle drei ins Stolpern gerieten. Bunty erwischte Luke bei der Hand und half ihm wieder auf die Beine.

Sie standen schon Hand in Hand an der Kante des Steges, der Verletzte schleppte sich ächzend und stöhnend hinter ihnen her, da hatten die drei Männer von oben sie eingeholt und gepackt. Luke dachte einen Augenblick zu spät an Gegenwehr, dann ging er schon unter dem Gewicht von zwei Männern zu Boden und konnte sich nicht mehr rühren.

Bunty drehte sich an der Kante des Stegs um und sah das böse, dunkle Auge einer Schußwaffe langsam auf sich zukommen, bis die Mündung ihre Brust berührte.

»Schön, mein Schatz«, sagte der kleine, schmächtige Mann hinter dem Revolver mit einer gefühllosen, metallischen Stimme, die genausogut aus der Waffe kommen konnte. »Los, die Treppe rauf! Und sehen Sie zu, daß Sie sich unterwegs wie eine Dame benehmen.«

Bunty ging langsam und gleichmäßig voran. Die Waffe war kaum einen Meter von ihrem Rücken entfernt. Der scharfe Lichtschein einer Lampe erinnerte sie bei jedem Schritt daran, daß sie genau beobachtet wurde. Sie hielt sich genauso aufrecht und elastisch wie immer, und selbst die steileren Stellen nahm sie, ohne das Tempo zu verlangsamen. Sie konnte nichts weiter tun, als ihren Gegnern deutlich machen, daß sie keinerlei Tricks im Sinn hatte.

Luke folgte dicht auf. Sie hatten zwar momentan nur drei Gegner gegen sich, doch die besaßen vier Schußwaffen. Einer solchen Übermacht hatten sie nichts entgegenzusetzen. Es war sinnlos, den eigenen Tod herauszufordern.

Weit hinter ihnen schleppte sich der Verwundete mühsam von einer Stufe zur anderen. Auch als Luke und Bunty unter sicherer Bewachung beim Haus angelangt waren, dachte keiner der Männer daran, dem Verletzten zu helfen. Er schien jetzt unwichtig geworden zu sein. Unter ihnen lag ausgebreitet wie ein Tuch die silbern schimmernde Fläche des Meeres.

Seltsam, dachte Bunty, ich weiß immer noch nicht, wo wir uns befinden. Irgendwo an der Ostküste Schottlands. Nördlich von Muirdrum; diesen Ort hatte einer der beiden Polizisten genannt. Luke hatte erwähnt, daß sie durch Forfar gekommen waren. Sie stellte sich auf einer Landkarte die Küste von Angus vor. Vielleicht irgendwo zwischen Abroath und Montrose? Weiter oben mußte die Bucht von Lunan liegen, noch weiter nördlich die von Bullars of Buchan, wo Dr. Johnson mit seinem kleinen Boot zu segeln pflegte.

Luke war auf dem Weg nach oben zusammen mit der Pistole der Schlüssel zum Bootshaus abgenommen worden. Nun hatten sie keine Trümpfe mehr in der Hand! Luke war halb krank vor Zorn. Am meisten ärgerte ihn jedoch, daß er Bunty nicht nach Hause geschickt oder in die Sicherheit des nächsten Polizeireviers geschafft hatte, und zwar schon am Morgen, als sie noch Zeit dazu hatten. Diese Zeit hatten sie statt dessen in der Annahme verplempert, die Polizei sei ihr einziger Gegner. Jetzt wußten sie es besser, aber jetzt war es zu spät.

Dabei spürte er jedoch, daß etwas nicht stimmte. In gewisser Weise verhielt sich Bunty anders als erwartet, aber seinem strapazierten Verstand gelang es nicht, hinter diese Unstimmigkeit zu kommen.

Sie wurden durch die Hintertür in die Küche gestoßen und mußten in einer Ecke stehenbleiben, bis einer den Sicherungskasten mit dem Hauptschalter gefunden hatte. Draußen kämpfte sich der Verletzte ächzend und fluchend zur Terrasse herauf, aber niemand schien sich um ihn zu kümmern. Wer nicht mehr nützlich ist, der ist erledigt. Ein zerbrochenes Werkzeug wirft man weg und kauft sich ein neues.

»Vorhänge zu«, befahl von drinnen eine eigentümlich vergnügte Stimme. »Wollen doch unsere Besucher nicht in Verlegenheit bringen, wie? Nachbarn können auch so schon lästig genug werden.« Aus dem kleinen Raum erklang ein hohes Kichern.

»Die Vorhänge sind zu«, sagte der schmächtige, dunkle Mann mit der tonlosen Stimme. »Macht schon weiter. Alles in Ordnung, Strom ist da.«

Der Dritte schaltete das Licht ein. Die runde Leuchtstoffröhre flackerte auf und strahlte dann gleichmäßig grelles Licht aus. Da standen sie nun alle fünf: zwei Gefangene und ihre drei Gegner. Nein – sechs. Gerade schob sich der Verletzte herein und hielt sich mit aller Kraft am Türrahmen fest. Sie zogen ihn ins Innere des Hauses, damit sie die Tür rasch schließen konnten und kein Licht hinausdrang.

In diesem Augenblick wurde Luke klar, was an Bunty nicht stimmte. Wieso konnte sie mit beiden Händen den Stein packen und dem Mann auf den Schädel schlagen? Sie hatte doch kurz zuvor noch etwas in der Hand. Jetzt waren ihre Hände frei bis auf die kleine Handtasche, die an ihrem Handgelenk baumelte. Sie hatte beide Hände tief in die Taschen ihres hellgrauen Mantels geschoben und sah die Männer der Reihe nach abschätzend und mit steigender Ruhe an. Sie hielt ihrem Blick stand, ohne mit der Wimper zu zucken, und achtete darauf, daß ihre Miene nichts verriet.

Irgendwo unterwegs – wo, das wußte Luke nicht - hatte sich Bunty des Pakets entledigt, das Pippa Galliers Paß, den Flugschein und die Banknoten enthielt. Es war spurlos verschwunden.

10

»Sonst haben die beiden nichts bei sich«, meldete der Kicherer und stieß Luke mit solcher Rücksichtslosigkeit in die Ecke des geflochtenen Sofas zurück, daß sogar das Möbel protestierend ächzte. »Hab' ich mir auch gedacht. Ich hab' dir ja gleich gesagt, diese Puppen sind schlauer, als er dachte.«

Es gab also noch einen anderen, der bisher noch nicht in Erscheinung getreten war. Zu diesem Schluß waren sie schon vor einer Weile gelangt. Der Mann, der die erste Geige spielte, war noch nicht hier. Die vier warteten lediglich und vertrieben sich die Wartezeit mit den erforderlichen Vorbereitungen.

Bunty und Luke saßen nebeneinander auf dem Korbsofa, das man tief in die Fensternische geschoben hatte, so weit wie möglich entfernt von der Tür des Wohnzimmers. Da konnte ein Mann sie leicht in Schach halten. Der dritte – der jüngste, dümmste und vermutlich rücksichtsloseste – saß vor ihnen auf einem Stuhl, der so geschickt plaziert war, daß der Kerl einerseits außer Reichweite war, andererseits aber doch nahe genug, um sie mühelos bewachen zu können. Die kleinen Augen in seinem dümmlichen Gesicht glitzerten wie bläuliche Steinchen, unbeseelt, ein wenig irre. Älter als einundzwanzig konnte er nicht sein.

Bunty beobachtete ihn und blieb regungslos sitzen. Der kleine Dunkelhaarige war bestimmt bereit zu töten, ohne irgendwelche Skrupel zu empfinden. Die beiden anderen waren vermutlich nur auf Befehl zum Töten bereit. Aber der Junge da vor ihnen gehörte zu der Sorte, die plötzlich und ohne jede Vorwarnung hochgeht, die zur Entspannung oder auch aus Langeweile tötet. Keine Rücksicht auf die eigene Sicherheit würde ihn davon abhalten, denn mit Denken hatten die Vorgänge in seinem Gehirn offenbar nichts zu tun.

Der Kicherer konnte sich bestimmt, wenn er wollte, auch ganz normal benehmen. Er war fleischig und rosig, aber nicht fett. Nichts an ihm war verdächtig, bis auf sein schrilles, ein wenig hysterisches Lachen.

Der andere Mann, der unten am Felsenpfad postiert gewesen war, um ihnen aufzulauern, hockte jetzt in einem der Sessel, hatte das linke Hosenbein bis übers Knie hochgerollt und betupfte ächzend seine Wade, die Lukes Kugel durchdrungen hatte. Er hatte ziemlich viel Blut verloren. Das Wasser in der Waschschüssel zu seinen Füßen war rot gefärbt. Er fingerte voller Selbstmitleid an der Wunde herum und kümmerte sich überhaupt nicht darum, was die anderen taten.

Der Kicherer hatte ihm aus dem Bad Watte und einen Verband heruntergeholt; Bunty betrachtete die Verletzung und dachte sich, daß der Mann wirklich große Schmerzen durchgemacht haben mußte. Als er mit dem Verband fertig war und sich zu erheben versuchte, konnte er nur mühsam hin und her humpeln, indem er sich an den Möbeln festhielt.

Er war der größte und älteste unter ihnen, ein massiger, muskulöser Mann mit einem fleischigen, traurigen Gesicht. Das Haar an der Stirn war stark gelichtet, sein Gesichtsausdruck wirkte ängstlich und besorgt. Der Schwarzhaarige hatte ihn Quilley gerufen. Die Haltung der Jüngeren ihm gegenüber hatte etwas Seltsames an sich – sie ließen ihn bei ihren Überlegungen offenbar ganz außer acht. Vielleicht war es in der Welt, in der sie lebten, gar nicht so seltsam, daß der Stab über einen Mann gebrochen wurde, sobald er kampfunfähig war oder bei einer Auseinandersetzung den kürzeren gezogen hatte. Sein Nutzen war sehr zweifelhaft geworden, er bildete eine potentielle Belastung für sie. Es gibt wilde Tiere, die ihre verletzten oder geschwächten Artgenossen aus einer Art Sozialhygiene heraus umbringen.

»Es ist aber hier«, erklärte der Dunkle bestimmt. »Es ist

irgendwo hier. Wir werden es finden, oder er wird uns sagen, wo es ist. So groß ist das Haus ja nicht. Bist du sicher, was den Wagen betrifft, Skinner?«

»Ganz sicher«, antwortete der Kicherer zuversichtlich. Er wirbelte den Garagenschlüssel mit geistesabwesender Geschicklichkeit um den Zeigefinger. »Blitzsauber.«

»Du hast auch ganz sicher nichts übersehen? Unter dem Rücksitz? In der Polsterung?«

»Ich hab' bestimmt nichts übersehen. Im Wagen ist nichts.«

»Was verschwendet ihr eigentlich Zeit?« rief der Junge nörgelnd herüber. Weder sein Revolverlauf noch der Blick seiner steinernen Augen wich für eine einzige Sekunde von seinen Schutzbefohlenen. »Ich kann's leicht aus ihm rauskriegen. Oder aus ihr!«

Bunty spürte, wie sich neben ihr Lukes Muskeln spannten. Sie streifte ihn mit einem raschen Seitenblick und empfand sein starres Profil als beinahe ruhig. Die ihr zugewandte Wange war zerkratzt und schmutzig. Seine Lippen waren fest aufeinandergepreßt.

»Ja, ich weiß!« sagte der Dunkle ironisch. »Und auf einmal haben wir keine Hinweise und keine Zeugen mehr. Wenn wirklich jemand diesem da die Klappe für immer schließt, dann aber bestimmt nicht, solange ich das Kommando führe. Glaubst du, der Boß läßt sich das gefallen, wenn er's nicht selbst befohlen hat? Bis er hier ist, hörst du auf meine Befehle, einer davon lautet: Finger weg! Verstanden?«

»Ja, verstanden. Mir ist das alles egal, Blackie. Ich wollte nur sagen ...«

»Das willst du immer. Spar dir das Reden und laß sie nicht aus den Augen, während wir das Zimmer auseinandernehmen, mehr will ich nicht von dir.« Er ließ seinen Blick durch das Wohnzimmer wandern und wandte sich schließlich Luke zu. Er rechnete gar nicht damit, so leicht etwas zu erfahren, aber pro forma stellte er doch ein paar Fragen. »Kleiner, du kannst es dir und uns einfacher machen. Am Ende wirst du's doch tun müssen, das weißt du doch. Was hast du mit dem Geld gemacht?«

»Mit welchem Geld?« fragte Luke. Skinner zog nacheinander die Kommodenschubladen heraus und kicherte in seinem enervierend hohen Ton vor sich hin. »Hör dir das an! Er weiß gar nichts von irgendwelchem Geld. Mit welchem Geld?!«

»Na gut.« Blackie seufzte. »Wenn du nicht willst, kannst du's auch anders haben. Wir haben Zeit. Wenn du dir's anders überlegst, dann sag's mir. Jederzeit. Am Ende werden wir's ja doch finden.«

Sie machten sich mit aller Gründlichkeit an die Arbeit, räumten Bücher aus den Regalen, Briefe aus dem Schreibsekretär, rollten die Teppiche zurück, um nach losen Bodendielen zu suchen, entdeckten aber nichts. Sie zerlegten das Wohnzimmer in seine Einzelteile und setzten es wieder zusammen, ordentlich, rasch, aber ohne Hast, mit der Übung langer Praxis. Aber sie fanden nichts Interessantes.

Bunty und Luke saßen so dicht nebeneinander, daß sich bei der geringsten Bewegung ihre Ellbogen berührten. Sie beobachteten die Suche höchst aufmerksam, aber schweigend. Sie wagten es kaum, einen Blick zu tauschen, aus Angst, selbst damit schon etwas preiszugeben. Dennoch aber hatten sie sich stillschweigend und endgültig abgestimmt: Keiner der beiden dachte auch nur im Traum an Nachgeben, es sei denn, die Lage wurde völlig hoffnungslos. Vielleicht nicht einmal dann. Sie waren beide von Natur aus Dickschädel. Er wußte nicht, was Bunty mit dem Paket gemacht hatte, aber wenn sie die Geistesgegenwart besaß, es trotz Verfolgung und Gefahr zu verstecken, dann würde sie das Versteck jetzt ganz bestimmt nicht ohne härteste Gegenwehr preisgeben. Luke konnte es nicht verraten, weil er es nicht kannte.

»Das Wohnzimmer ist sauber«, schloß der Schwarzhaarige mit einem leichten Rundblick. »Gehen wir in die Küche.«

Die Küche war zwar klein, aber voller Ecken und Winkel, die sie eine Weile beschäftigen würden. Der Dunkle überblickte die Lage sofort und gab dem Jungen, der die beiden Gefangenen bewachte, einen Wink.

»He, du, Con! Übergib an Quilley, komm her und hilf uns hier.«

»Was? Dann sitzt doch nur noch er zwischen der Haustür und der Bande!« rief der junge Mann. »Wo das Schloß kaputt ist! Oder hast du das vergessen?«

Mit unbewegten Mienen und angespannten Nerven vermerkten Bunty und Luke diese Information, die ihnen, wenn sie Glück hatten, vielleicht einmal nützlich werden konnte. Sie hatten das Schloß aufbrechen müssen, um hereinzugelangen. Andererseits war es höchst unwahrscheinlich, daß die Gangster jetzt die Riegel vorgeschoben hatten. Sie erwarteten ihren Boß. Nach allem, was sie bisher gesagt hatten, handelte es sich bei diesem Boß um einen Mann, der es gewohnt war, daß sich ihm sämtliche Türen ohne Zögern öffneten.

»Paß auf!« knurrte der Schwarze ohne persönliche Feindschaft. »In letzter Zeit hast du ein so loses Mundwerk, daß du's kaum lange machen wirst, wirklich. Wenn er schon nicht laufen kann, so hat er doch immer noch die Kanone, oder nicht?«

»Ja! Und Befehl, keinen ernstlichen Schaden damit anzurichten!«

Con redete mehr, als für ihn gut war. Wegen der Information, die sie – oder einer der beiden – liefern konnten, mußten sie unter allen Umständen am Leben bleiben, bis sie geredet hatten. Hatten sie das Geheimnis erst einmal preisgegeben, dann waren sie natürlich durchaus entbehrlich.

»Und wenn sie ihn anfallen? Einen erwischt er vielleicht

noch am Bein, aber der andere ist dann längst zur Tür hinaus, und wir hocken alle in der Küche. Heiliger Strohsack, das wird gut klingen, wenn du deinen Bericht abgibst, Schwarzer!«

»Na schön, dann gehen wir eben ganz auf Nummer Sicher. Bring sie her, wir sperren sie in die Vorratskammer ein, die hat kein Fenster und nur die eine Tür in die Küche. Dann stehen wir zu viert zwischen ihnen und dem Fluchtweg. Zufrieden?«

»Wie du willst.« Con erhob sich. Er entfaltete seine langen Arme und Beine mit den ruckartigen Bewegungen einer Heuschrecke. Dann machte er eine befehlende Bewegung mit dem Revolver. »Los, ihr beiden! Ihr habt doch gehört, was er gesagt hat. Oder muß ich euch den Weg in die Kammer erst zeigen? He, Blackie, da ist doch nichts Brauchbares drin, wie? Heckenscheren, anderes Werkzeug?«

»Nein, nichts. Da drinnen sind wir schon fertig. Bring sie her!«

»Nach Ihnen, Madam!« sagte Con mit widerlichem Lachen und stieß dann Luke aus schierem Übermut den Revolverlauf hart zwischen die Rippen. Von seinem Sessel aus sah ihm Quilley mit einem apathischen Ausdruck nach, als hätte er sich zwangsweise von diesem ganzen Geschäft zurückgezogen und wartete nur noch auf einen, der bestimmen sollte, was nun mit ihm zu geschehen hatte.

Sämtliche rosafarbenen Küchenmöbel von Mrs. Alport standen weit offen. Der Kicherer suchte unter dem Waschbecken. Der Vorratsraum war nur etwa neunzig mal sechzig Zentimeter groß, und einen Teil dieses Raums nahmen noch die flachen Regale dahinter ein, wo Reggie Alport seine Ersatzglühbirnen, Sicherungen, Stecker und andere Elektroartikel aufbewahrte. Luke mußte sich beim Eintreten bücken. Selbst Bunty berührte mit dem Kopf fast die Decke.

Con sah zu, wie sich die beiden ducken mußten und dann dicht beisammen in dem engen Sarg hockten. Mit wieherndem Gelächter schlug er die Tür zu und sperrte sie ab.

»Hübsch gemütlich so zu zweit – genau richtig, sage ich! Schwarzer, du weißt hoffentlich, was du da tust. Ich glaub' nicht, daß sie da wieder rauswollen.« Er schlug mit der flachen Hand an die verschlossene Tür. »Viel Spaß!« rief er und machte sich an die Durchsuchung von Louise Alports Schränken.

Im Dunkeln roch es nach Holz und feinem Staub. Luke rückte vorsichtig beiseite, damit Bunty mehr Platz hatte. Dann nahm er sie in seinen Arm und zog sie eng an sich. Anders hätten sie beide kaum sitzen können. Sie legte ihren Kopf an seinen Hals. Sie spürte dabei, wie er seine Wange fest an ihr Haar drückte und die Lippen dicht an ihr Ohr brachte.

»Bunty ...« Es war nur die Spur eines Flüsterns. »Haben Sie verstanden? Die Haustür können sie nicht abschließen, sie mußten das Schloß aufbrechen. Bunty, ich will's versuchen – bei der erstbesten Gelegenheit, sobald sie uns hier herauslassen ...«

»Nein!« hauchte sie ihm leise, aber energisch ins Ohr. »Kommt nicht in Frage! Die werden Sie niederschießen ...«

»Erst wenn sie erfahren haben, was sie wissen wollen. Sie werden nichts Drastisches unternehmen, bis er da ist.« Er betonte dieses ›er‹. »Sie haben es doch gehört. Aus ihren Worten war doch zu entnehmen, daß er schon einmal jemanden zu früh beseitigt hat, bevor alle Fragen beantwortet waren. Bunty, ich will's versuchen. Was sollen wir sonst tun? Ich werde versuchen, Ihnen Luft zu verschaffen. Sobald ich loslege, rennen Sie ...«

»Nein!« Es war ein fast lautloser Protest.

»Doch. Ich geb' Ihnen Rückendeckung – irgendwie schaffe ich das schon. Sie rennen schnurstracks zur Haustür hinaus. Noch etwas, Bunty: Bleiben Sie nicht auf der Straße, verschwinden Sie zwischen den Bäumen. Das hier sind typische Autogangster. Querfeldein lassen die Sie glatt stehen ...«

»Ich gehe nicht.«

»Doch, Sie müssen! Sie können dann zur Polizei gehen und alles melden. Ich halte es hier schon aus, bis Hilfe kommt.«

»Wie denn?« flüsterte sie zurück.

»Lebend – und nicht als Mörder. Jedenfalls in besserer Verfassung als letzte Nacht.«

»Aber so hören Sie doch, Luke – die Polizei hatte doch inzwischen Zeit, den Namen und die Anschrift, die ich ihnen genannt habe, zu überprüfen. Wenn sie das nun getan haben? Nehmen wir an, Ihre Freunde haben erklärt, meinen Namen nie gehört zu haben. Die Adresse, die ich genannt habe, existiert gar nicht. Dann kommen sie wieder, um festzustellen, was ich im Schilde führe, was hier eigentlich los ist. Ich brauche nicht zur Polizei zu gehen – die Polizei wird zu uns kommen! Sie kann jeden Augenblick da sein.«

»Ja, das wäre möglich!« wisperte er. Seine Stimme zitterte vor Anstrengung, überzeugend zu klingen. Aber sie wußte, daß er ihr nicht glaubte.

Sie glaubte übrigens auch nicht daran, aber es war ihre letzte Hoffnung. Wenn nun noch jemand zufällig ihre Geldbörse gefunden und abgeliefert hatte, und die Polizei von Midshire nach einer verschwundenen Frau fahndete, deren Personenbeschreibung auf die völlig unerwartet aufgetauchte Fremde hier in dem Wochenendhaus in Angus paßte ... So kompliziert, so viele Wenns. Aber wenn es jemand fertigbringt, komplizierte Mosaiksteine richtig zusammenzusetzen, dann die Polizei – das ist schließlich ihre Aufgabe. Niemand verfügt über bessere Beziehungen.

»Ich will aber, daß Sie fort sind, bevor es zu einer Schießerei kommt«, raunte er ihr ins Ohr. »Selbst wenn die Polizei wirklich kommt, kann's noch heiß hergehen. Ich möchte Sie lieber fortschaffen. Wenn's mir gelingt, etwas zu unternehmen, Bunty, dann versprechen Sie mir, daß Sie es versuchen werden ...«

Sie hob die Hand und legte sie ihm sanft auf den Mund, teils als Entschuldigung, teils zu seiner Ablenkung, weil sie nichts versprechen wollte. Wenn es soweit war, würde sie das tun, was ihr am klügsten erschien. Dabei wollte sie in dem Bruchteil einer Sekunde, der ihr dann zum Überlegen blieb, seine Chancen so ehrlich wie möglich abwägen. Aber sie konnte sich keine Konstellation von Zufällen vorstellen, die sie veranlassen könnte, ihn gerade jetzt alleinzulassen.

Am liebsten hätte er jetzt den Kopf eine Kleinigkeit gedreht und seine Lippen an ihre Handfläche gepreßt, aber er tat es nicht. Er hatte ihr gegenüber nur Rechte, die sie ihm freiwillig, von sich aus, gewährte, und das gehörte nicht dazu. Solange sie nicht frei waren – falls sie überhaupt jemals lebend aus diesem Haus gelangten –, konnte er ihr kein Wort sagen, und wenn sein Herz dabei zersprang. Nachher, wenn es ihnen gelungen war, diese ganze Angelegenheit mit allen Verpflichtungen zu bereinigen, mochte vielleicht alles ganz anders sein, und sie konnten von vorn beginnen. Doch die Dunkelheit, in der sie halb standen, halb hockten, erschien ihm symbolisch für eine andere Dunkelheit – er konnte vor sich nichts erkennen. Vielleicht ergab sich nie wieder die Gelegenheit, etwas zu sagen, weder heute abend noch später.

»Bunty, es tut mir leid!« stieß er hervor, und dabei schien es auch zu bleiben. Noch nie war er um die richtigen Worte so verlegen gewesen – aber was nützten sie ihm schon?

»Was tut Ihnen leid? Daß Sie ohne eigene Schuld in einen solchen Schlamassel hineingeraten sind?«

»Nein, alles, was ich Ihnen angetan habe. Daß ich Sie mit hineingezogen habe. Wenn ich's nur ungeschehen machen könnte! Verzeihen Sie mir.«

»Da gibt's nichts zu verzeihen. Sie hätten mich nicht hineinziehen können, wenn ich mich nicht eingemischt hätte. Keiner ist dem anderen etwas schuldig. Es ist ganz einfach so gekommen.«

»Nein – ich begann als Ihr - Mörder ...« Dieses Wort war fast unhörbar, verloren in einem Gewirr von Haaren. »Ich möchte aber nicht so enden. Lassen Sie mich für eine Gelegenheit sorgen, die Ihnen die Flucht ermöglicht. Deshalb müssen Sie ... Ich kann alles ertragen, wenn nur Sie sicher zurückkehren ... Dann bin ich schon zufrieden.«

Er meinte es ernst. War sie gleich einer Pilgerin ausgezogen, auf der Suche nach etwas ganz Eigenem, nach einer Rechtfertigung ihres bisherigen Lebens, so hatte sie die gefunden. Für jede Reise, selbst für die letzte, braucht man eine Fahrkarte.

Die dumpfen Stimmen und Geräusche aus der Küche hatten aufgehört, wieder angefangen, sich verändert, ohne daß es die beiden wahrnahmen. In ihrem engen Gefängnis hörten sie durch die vielen Wände auch nicht den Wagen kommen. Daß der Boß eingetroffen war, merkten sie erst, als die Tür zur Vorratskammer aufflog und Skinner sie herauswinkte. Sie traten hervor, zuerst nach der vollkommenen Dunkelheit etwas benommen. Das Licht blendete sie. Luke hielt Bunty auch weiterhin fest, als sie durch die Küche ins Wohnzimmer geschoben wurden.

Das Wohnzimmer wurde beherrscht von der Gestalt eines massigen, rastlosen, etwas kopflastig wirkenden Mannes in hellem Mantel und dunkelgrauem Anzug darunter, der breitbeinig auf dem orangefarbenen Teppich stand. Die Luft im Zimmer bebte geradezu von der überschüssigen Energie dieses Mannes. Er war fast einen halben Kopf größer als Luke und doppelt so breit. Seine Schultern und der mächtige Brustkorb verjüngten sich zu einer schmalen Taille. So massig er auch war, er bewegte sich mit mühsam gebändigter Leichtigkeit, die teils seiner überschäumenden Kraft, teils einem fast schon krankhaften Selbstvertrauen und Egoismus zu entspringen schien. So stand er da und musterte sie mit besitzergreifendem Blick, wie jemand eine Neuerwerbung betrachtet, von der er im Augenblick noch nicht viel hält, aus der er aber vielleicht innerhalb kürzester Zeit etwas machen könnte – etwas Gewinnbringendes.

Auf den breiten Schultern saß ein ebenso breiter Schädel, der mit seinen unbehauenen Formen schlecht zu der eleganten Kleidung paßte und unmittelbar am Kragen endete – ein grob geformter Kopf mit einem Gesicht, dessen Knochenbau die Haut darüber straffte, nicht, weil zu wenig Fleisch daran war, sondern weil die Knochen zu derb geraten waren. Seine Stirn war mit knubbeligen, hornartigen Auswüchsen verziert. Das braune Haar wuchs ihm tief in die Stirn. Das massige Kinn wies eine tiefe, senkrechte Kerbe auf. Die tiefsitzenden Augen – Boxer hatten solche Augen – zwinkerten rastlos und rötlich. Sie blickten wohlwollend, aber sie flößten kein Vertrauen ein.

Niedrige Stirn, kastanienbraunes Haar, eckiges Kinn mit Kerbe, tiefsitzende Augen, in kräftige Knochen eingebettet ...

Lukes Finger legten sich mit bedeutungsvollem Druck um Buntys Arm. Er konnte jetzt nichts zu ihr sagen, aber das war auch gar nicht nötig. Er hatte ihr diesen Mann so anschaulich beschrieben, daß auch sie ihn auf Anhieb erkannte. Das war der Mann, auf dessen Arm Pippa sich so anbetend gestützt hatte, als sie am Freitag abend miteinander aus ihrer Wohnung kamen, der Mann, dessen Wagen die ganze Nacht über hinter der nächsten Straßenecke parkte, damit eine nicht vorhandene Mutter von ihrem ebenfalls nicht vorhandenen Neffen wieder nach Birmingham gebracht werden sollte. Seltsam, daß Pippa auch nur für einen Augenblick geglaubt hatte, mit dieser Ausrede durchzukommen. In Buntys Augen erschien sie mit einem Schlag naiv und unerfahren.

Sie drückte Luke den Ellbogen in die Seite, um ihm zu verstehen zu geben, daß sie begriffen hatte. Aber sie konnte ihm nicht mitteilen, daß sie plötzlich weitaus besser informiert war als er selbst – daß auch sie diesen Mann schon einmal gesehen hatte, wenn auch nur kurz und aus einiger Entfernung. Sie hatte damals nicht alle Einzelheiten so deutlich wahrgenommen, doch seine energiegeladenen Bewegungen erkannte sie auf der Stelle wieder, die langen, federnden Schritte, die von überschüssiger Kraft zeugten, das aufmerksame Neigen des massigen Schädels, das Schaukeln der hochgewölbten Schultern. Sie hatte ihn am Freitag abend gesehen, bevor er den Smoking angezogen hatte, den Luke auf der Queen Street so auffällig fand, aber damals hatte er ihr noch nichts bedeutet.

Luke erkannte, wie er gesagt hatte, das Gesicht des Bosses wieder. Aber Bunty wußte noch mehr über ihn: Beruf, Herkunft und sogar den Namen.

Dieser Mann hatte seinen Namen nicht gehütet. Er ließ ihn auf Fensterkleber drucken, er prangte von fluoreszierenden Plakaten, er strahlte von siebenunddreißig flaggengeschmückten Fassaden, mit Neonlichtern geschrieben, damit alle Welt ihn sehen und behalten sollte. Sein Name war Johnny Fleet.

11

Der Riese drehte sich auf dem Absatz seines handgefertigten Schuhs herum, faßte nacheinander alle Untertanen seines kleinen Imperiums ins Auge und befaßte sich mit jedem einzelnen.

»Ha!« machte er. Es war ein bellender Laut, der zufrieden und amüsiert klang. Dabei musterte er Luke von Kopf bis Fuß mit einem raschen Blick seiner funkelnden Augen. »Jedenfalls habt ihr den Richtigen erwischt. Das ist auch schon etwas.«

Sein rasch wandernder Blick huschte interessiert über Bunty, gleichmütig-abschätzend, dann kehrte er wieder zu Luke zurück. »Man sollte es nicht glauben! So schnell findet er eine Neue. Wer hätte das gedacht!«

Er warf Skinner den Schlüssel zu, mit dem er gespielt hatte. »Dreh bitte den Jaguar um, und stell ihn abfahrbereit ans Tor. Vielleicht müssen wir ziemlich rasch verschwinden.«

Er drehte sich so schnell zu Quilley um, daß der Saum seines Mantels weit ausschwang. »Was ist denn mit dir los?« In der Frage lag keine Spur von Mitgefühl, sondern eher eine Andeutung von Empörung, eine sofort einsetzende Distanzierung. Es gehörte sich nicht für seine Untergebenen, sich im Dienst verwunden zu lassen.

»Mich hat's erwischt, Boß. Er hatte eine Kanone.«

»Hättest du dir nicht denken können, daß er eine Pistole hat?« Bunty hatte für einen Augenblick den Eindruck, daß er um ein Haar ›die Pistole‹ gesagt hätte, um es sich erst im allerletzten Augenblick anders zu überlegen. »Also, was ist los? Wie schlimm?« Sein Oberkörper fuhr herum. Er sagte zu dem Dunkelhaarigen: »Für den aktiven Dienst fällt er aus, aber oben können wir ihn brauchen. Warum hast du oben keinen Ausguck postiert? Die Polizei kann uns auf den Pelz rücken, während ihr hier drinnen Verstecken spielt.«

»Ich hätte jetzt gleich jemanden nach oben geschickt«, antwortete der Dunkle nicht ohne sichtbare Verärgerung. Die Stimme des Riesen klang tatsächlich voll, tönend, angenehm, ohne Mißvergnügen. Er sprühte förmlich vor ungenutzter Energie und sonnte sich in dieser Ausstrahlung seiner Persönlichkeit.

»Ja, ich weiß, ihr habt erst hier unten aufräumen müssen. Also gut, Quilley, geh jetzt hinauf, und paß gut auf. Mach's dir gemütlich da oben, du darfst nur nichts übersehen, was sich in der Umgebung des Hauses rührt.«

»Er kann sich auch gleich in den Zimmern noch etwas umsehen«, sagte Blackie. »Es ist nämlich weder hier noch in der Küche oder da hinten. Die beiden spielen die Taubstummen.«

»Es muß hier aber irgendwo sein. Logischerweise. Skinner, du nimmst das kleine Zimmer vorn auseinander, dann gehst du hinauf zu Quilley. Falls er bis dahin überhaupt oben angekommen ist.« Er sah Quilley sinnend nach, wie er sich mühsam durch das Zimmer hinaus zur Treppe schob. »Sie werden eben alt und langsam«, sagte Fleet mit einem Ausdruck verständnisvollen Bedauerns, wie ein Bauer, der sich überlegt, ob er einen ausrangierten Gaul abschaffen soll. Dann streifte er die eleganten, taubengraubraunen Autohandschuhe ab und ließ sie auf den Tisch fallen, wo Lukes Tascheninhalt verstreut lag.

»Das hatte er bei sich?« Er wühlte nachdenklich in den Sachen herum. »Schlüssel – verschiedene. Sein eigener Bund – Haus – Auto – Koffer? Der wird oben stehen. Oder hat er ihn woanders hingebracht?«

»Er steht oben. Sie hatten keine Zeit, etwas mitzunehmen. Als sie uns hörten, sind sie nur einfach gerannt. Es führt ein Weg hinunter zum Strand. Dort ist ein Bootshaus.

Abgeschlossen. Das hier dürfte der Schlüssel dazu sein. Er steckte zusammen mit der Pistole in seiner Manteltasche. Der hier gehört zur Hintertür. Die haben wir aufgedrückt, war ganz einfach. Die vordere Haustür mußten wir aufsprengen.«

»Und wozu gehört der Schlüssel hier?«

Von oben hallte genau auf das richtige Stichwort Quilleys eifrige Stimme – er war bemüht, etwas gutzumachen: »Boß, eins von den Schlafzimmern ist abgeschlossen.« Er hoffte auf eine lohnende Entdeckung. Ein abgeschlossenes Zimmer ist immer vielversprechend.

»Das wird's sein«, sagte Fleet erfreut. »Dieser Schlüssel hier könnte der richtige sein!« rief er. »Skinner, geh damit zu ihm hinauf, und sieh nach, was er gefunden hat. Und durchsuch auch den Koffer rasch einmal.«

Skinner gehorchte froh und heiter wie immer; seine Heiterkeit wirkte fast schon irrsinnig.

Fleet rieb sich die Hände. »So. Und setzt ihr beiden euch mal schön da drüben hin, wo wir euch im Auge behalten können. Wir werden uns ein wenig miteinander unterhalten.«

Er packte einen Stuhl bei der Lehne, drehte ihn verkehrt herum und stellte ihn so vor das Korbsofa. Dorthin hatte Con inzwischen seine beiden Gefangenen wieder dirigiert. Fleet setzte sich rittlings auf den Stuhl und verschränkte die Arme gemütlich auf der Lehne.

»Ich mag keine Umschweife. Wo ist das Geld?«

»Welches Geld?« fragte Luke hölzern. »Ich weiß nichts von irgendwelchem Geld.«

»Pippa Gallier hat mir am Samstag abend kein Geld gebracht. Da ich ein verständiger Mann bin, will ich Ihrem Gedächtnis auf die Beine helfen.«

»Mir hat Pippa Gallier am Samstag auch kein Geld gebracht«, sagte Luke. »Sie bellen den falschen Baum an.«

»Am Freitag abend hat sie's todsicher nicht gebracht, aber wir wollen uns nicht um das Datum streiten. Sie hat's jedenfalls gebracht. Sie wollte sich drücken, und Sie sollten für sie den Fährmann spielen. Sagen Sie mir lieber gleich, was Sie damit gemacht haben, am Ende finde ich es nämlich doch heraus.«

»Und ich sage Ihnen, sie hat mir nie Geld gebracht.«

»Sie erzählen mir Märchen, aber reden Sie ruhig, ich hab' Zeit.«

Bunty sagte unaufgefordert mit harter, unpersönlicher Stimme: »Das glauben Sie. Aber etwas wissen Sie nicht, daß nämlich die Polizei schon vor Ihnen hier war, heute morgen. Ich bin die beiden Polizisten losgeworden, aber was ich ihnen gesagt habe, wird sie nicht für lange Zeit befriedigen. Sie können jeden Augenblick wiederkommen. Ich erwarte sie schon seit einer ganzen Weile. Sie glauben doch nicht etwa, daß dieses Haus ihm gehört?«

Fleet drehte seinen Kopf zur Seite, so weit es eben nötig war, und inspizierte sie zum ersten Mal gründlicher. Sie saß mit starrem, unbewegtem Gesicht da und glättete einen eingerissenen Fingernagel, aber unter Fleets durchdringendem Blick hob sie den Kopf und sah ihn aus ihren bernsteinfarbenen Augen ruhig und unverwandt an.

»Wissen Sie«, sagte Fleet, »jetzt, wo ich's mir recht überlege, sind Sie ein ganz angenehmer Anblick. Aber eine schlechte Lügnerin, mein Mädchen.«

»Das macht die Sache noch komischer«, erwiderte Bunty ungerührt. »Ich lüge nämlich nicht. Aber Sie wissen es ja besser. Sagen Sie nur nachher nicht, ich hätte Sie nicht gewarnt.«

Es kam darauf an, daß keiner dieser Männer auf den Gedanken kam, wie leicht es wäre, Geständnisse von ihr durch eine Folterung Lukes und von Luke durch ihre Folterung zu erzwingen. Sie hatte sogar vorübergehend mit dem Gedanken gespielt, mit gewöhnlichem Akzent und rauher Stimme die Rolle eines enttäuschten leichten Mädchens zu spielen, aber sie wußte, daß es ihr nicht überzeugend genug gelingen würde. Jetzt ging ihr auf, daß Fleet sich dadurch nicht im geringsten hätte verwirren lassen, während diese unerwartete Art weiblicher Begleitung ihn doch ein wenig aus der Bahn zu werfen schien.

Dabei lauschte sie ununterbrochen und angespannt den Geräuschen von oben. Vielleicht durchsuchten sie zuerst Lukes Koffer, weil sie sich davon am meisten versprachen. Aber die Entdeckung konnte nicht mehr lange auf sich warten lassen. Ihre Nerven spannten sich immer mehr.

»Und wo hat er Sie aufgegabelt?« fragte Fleet neugierig.

»Er hat jedenfalls nicht lange dazu gebraucht. Ich hätte nie gedacht, daß er damit so schnell zur Hand ist.«

»Ich hab' sie aus einer Wirtschaft mitgenommen«, sagte Luke rauh. »Ich hätte sie dort lassen sollen.«

Diese Worte bestätigten ihr, daß er den von ihr hingeworfenen Hinweis geschickt aufgriff. Sie paßten ins Bild einer Gleichgültigkeit, die sich jetzt allmählich in Widerwillen verwandelte. Glücklicherweise sagte er außerdem noch die Wahrheit damit, denn bisher hielt sie von Lukes Fähigkeiten im Lügen nicht allzuviel.

Genau in diesem Augenblick schlossen die beiden oben das Gästezimmer auf und stolperten über den dort verborgenen Schatz.

Ein Schrei ertönte – beinahe schon ein kurzes, entsetztes, wider aller Vernunft erschrockenes Kreischen. Fleet fuhr mit den geschmeidigen Bewegungen einer sprungbereiten Katze hoch und wirbelte seinen Stuhl beiseite. Blackie fuhr mit schußbereitem Revolver zur Tür herum. Con hielt seine Waffe auf das befohlene Ziel gerichtet, doch selbst seine steinernen Augen bewegten sich. Es war der erste Augenblick der Verwirrung, aber er nützte nichts. Zwei Mann standen zwischen den Gefangenen und der Tür, zwei weitere hasteten die Treppe herunter und vermehrten noch die Übermacht. Lukes angespannte Muskeln schmerzten vor Verlangen loszuspringen, aber er wußte, daß es keinen Sinn gehabt hätte. Er hätte damit nur ihrer beider Tod herbeigeführt.

»In drei Teufels Namen!« explodierte Fleet verärgert. »Was ist denn mit euch los?«

Skinner erschien in der Tür, Mund und Augen weit aufgerissen. Quilley erschien humpelnd und am ganzen Körper zitternd dicht hinter ihm.

»In dem Zimmer, das abgesperrt war... Weißt du, was da drin ist, Boß? Sie! Pippa Gallier! Er hat sie da hinaufgeschleppt! Sie liegt oben auf dem Bett!«

Fleet klatschte in die Hände. Es klang wie ein Schuß aus einem Gewehr. Er stieß einen kurzen, amüsierten, erstaunten, triumphierenden Lacher aus.

»Und ihre Sachen? Ist ihr Koffer oben?«

»Dort.« Blackie deutete zu der Ecke, wo der Koffer an der Wand stand. »Ihre Tasche auch, die liegt dort auf dem Bücherregal. Wir haben damit angefangen – nichts. Nun, wir wußten doch...« Er schluckte dieses Eingeständnis gerade noch rechtzeitig hinunter. »Aber ich hätte nie gedacht, daß er sie mit hierherschleppen würde. Ich hab' gedacht, er schmeißt sie irgendwo...«

Fleet kam geschmeidig wie eine Katze ins Zimmer zurück, mit langen, widerlichen Schritten, baute sich mit gespreizten Beinen vor seinen Gefangenen auf und beugte sich mit wohlwollendem Lächeln zu ihnen vor.

»So, ihr wißt also nicht, wo mein Geld ist, wie? Und ich nehme an, ihr wißt auch nichts über das Mädchen da oben, oder? Sie ist einfach hierhergeflogen. Und was die Polizei betrifft, so hat sie heute morgen freundlicherweise vorbeigeschaut und euch geholfen, das Mädchen nach oben zu tragen. Jetzt wissen wir, woran wir sind.«

Er griff wieder nach dem Stuhl, wirbelte ihn herum, ließ sich erneut rittlings darauf nieder und schien bester Laune zu sein. Das Schlimmste war nur, daß Bunty um alles in der Welt seine Denkweise nicht durchschaute. In diesem wuchtigen Schädel ging etwas Obskures, Kompliziertes vor sich, ein Gedankengang, der nicht zu berechnen war. Es hatte mit der Leiche oben in dem Zimmer zu tun. Etwas war ihm eingefallen, das ihm trotz allem freie Hand ließ. Er gab nichts zu, als daß er nach dem Geld suchte; die verschiedenen Indiskretionen der anderen hatten nicht viel zu bedeuten. Außerdem, überlegte sie mit freudigem Herzklopfen, wußte er nichts davon und hatte sie nicht in seine Pläne einbezogen. Er freute sich tatsächlich darüber, daß Pippa in diesem Haus lag, es bedeutete ihm etwas, eine Chance, die er sofort äußerst geschickt auszunutzen gedachte, die ihm einen wirkungsvollen Abgang sicherte. Wenn Bunty nur gewußt hätte, was er im Schilde führte!

»Ihr habt also sie und alle ihre Sachen hierher geschafft und klar Schiff gemacht. Kann Ihnen keiner verübeln, mein Junge, auch nicht, daß Sie das Geld mitgenommen haben. Wo war's denn? In ihrem Koffer nicht, das weiß ich ... Ich hab' danach gesucht, als Sie noch bewußtlos waren. Nachdem Sie das Mädchen erschossen hatten!«

Auch seine Stimme glich einer schleichenden Katze, geschmeidig, lautlos, dann plötzlich vorschnellend nach der Beute. Aber die vorschnellende Pfote hatte mehr erwischt, als er sich erhofft hatte. Bis zu diesem Augenblick hatte keiner der Zuhörer sich Gedanken darüber gemacht, daß er vielleicht daran zweifeln könnte, wieviel Luke wußte, wieviel Schuld an den Ereignissen des Samstagabend er sich selbst gab. Ein Anstoß in diese Richtung konnte ihm die erforderlichen Informationen eintragen.

Aber es war auch für die beiden eine Chance, die ihnen sogar einen kleinen, ungewissen Vorteil verschaffen mochte.

Luke schloß die Augen und bedeckte sein Gesicht mit beiden Händen. Er unternahm keinen Versuch, etwas abzustreiten. Bunty hielt die Luft an, kam sich im Augenblick blind vor und tastete sich hinter ihm her.

»Ich muß also annehmen, das Geld befand sich an der einzigen für mich unerreichbaren Stelle – in seinem Wagen!«

»Die Kiste ist sauber«, sagte Blackie. »Skinner hat den Wagen auseinandergenommen.«

»Jetzt mag er sauber sein. Aber das Zeug war im Wagen. Es muß dort versteckt gewesen sein. Überall anders haben wir nachgesehen. Du hast's also gefunden, Kleiner, und wolltest damit abhauen, stimmt's? Schließlich mußtest du ja die Beine unter die Arme nehmen, weil sie dich jeden Augenblick als Mörder verfolgen konnten. Dann ist's schon besser, mit einem goldenen Ei in der Tasche zu fliehen als ganz ohne. Weißt du was? Du wirst mir direkt sympathisch. Sie war das gemeinste Luder, das jemals herumgelaufen ist. Dich hat sie meinetwegen betrogen, und mich wegen des Geldes, das ich ihr anvertraute. Sie hat die Kugel gewollt, die du ihr verpaßt hast. Wenn du's nicht getan hättest, wär's ein anderer gewesen. Ich will dir ganz ehrlich sagen: In der Stimmung, in der ich war, als sie mich angeschmiert hatte und mit meinem Geld davongelaufen war – in dieser Stimmung hätte ich sie vielleicht selbst umgebracht, wenn du mir nicht zuvorgekommen wärst.«

»Ich war doch betrunken!« protestierte Luke schwach durch die vorgehaltenen Hände. Das dunkle Haar fiel ihm nach vorn übers Gesicht und verdeckte dessen Ausdruck. Seine Stimme klang schrill und unsicher. Sie paßte ganz gut zu einem gewöhnlichen, harmlosen jungen Mann, der schon den ganzen Tag vor der schrecklichen Erkenntnis auf der Flucht war, zum Mörder geworden zu sein. »Ich hab's ja nicht einmal gemerkt!« jammerte er verzagt. »Sie hat mir mit dem verdammten Revolver vor der Nase herumgefuchtelt – sie hat mich ganz wild gemacht ...«

»Ich weiß! Sie hat's nicht anders gewollt. Ich hab' nicht vor, dich deswegen zu verpfeifen.«

Diesmal nicht, dachte Bunty. Du hast dir etwas Besseres ausgedacht. Wenn ich nur wüßte, was! Wenn ich nur wüßte, wieviel von dem Streit du belauscht hast, wenn's nur Luke wüßte!

Luke blinzelte mißtrauisch unter seinem zerrauften Haarschopf hervor. Der Riese ragte wie ein Berg über ihm auf. Sein Gesicht lag im Schatten.

»Was hattest du denn vor – du und die Dame hier? Ich hab' gehört, da unten liegt ein Boot. War es das? Hast du gehofft, daß du es von hier aus hinüber zum Kontinent schaffst?«

»Ja, das schaffe ich – ich hätte es geschafft«, verbesserte sich Luke mit bitterem Unterton. »Wenn Sie uns nicht diese Bande da auf den Hals gehetzt hätten.«

»Und Pippa? Die sollte wohl die Hälfte der Reise mitmachen?«

Der dunkle Schopf senkte sich wieder. Die schmalen Hände rieben erschöpft über die eingefallenen Wangen. Lukes Stimme war kaum noch zu hören. »Ja ...«

»Hör mal«, sagte Fleet, und es klang ganz einleuchtend, »ich bin schließlich kein Polizist. Sie hat sich gegen uns beide dreckig benommen, ich kann's dir also nachfühlen. Nichts hindert uns beide daran, uns zu einigen.«

Auf seine Weise war er ein ausgezeichneter Schauspieler. Wenn man ihn so dasitzen sah, das herbe Gesicht freundlich und wohlwollend, konnte man sogar an seine Ehrlichkeit glauben. Selbst wenn man wußte, daß er log, konnte er einen allein kraft seiner Ausstrahlung überzeugen.

Doch gleichzeitig erzielte er damit bei Bunty eine Wirkung, mit der nicht einmal sie selbst gerechnet hatte. Bis zu diesem Augenblick war sie nur davon ausgegangen, daß dieser Mann Pippa mit eigenen Händen umgebracht hatte; jetzt wußte sie es seltsamerweise ganz sicher. Nicht die anderen, nicht einmal Con mit seinen kalten, gefühllosen Augen – Fleet war es.

Luke hob den Kopf und musterte das breite Gesicht mit zusammengekniffenen Augen. Er überlegte. Dann glomm in der Tiefe seiner verschleierten Pupillen ein Funke der Hoffnung, des neuen Mutes auf.

»Worauf wollen Sie hinaus?« fragte er vorsichtig.

»Ich will folgendes sagen: Was geht's mich an, wenn du die Dame mitnimmst und nach Holland oder irgendwohin abhaust? Ich werde nichts sagen. Nur mein Geld kannst du nicht mitnehmen! Deine Freiheit sollst du gern haben, mein Junge, aber nicht meine Kohle. Du sagst uns, wo das Geld ist, und sobald ich es in Händen habe, verschwinden wir von hier und lassen dich in See stechen, sobald du nur willst.« Er beugte sich ein wenig vor. Ein Wolfslächeln spielte um die Lippen, die sich wegen der kräftigen Zähne dahinter aggressiv vorwölbten. »Aber wenn du nicht vernünftig bist und es mir nicht auslieferst, dann liefere ich dich aus! Lieber die Freiheit ohne das goldene Ei als keines von beiden. Überleg's dir!«

»Und wie soll ich wissen, ob Sie sich an die Abmachung halten werden?« fragte Luke mit zunehmendem Zutrauen, aber noch nicht ganz überwundener Zurückhaltung. »Woher soll ich wissen, ob Sie nicht das Geld nehmen und dann doch die Polizei auf uns hetzen werden?«

»Warum sollte ich? Was kann ich dabei gewinnen? Ich

bin zum Geldholen gekommen, mehr will ich gar nicht. Ich brauche sicher nicht erst zu erklären, daß ich nicht besonders scharf darauf bin, die Aufmerksamkeit der Polizei auf mich zu lenken, wenn es nicht unbedingt sein muß. Aber mißversteh mich nicht. Wenn du mich übers Ohr haust, kann ich gemeiner werden, als du es dir vorstellen kannst.«

Er sprang unvermittelt auf, leichtfüßig und behende wie so viele beleibte Männer, stellte den Stuhl wieder an den Tisch und schlenderte zur anderen Seite des Zimmers.

»Du kannst es dir aussuchen, Kleiner. Es liegt jetzt ganz bei dir.«

Es wurde vorübergehend ganz still im Zimmer. Da kam Skinner die Treppe herunter. Er hatte die Durchsuchung der oberen Räume abgeschlossen. Er breitete seine leeren Hände aus und hob resignierend die Schultern. »Da oben ist nichts. Ich hab' Quilley als Wache oben gelassen, aber draußen ist es still wie im Grab und so finster wie in einem Ofenrohr. Was gibt's hier Neues?«

Er sah erst Fleet und dann Blackie an, der die Stirn in angestrengtem Nachdenken runzelte und seinem Boß und dessen komplizierten Gedankengängen um mehrere Windungen nachhinkte. Dann warf er Con einen fragenden Blick zu, doch der hatte schon vor einigen Minuten einen Vorhang vor den Resten seines Verstands herabgelassen und es aufgegeben. Jetzt war er nichts weiter als eine Maschine, die auf Befehl mit einer Waffe irgendwohin zielen konnte. Sie alle begriffen nicht, warum die harte, eindringliche Befragung nicht schon längst eingesetzt hatte. Dafür mußte es doch einen Grund geben.

Ja, es mußte einen Grund dafür geben, und dieser Grund war sicherlich nicht in der Zimperlichkeit oder Nachsicht des Bosses zu suchen. Es bestand durchaus die Möglichkeit, daß er tatsächlich entschlossen war, sich abzusetzen, sobald er das Geld in den Fingern hatte, genau wie versprochen, daß er es günstiger und einfacher empfand, aus Lukes Schuldgefühlen einen Nutzen zu ziehen, anstatt die erforderliche Information aus ihm herauszuprügeln. Aber Bunty konnte es immer noch nicht so recht glauben. Er war dazu viel zu hinterhältig, und seine eigene Hinterhältigkeit machte ihm auch noch Spaß. Irgend etwas steckte noch dahinter, unter dem Deckmantel seiner scheinbar so vernünftigen Haltung. Wollte er vielleicht aus irgendwelchen verborgenen Gründen erreichen, daß an Luke keinerlei Zeichen von Gewaltanwendung zu sehen waren? Aber warum?

»Pst!« machte Fleet. »Unser junger Freund versucht gerade, zu einem Entschluß zu kommen. Ich hoffe, er entschließt sich zur Vernunft.«

»Etwas anderes bleibt mir ja wohl kaum übrig, wie?« sagte Luke laut. Sein ganzes Verhalten entsprach immer mehr – auf eine Weise, die Bunty zwar erkennen, aber nicht benennen konnte – dem Verhalten Fleets; es war eine hübsch ausgewogene Mischung aus Nervosität, Zweifel und wachsender Zuversicht.

Er hatte sie die ganze Zeit über nicht angesehen. Sie wußte, daß er es nicht wagte, daß sein Blick ihn dann verraten würde. Die Gegner würden ihm dann den schuldgebeugten, gehetzten Flüchtling vor dem Gesetz nicht mehr abnehmen.

»Du hast die Wahl«, sagte Fleet. Zum ersten Mal war ihm so etwas wie geringschätzige Verachtung anzumerken. »Entweder du übergibst mir das Geld und bist frei, oder du sitzt ungefähr vierzehn Jahre lang im Gefängnis mit dem Gedanken, daß du ohnehin nicht an das Geld rankannst. Für eine Million würde sich das vielleicht lohnen, für diese kleine Summe aber beileibe nicht. Du hast die freie Wahl.«

»Ich würde auch sagen, das lohnt sich nicht.« Er fuhr sich mit der Zunge über die ausgetrockneten Lippen, schluckte hart und schien dann widerstrebend dem äußeren Zwang nachzugeben. »Na schön!« sagte er mit einem tiefen, ächzenden Atemzug. »Ihr könnt das verdammte Geld haben!«

»Das ist schon viel besser«, sagte Fleet mit Wärme. »Ich hab' ja gewußt, daß du Vernunft annehmen wirst. Wo ist es?«

Bunty hatte nicht die leiseste Ahnung, was Luke nun antworten sollte. Sie tappte ebenso im dunkeln wie Fleets Begleiter. Sie konnte nur abwarten und bereit sein, wenn Luke ihr irgendein Stichwort zuwarf.

»Sie wären auch selbst draufgekommen, wenn Sie gründlich darüber nachgedacht hätten«, sagte Luke mit dem abwegigen Spleen eines geschlagenen Mannes, der verzweifelt versucht, sich das letzte Restchen an Würde zu bewahren. »Oder haben Sie geglaubt, wir würden das Geld hierlassen, wenn wir mit dem Boot losfuhren? Natürlich hatten wir das Zeug schon hinuntergeschafft. Wir wollten nur bis zum Einbruch der Dunkelheit warten, um ungesehen zu entkommen.«

»Ahhh!« machte Fleet. Einen Augenblick grübelte er und ließ Luke dabei nicht aus den Augen. Was der junge Mann da sagte, leuchtete ein, es klang vernünftig und mußte unter allen Umständen überprüft werden. »Los, erzähl uns mehr! Warum seid ihr nicht gleich nach eurer Ankunft hier abgehauen?«

»Weil es schon fast wieder hell war. Jeder weit und breit mußte das Boot erkennen. Selbst wenn sie sich nicht näher für uns interessierten, hätten sie doch wohl angenommen, die Alports seien noch einmal zurückgekommen. Das Lebensmittelgeschäft konnte beispielsweise – trotz des Sonntags – jemanden herschicken, um nachzufragen, ob sie etwas brauchten. Ein Telefon gibt es hier nicht. Da müssen die Leute schon selbst kommen. Die Alports sind gute Kunden und überall bekannt. Wir wollten verhindern, daß jemand herumschnüffelte und statt der Alports uns hier entdeckte, dazu noch den Wagen in der Garage. Da erschien es uns sicherer, bei Nacht abzuhauen.«

»Das Geld habt ihr also im voraus an Bord gebracht! Warum nicht auch das Gepäck?« Fleets Frage war gerissen und schlau.

»Das wollten wir ja! Aber, verdammt noch mal, wir hatten die ganze Nacht nicht geschlafen, wir hatten ein Bad nötig, ich mußte mich rasieren... Wir konnten ja nicht mit irgendwelchen Schwierigkeiten rechnen! Ich war schon früher mit den Besitzern hier; wenn's sein mußte, konnte ich mein Hiersein erklären – alles, nur nicht Pippa und das Geld.« Er wischte sich mit einer fiebrigen Handbewegung über die Stirn. Er brauchte den anderen nichts vorzumachen; der Schweiß stand ihm in Perlen auf der Stirn und auf der Oberlippe. »Pippa – es war zu hell. Zu gefährlich, gesehen zu werden, wenn ich sie zum Boot hinuntertrug. Außerdem gab es für sie kein besseres Versteck als hier drinnen. Hat keinen Zweck, sie so dicht am Ufer zu versenken. Ihretwegen mußten wir bis zur Dunkelheit warten. Aber das Geld... Es war ja nur ein flaches Paket. Da wollten wir ganz sichergehen.«

»Da fällt mir gerade etwas ein«, bemerkte Fleet nachdenklich. »Du redest dauernd von ›unserem‹ Gepäck. Die Dame hier scheint nichts bei sich zu haben – außer ihrer Handtasche. Ich nehme doch an, die graue da gehört ihr? Bißchen ungemütlich, mein Mädchen, nicht wahr? Sorgen Sie immer so schlecht vor?«

»Ich hab' nichts außer der Handtasche«, erklärte Bunty erbittert. »Ich bin nämlich davongelaufen, nur mit der Tasche in der Hand. Aber das ist schließlich meine Angelegenheit. Er kennt den Grund nicht, und Sie kann er auch nicht interessieren. Er hat Ihnen doch gesagt, daß er mich in einem Restaurant kennengelernt hat. Was ist daran so seltsam? Wenn Sie etwas über die Kleine da oben wissen, dann wissen Sie auch, daß sie einen Koffer voll brandneuer Sachen bei sich hat. Ich hab' vielleicht ein paar Pfund zu viel, aber wir haben ziemlich dieselbe Figur. Ich wäre schon zurechtgekommen.«

Erstaunt betrachtete sie selbst das Bild, das sie von sich zeichnete, das auf einmal vor ihr hermarschierte. Nicht das einer billigen Barschnepfe, sondern einer Frau in den besten Jahren, einer Frau, die plötzlich rebelliert und nach einem Blick über die Schulter all ihre bisherigen Bande durchschnitten hatte. War dieses Bild weit von der Wirklichkeit entfernt? Vor ungefähr vierundzwanzig Stunden gab es ein paar Augenblicke, da wäre es ihr fast wie die Wirklichkeit vorgekommen. Jetzt war allerdings klar, daß sie und dieses Trugbild auf entgegengesetzten Polen lebten und einander nicht einmal mit den Fingerspitzen berühren konnten.

Fleet betrachtete Bunty mit mäßiger Neugier, dann wandte er den Blick wieder ab. Das Porträt, das sie von sich gezeichnet hatte, erschien ihm halbwegs vernünftig. Vielleicht lag ihm auch nichts daran, noch genauer nachzuforschen.

»Du hast das Geld also im Boot versteckt«, sagte er zu Luke und sah ihn durchdringend an.

»Ich hab' nicht gesagt, daß es im Boot liegt.« Das wäre zu einfach gewesen. Ein Mann hätte das Boot innerhalb von zehn Minuten durchsuchen können, und Luke wollte mindestens zwei von ihnen beschäftigen. »Es wurde hell. Da konnten wir uns nicht herumtreiben und das Bootshaus aufschließen. Wir hatten das Zeug schon für die Seefahrt verpackt, in Plastik und Ölzeug. Wir befestigten nur eine Schnur daran und ließen das Paket vom Steg aus ins Wasser hinunter. Da unten befindet sich ein alter Eisenring zum Festmachen, gleich auf der Seeseite, ziemlich tief unten am Steinfundament. Er wird jetzt unter Wasser sein, denke ich.

Aber erreichen kann man ihn schon, wenn man sich auf den Bauch legt und hinuntergreift. An dem Ring ist das Ende der Leine befestigt.«

Bei dem Gedanken an fünfzehntausend Pfund, die mit der Ebbe glucksend hinausschwimmen konnten, wurde Blackie aschfahl. Die Schnur konnte sich ja lösen. Selbst Fleets buschige Augenbrauen hoben sich, bis sie die Stelle erreicht hatten, wo bei einem Neandertalerschädel die Augenwülste liegen. Höher konnte er sie wohl auch nicht hinaufschieben.

»Ich hoffe zu Ihrem eigenen Besten, daß Sie die Schnur wirklich festgemacht haben«, sagte er grimmig. »Haben Sie das Päckchen denn beschwert?«

Luke nickte. »Jedenfalls genug, daß es unten bleibt und nicht zu sehen ist.« Er erhob sich, langsam und vorsichtig, um Cons nervösen Zeigefinger nicht zum Zucken zu bringen, aber doch wieder rasch genug, um seine Bereitwilligkeit unter Beweis zu stellen. »Ich werde mit einem Ihrer Leute hinuntergehen und es ihm zeigen«, sagte er halblaut. Er bemühte sich, keinen allzu eifrigen Eindruck zu machen.

»Einen Augenblick, nicht so hastig!« Fleet deutete wieder auf die Sitzgelegenheit, aber Luke blieb stehen, wenn auch dicht davor. »Woher soll ich wissen, ob du nicht zur Meisterklasse der Schwimmer und Taucher gehörst? Du könntest mit einem einzigen hübschen Kopfsprung verschwinden, während einer meiner Leute auf dem Bauch liegt und nach der Leine fischt. Du könntest ihm sogar ein Bein stellen und ihm damit ins Wasser verhelfen. Dann suchen wir vergebens nach dem Geld! Nein, nein, mein Kleiner! Du wirst uns nichts zeigen, höchstens auf dem Papier. Sonst kriegen wir dich vielleicht nie wieder zu Gesicht.«

Luke deutete mit einer Kopfbewegung auf Bunty. »Ihr habt doch immer noch sie, nicht wahr?« sagte er gekränkt. Aber ein ganz leises, hoffnungsvolles Schimmern in seinen Augen war trotzdem vorhanden. »Glaubt ihr denn, ich könnte ihr so etwas antun?«

»Da du mich schon danach fragst: Ja, das glaube ich. Ich bin nicht so sicher, ob du die Dame wirklich voll zu schätzen weißt. Nein, du bleibst hier!«

»Einer allein wird's nicht leicht haben, das Päckchen zu finden«, gab Luke zu bedenken. »Da unten ist's jetzt stockdunkel. Er wird einen brauchen, der ihm leuchtet und ihn festhält, wenn er sich vorbeugt. Der Ring muß jetzt wohl einen halben Meter unter Wasser liegen, und bei auslaufender Ebbe herrscht unter Wasser ein ziemlicher Sog, gerade an den Felsen. Sie könnten Ihren Mann mitsamt dem Geld verlieren.«

Fleet zögerte. »Weißt du was, Kleiner? Ich hab' das Gefühl, du führst da etwas im Schilde. Es ist dir doch anscheinend nicht schwergefallen, das Geld dort zu verstecken.«

»Nein, überhaupt nicht! Es war ziemlich hell, außerdem Ebbe, und ich kenn' die Stelle genau. Jetzt ist das ganz anders, noch dazu im Finstern, wenn's einer nicht kennt. Lassen Sie mich lieber mitgehen. Ich fische das Päckchen selbst heraus, wenn Ihnen das lieber ist.«

Er brachte dieses Angebot seltsam gepreßt und mit fiebrig glänzenden Augen vor. Jetzt war er ganz sicher, daß er wieder auf Ablehnung stoßen würde. Dann konnte er zwei der Gangster loswerden. Sollten sie doch suchen! Er wagte einen raschen Blick in Buntys Richtung. Sie wußte Bescheid. Sie war ihm gefolgt und saß sprungbereit.

Fleet hatte sich entschlossen. Vielleicht sagte der Junge die Wahrheit. Es kostete höchstens eine Viertelstunde, sich davon zu überzeugen.

»Los, komm hier an den Tisch. Zeichne mir einen Plan, aber einen genauen! Richtung und Entfernung vom unteren Ende des Pfades aus, von dem du gesprochen hast. Alles! Aber genau!« Er beobachtete Luke, wie er in den Schubladen der

Kommode nach Papier und Kugelschreiber suchte, ein Blatt vom Block riß und dann, ohne zu zögern, die Lage des Stegs im Verhältnis zum Weg zu skizzieren begann.

Fleet war zufriedengestellt. Er wandte sich Skinner zu, der an der Wand neben der Tür lehnte und eine Schulter dabei als Riegel benutzte. »Du gehst hinunter und fischst das Paket heraus. Nimm Con mit. Und gib mir für alle Fälle den Revolver.«

Für einen Augenblick wandte er Luke seinen breiten Rücken zu. Sein Körper verdeckte den Tisch für die anderen. Luke konnte unbemerkt im Schutz seines eigenen Körpers eine Hand bewegen. Der runde, glattgeschliffene Kieselstein, den Reggie Alport als Briefbeschwerer benutzte, lag dicht neben seinem rechten Jackenärmel. Er schob ihn mit den Fingern zu sich heran und ließ ihn blitzschnell in seiner Tasche verschwinden.

Als Fleet sich wieder umdrehte, schrieb Luke gerade die Entfernungen auf seine Skizze. Er drehte sich um, zeigte erst, daß seine Hände ansonsten leer waren, und überreichte den Plan.

»Da haben Sie ihn. Die Stelle, an der das Paket versteckt ist, habe ich mit einem Kreuzchen markiert.«

Während die anderen den Plan studierten, blieb Luke ruhig mit dem Rücken zum Tisch stehen. Das war ein guter Platz – falls sie ihn da stehen ließen. Das bedeutete nämlich, daß er im geeigneten Augenblick die beiden Bewaffneten in seine Hälfte des Zimmers locken konnte; Bunty hatte dann freie Bahn zur Haustür. Der Lahmgeschossene oben, der deutlich hörbar mit ängstlichen, hastigen Schritten von einem Fenster zum anderen humpelte, würde nie im Leben rechtzeitig unten sein, um ihr den Weg noch abschneiden zu können.

»Sieht ganz einfach und deutlich aus«, sagte Skinner. Er prägte sich die Lage des Sees ein. »Hol uns lieber die große

Taschenlampe aus dem Wagen, Con. Die hier gibt schon ihren Geist auf.«

Wenn Con keinen Revolver in den Fingern hatte, wirkten seine Hände ungeschickt, als wüßte er mit ihnen nichts anzufangen. Nur das Gewicht eines soliden Revolvers ließ sie stillhalten. Jetzt zuckten sie nervös. Vielleicht war Con dem Rauschgift verfallen; möglich, daß er LSD nahm. Als der Junge den Raum verließ, sah ihm Fleet selbst mit berechnender Kälte nach. Er schien sich etwas zu überlegen. Con würde sich in Fleets Diensten vielleicht nicht mehr sehr lange halten, aber zu einer Belastung war er noch nicht geworden.

Luke lauschte angestrengt zur Haustür hin. Er hörte, wie sie sich hinter Con schloß und nach einer Weile wieder öffnete. Er kam mit einer riesigen, gummigeschützten Taschenlampe zurück. Der gefederte Drücker schnappte leise ein; Con kam ohne jede Verzögerung ins Wohnzimmer zurück. Riegel wurden nicht vorgeschoben, und das Schloß funktionierte nicht mehr. Der Weg nach draußen war frei.

Fleet lehnte sich in seinen Stuhl zurück und fragte plötzlich: »Und wer hat die Pistole? Seine Pistole?«

Skinner drehte sich in der Küchentür um. »Ich. Willst du sie haben?«

»Ja, reich sie mir herüber.«

Fleet legte den schweren Revolver dicht neben sich auf die Kante des Tisches und griff nach Pippas Liliput-Revolver. Zweifellos hatte er selbst ihn ihr gegeben, als er ihr noch halb vertraute. »Das ist alles. Los, macht voran.«

Dann blieben sie zu viert in dem Zimmer zurück. Sie hörten die Schritte der beiden anderen in der Küche verhallen. Die Tür nach draußen wurde geöffnet und geschlossen. Ein paar Sekunden lang konnten sie noch ganz leise Geräusche vernehmen, als die beiden Männer die ersten Meter des steilen Pfades hinuntergingen.

Luke zog sich ruhig einen Stuhl vom Tisch heran und setzte sich. Niemand befahl ihm, zu Bunty in die Fensternische zurückzukehren. Damit war schon viel gewonnen. Jetzt mußten sie nach zwei Seiten zielen und schießen, nicht nur nach einer.

Fleet hatte ein paar Papiertaschentücher aus der Tasche gezogen und polierte mit lässigen Bewegungen die kleine Pistole. Seine Hände arbeiteten fast von selbst. Er nutzte die Wartezeit aus, indem er schon den nächsten Schritt vorbereitete. Dabei betrachtete er von der anderen Seite des Zimmers aus Luke mit dem sicheren Blick des geübten Mathematikers, der ein Routineproblem zu lösen hat.

Oder war es der Blick eines erfahrenen Beerdigungsunternehmers, der an einem potentiellen Kunden wegen der Sarggröße Maß nimmt?

Bunty sah eine ganze Weile den sich bewegenden Fingern zu, dann wurde ihr plötzlich klar, was diese Finger taten, was das zu bedeuten hatte. Ihr Herz machte einen Satz. Die Erkenntnis überfiel sie mit einem Schock.

Jetzt wußte sie schlagartig, was die ganze Zeit über hinter den geschickten Schachzügen dieses Mannes verborgen war. Sie wußte, worauf Fleet mit seinen Gefangenen hinauswollte, warum er darauf bestanden hatte, Luke unverletzt und ohne Beulen in die Hand zu bekommen.

Sobald er das Geld hatte, würden sie alle von hier verschwinden – das schon! Aber vorher würden sie noch eine neue, weniger durchschaubare Szene stellen – für die Polizei, die ja irgendwann einmal erscheinen mußte. Oben ein ermordetes Mädchen, dessen Spur man nach einer Weile bis zurück nach Comerbourne verfolgen würde; in der Garage ein Wagen, nach dem die Midshire-Polizei schon den ganzen Tag fahndete, und hier unten im Wohnzimmer ein weiteres Opfer, irgendeine Frau, die der Flüchtige unterwegs mitgenommen hatte, vielleicht in der Absicht, zusammen mit ihr zu entkommen. Aber dann hatte ihn die Verzweiflung gepackt, er hatte sie erledigt, bevor er – letzter Akt des Dramas – sich selbst eine Kugel durch den Kopf gejagt hatte und neben ihr gestorben war ... Der Polizei würde der Beweis leichtfallen, daß alle drei durch dieselbe Waffe umgekommen waren – die Waffe, die Luke Tennant noch in der Hand halten sollte, wenn die Beamten eintrafen. Nur seine eigenen Fingerabdrücke würden darauf zu sehen sein. Dafür sorgten jetzt diese geschickten Finger, die alle äußeren Teile polierten. Sie hatten bereits Lauf und Kolben geputzt, den Schutzbügel über dem Abzug abgewischt, und nun polierten sie mit einem weiteren Papiertaschentuch das untere Kolbenende.

Blieb nur noch der Abzug selbst. Es hatte natürlich keinen Sinn, ihn jetzt zu polieren – er kam nachher an die Reihe.

12

Ob Luke nun Bescheid wußte oder nicht, Bunty wußte jedenfalls jetzt, was gespielt wurde. Sie hatten nichts mehr zu verlieren. Es blieben ihr vielleicht zwei Minuten zu ihrem Entschluß. Wenn Luke jetzt etwas anfängt, fragte sie sich – soll ich dann davonlaufen oder nicht? Jetzt ist alles ganz anders. Was ich auch tue, es geht um Leben und Tod.

Haben wir eine Chance, gemeinsam von hier wegzukommen? Sie überlegte diesen Punkt mit der Objektivität eines Menschen, der dem Tod schon einmal ins Gesicht gesehen hat und den seine Nähe nicht mehr schreckt. Dann sagte sie sich ganz nüchtern, daß die Antwort auf diese Frage in jedem Fall nein lautete.

Und wenn ich davonrenne, habe wenigstens ich dann eine vernünftige Chance, allein wegzukommen? Ja, ich glaube schon, daß eine solche Chance besteht. Aber bleibt mir dann überhaupt noch die Möglichkeit, die Polizei oder zuverlässige Helfer zu erreichen, rechtzeitig mit ihnen nach hier zurückzukommen und Luke zu retten? Bei dieser Frage zögerte sie. Dann gelangte sie jedoch zu dem Schluß, daß vielleicht trotz allem noch eine geringe Außenseiterchance bestand, daß alles rechtzeitig glückte. Wenn ihnen eines der Opfer abhanden gekommen war, eine Zeugin, die sie identifizieren konnte, würden sie vielleicht ihren ganzen Plan aufgeben und es für klüger finden, zu fliehen, Luke leben zu lassen und alle Brücken hinter sich abzubrechen.

Soll ich also flüchten? Ja, sagte sie sich, ich werde mich auf die Beine machen. Alles in allem scheint das für uns beide am vernünftigsten zu sein.

Fleets Plan hatte natürlich seine kleinen Schönheitsfehler, aber es war nicht zu erwarten, daß er sie alle kannte. Außerdem war er sicher bereit, ein kleines Risiko einzugehen, das nun einmal zu jedem Glücksspiel gehört. Da war beispielsweise das aufgebrochene Schloß an der Haustür. Diesen Einbruch wollte er vermutlich mit Lukes Flucht in Zusammenhang bringen; er konnte nicht wissen, daß es für den Schlüssel ein ständiges Versteck über der Haustür gab, daß Luke das Geheimnis kannte und es nicht nötig hatte, hier ein Schloß aufzubrechen. Diesen Punkt konnten die Alports bezeugen. Vielleicht würde sich dieser Umstand in einem schottischen Polizistenschädel festsetzen wie eine Rosine im Plumpudding und sich nicht mehr verrücken lassen. George wäre bestimmt darüber gestolpert. Fiel erst einmal dieser Punkt auf, dann geisterte auch schon der Schatten eines Unbekannten durch den Fall. Es ist sehr schwierig, seine Spuren aus einer Szene, die man einmal betreten hat, völlig wieder auszuradieren. Die eigene Gegenwart und die eigenen Handlungen hinterlassen einen wenn auch noch so geringfügigen Eindruck, eine Delle, die sich nicht wieder ganz glattbügeln läßt.

Sie fragte sich ein paar Sekunden lang, ob es sich vielleicht lohnte, Fleet auf die Unstimmigkeiten aufmerksam zu machen, die er gar nicht mit in seinen Plan einbeziehen konnte. Aber das hatte keinen Zweck. Er wollte gar keine hundertprozentige Perfektion. Vielleicht konnte er ohne ein gewisses Restrisiko und eine Gefahr gar nicht glücklich werden. Gewiß ließ er sich dadurch aber nicht abschrecken. Nein, hier ließ sich nichts erreichen. Sie konnte nur eines tun: bereit sein, wenn der Augenblick kam, sofort die Gelegenheit ergreifen und dort durch die Tür fliehen, um zwischen den Bäumen zu verschwinden.

Es konnte nun nicht mehr lange dauern. Zwanzig Sekunden waren ihr für all diese Überlegungen geblieben. Ihr kamen die zwanzig Sekunden jedoch wie eine Ewigkeit vor. Nun wehrte sie sich gegen die Stille. In dieser Stille konnte nichts Erfolg haben, nichts in dieser geladenen Atmosphäre glücken. Wenn ein frischer Wind aufkam, standen die Aussichten besser.

»Haben Sie etwas dagegen, wenn ich mir meine Handtasche hole?« fragte sie eisig. Ihr leuchtender Blick ließ nicht von Fleets Gesicht ab. »Sie haben richtig getippt. Die graue gehört mir. Da Ihre Leute bis auf das Futter ohnehin alles herausgeholt haben, brauchen Sie keine Angst zu haben, daß ich darin eine Bombe versteckt habe.«

Das Bewußtsein, mit Worten ohnehin nichts mehr ändern zu können, löste die Zunge; man weiß, daß man nichts erreicht, indem man dem Teufel Honig ums Maul schmiert, daß er auch nicht mehr tun kann als einen vernichten, wenn man ihn offen ins Gesicht verflucht. In den unerforschten Tiefen ihres Wesens regte sich noch etwas anderes, das in der stillen Heiterkeit ihres Familienlebens bisher noch nie zum Vorschein gekommen war: eine rein persönliche Wut darüber, daß dieser Mann und seine Anhänger es für so selbstverständlich hielten, daß niemand etwas gegen sie unternehmen könnte, diese niederträchtige Gewißheit, daß nur Revolver und Pistolen den Ton angeben, daß ein Menschenleben ebenso entbehrlich ist wie ein Bauer im Schachspiel, daß jeder brav wie ein Lamm zur Schlachtbank gehen wird, nur weil die Übermacht auf der anderen Seite steht. Sie warf Luke einen Blick zu. Er wartete gespannt, die Augen weit offen und flackernd. Ein kurzer Meinungsaustausch fand zwischen ihnen statt – sie waren sich einig. Keiner von ihnen wußte, wer das auslösen würde, was nun kommen sollte; sie spielten beide ihre Rolle aus dem Stegreif. Aber sie hatten begriffen, was sie als einzige Waffe in der Hand hielten: ihre vollkommene Übereinstimmung. Was einer von ihnen auch tun mochte, der andere würde sofort entsprechend reagieren. Sie hatten keine Bedenken, sie vertrauten einander völlig rückhaltlos. Es lohnte sich fast, dafür zu sterben.

»Habt ihr sie wirklich gründlich durchsucht?« fragte Fleet lässig. Er ließ sich dabei zu keinem einzigen Blick für Bunty herab und sah auch Blackie nicht an, an den er nun das Wort gerichtet hatte.

»Ja. Nichts drin als Weiberkram.«

»Ich brauche ein Taschentuch«, sagte Bunty. »Nicht etwa zum Heulen, falls Sie das annehmen sollten. Ich will mir die Nase putzen. Hier drinnen stinkt es. Seltsam – die Luft war ganz gut, bevor ihr gekommen seid.«

»Gib ihr die Tasche«, befahl Fleet, halb gelangweilt, halb amüsiert.

Sie lag auf dem Bücherregal, gleich neben dem cremefarbenen Täschchen, das Pippa gehört hatte. Blackie lümmelte in einem Sessel, dicht neben diesem Bücherregal, Bunty schräg links, Luke schräg rechts vor sich. Seine Rechte umspannte den Revolver, aber die Linke hatte er frei. Er griff nach der Handtasche und warf sie Bunty zu. Er tat es lässig und offenbar widerwillig.

Blackie zielte so ungeschickt, daß die Tasche Bunty nicht ganz erreichte. Sie sollte vor Bunty auf den Boden fallen, damit diese gezwungen war, sich zu bücken und ihre Sachen wieder einzusammeln. Wenn sie sich die Mühe gemacht hätte, sich vorzubeugen und die Tasche aufzufangen, hätte sie sie vielleicht erwischt. Aber sie blieb steif aufgerichtet sitzen, verzog die Lippen und sah Blackie verächtlich und voller Abscheu an. Sie rührte keinen Finger, sondern ließ die Tasche mit dumpfem Plumps zu Boden fallen. Der Inhalt klapperte leise. Die Tasche blieb einen Meter vor ihr liegen, genau auf der Kante von Alports wunderschönem norwegischen Läufer, der in angenehmen, gedämpften Farben gehalten war. Auf dem anderen Ende des Läufers saß Fleet in dem leichten Korbsessel, mit dem er sich zurückgekippt hatte; der Sessel balancierte dicht neben dem Tisch auf den beiden hinteren Beinen.

Sie sah mit leisem, nachdenklichem Lächeln zu der Tasche hinunter. Dann folgte ihr Blick langsam der ganzen Länge des Läufers, maß die Entfernung zur Tür, betrachtete den Plattenspieler in der Mitte dieser rund fünf Meter langen Strecke. Darauf stand ein schwerer Bronzeleuchter, daneben ein wuchtiger Aschenbecher aus Benares. Ihre hochgezogenen Augenbrauen drückten belustigte Abscheu aus.

»Wie ich sehe, befinde ich mich in der Gesellschaft von Gentlemen«, sagte sie. »Das ist immer ungemein beruhigend.« Sie beugte sich ruhig und ohne Hast vor und streckte langsam die Hand nach ihrem Eigentum aus.

Sie mußte sich langsam bewegen, denn die Augen der beiden beobachteten genau jede ihrer Bewegungen, und sie mußte Luke Zeit lassen, ein Ablenkungsmanöver einzuleiten. Es war, als hätte sie es ihm ins Ohr geflüstert. Er tat genau, was jetzt nötig war.

Er sprang auf, stieß einen Stuhl unter den Tisch und tat zwei rasche Schritte in Richtung auf die Tasche, als wollte er sie aufheben, ergrimmt über seine eigene Ohnmacht und das flegelhafte Benehmen der anderen.

Sofort wandte sich die Aufmerksamkeit ihm zu. Fleet warf Pippas Pistole neben sich auf den Tisch und griff mit der Geschmeidigkeit einer angegriffenen Schlange nach dem schweren Revolver. Blackie wandte ruckartig Bunty sein scharfgeschnittenes, hageres Profil zu. Seine Hand mit der Waffe fuhr herum und richtete sich auf Lukes Bauch.

Bunty rief mit hoher, klarer Stimme: »Machen Sie sich keine Mühe! Ich kann mich schon noch bücken!«

Sie beugte sich weiter vor und griff mit beiden Händen nach ihrer Handtasche. Doch ihre Finger faßten nicht nach der Handtasche, sondern nach dem festen, wunderbar langhaarigen skandinavischen Teppich.

Sie legte all ihre Kraft, ihre Wut und ihre Liebe in den Ruck, der nun folgte. Alports Teppich glitt über den polierten Holzfußboden, als hätte er Eigenleben erlangt. Er riß die hinteren Beine von Fleets Sessel unwiderstehlich weg, als sei es ihm ein Vergnügen, den Boß auf den Rücken krachen zu sehen.

Der Korbsessel machte ein Geräusch wie ein verärgerter Truthahn, dann landete Fleet mit einem halben Salto auf seinen breiten Schultern. Sein Schädel schlug mit wohltuendem Bums auf den Parkettboden.

Nun stand auf einmal Bunty wieder im Mittelpunkt der Aufmerksamkeit. Blackie schoß blitzschnell von seinem Stuhl hoch und wußte im ersten Augenblick nicht recht, ob er sie festhalten, auf sie schießen oder zuerst seinem Boß zu Hilfe eilen sollte. Eine Sekunde lang hatte er keine Zeit für Luke. Dieser eine Augenblick genügte. Luke zog den granitenen Briefbeschwerer aus der Tasche und schleuderte ihn mit aller Kraft gegen die schmächtige Gestalt. Schon während seiner Schulzeit war er als Kricketspieler für seine tödliche Treffsicherheit bekannt gewesen.

Bunty hatte ihre Angst vergessen. Sie wurde in einen Strudel der Kampfeslust hineingerissen, der von irgendwelchen fernen Vorfahren auf sie vererbt worden war. Die Ereignisse liefen so rasend schnell ab, daß alles praktisch gleichzeitig geschah, aber sie nahm doch jede Einzelheit mit fast übernatürlicher Deutlichkeit wahr.

Zunächst lag Fleet auf dem Rücken, aber er hielt den Revolver immer noch in der Hand und konzentrierte sich ganz auf die Bewegung seines Zeigefingers. Im nächsten Augenblick stand Bunty schon wieder auf den Beinen, streckte beide Hände weit aus und riß ihre Seite des Teppichs hoch. Für den Bruchteil eines Augenblicks – zu kurz, ihn zu messen – stand der Teppich zwischen ihr und den beiden Männern in der Luft, aber in seinem Schutz warf sie sich zur Seite, weil sie mit dem Schuß rechnete, der nun unweigerlich folgen mußte. Sie hätte zwar auf Fleet getippt, aber der Schuß kam von Blackie. Fleet überraschte sie immer wieder. Obgleich er auf dem Rücken lag und halb bewußtlos war, konnte er noch klar und präzise denken. Er schoß auf Luke. Die beiden Schüsse klangen praktisch wie ein einziger, doch in dem winzigen Zwischenraum tat Bunty, die sich nicht bewußt wurde, ob sie getroffen war oder nicht, das Einfachste und gleichzeitig Wirkungsvollste, was sie in ihrer Lage tun konnte: Sie warf den Teppich über die lang hingestreckte Gestalt. Fleets Kugel brannte ein Loch in den Teppich mit seinem hübschen Blumen- und Rankenmuster, wurde abgelenkt und klatschte wirkungslos irgendwo in die Wand.

Erst in diesem Augenblick traf Lukes genau gezielter Wurf den Leuchtkörper an der Decke, punktgenau in der Mitte, wo die Fassung war. Über ihren Köpfen klirrte ein Ton, der beinahe schon über den Hörbereich des menschlichen Ohrs hinausging. Es folgte eine grelle, bläuliche, fauchende Stichflamme, dann senkte sich nach dem zuckenden Blitz finstere Nacht herab. Winzige Glasstückchen setzten sich in ihren Haaren und den Falten ihrer Kleidung fest. Gleichzeitig gingen im ganzen Haus die Lichter aus.

Es war so dunkel, daß Luke sich nur nach dem Gedächtnis bewegen konnte. Er tat einen mächtigen Satz und landete mit beiden Füßen genau auf dem skandinavischen Teppich mit dem sich aufbäumenden Rücken darunter. Er hatte nach der Stelle gezielt, an der er sich Fleets Solarplexus vorstellte, aber an Fleet war eben alles anders als erwartet. Ein so schwerer Mann konnte normalerweise gar nicht so geschmeidig reagieren. Er hatte den Angriff vorausgesehen und sich blitzschnell unter den Tisch gerollt. Luke landete daneben. Nun bemühte sich Fleet, den dichten Falten des langflauschigen Teppichs zu entgehen, in denen er zu ersticken drohte. Er streckte die Hände wie eine Krake aus und tastete nach Lukes Fußgelenken. Er erwischte den linken Fuß, da hob Luke den rechten und trat mit aller Kraft gegen das Handgelenk.

Es galten keine Regeln mehr. Noch vor einem Augenblick hätte er nicht einmal zu sagen gewußt, ob er überhaupt kämpfen konnte. Seit seinem zehnten Lebensjahr hatte er mit niemandem mehr gerauft. Er wollte Bunty zurufen, sie solle fliehen, aber er wagte es nicht – aus Angst, er könnte zu früh die Aufmerksamkeit eines der Gegner auf sie lenken. Ganz sicher würde sie jetzt die Gelegenheit wahrnehmen. Sie hatte es doch versprochen – Bunty hatte es auch vor. Dieser Vorsatz entsprang aber offensichtlich einer falschen Selbsteinschätzung; denn nun kam alles ganz anders.

Sie sprang in Richtung auf die Tür, streckte gezielt die linke Hand aus und bekam den schweren bronzenen Kerzenleuchter auf dem Plattenspieler zu fassen. Er legte sich angenehm und sicher in ihre Hand. Sie schien es überhaupt nicht eilig zu haben. Die Woge der Ereignisse, die sie davontrug, schien das Tempo von selbst zu bestimmen. Es war, als diktiere sie selbst die Ereignisse und nicht umgekehrt. Alles erschien ihr leicht und mühelos.

Sie legte, ohne auf ein Hindernis zu stoßen, die restliche Strecke bis an die Tür zurück, faßte den Griff und stieß die Tür so hart auf, daß sie laut gegen den Türstopper aus Gummi krachte. Sie beeilte sich nur, weil ihre Augen sich an die Dunkelheit gewöhnten und alles um sie herum bereits grau wurde. Aber sie rannte nicht nach draußen, sondern zurück ins Haus. Sie hatte sich selbst im Sturm ihrer Instinkte verloren, der Instinkte, die noch nie zuvor in ihrem Leben so sehr die Oberhand gewonnen hatten und es wahrscheinlich auch nie wieder tun würden.

Fleets langer, kräftiger Arm zuckte krampfhaft unter Lukes Fuß. Unter der Kante des dicken Teppichs drang ein langer, stöhnender Laut hervor. Dann packte die rechte Hand, die den Revolver festhielt, Lukes Knie. Luke stürzte krachend auf seinen Gegner.

Der Augenblick des Erschreckens war vorbei. Fleet wollte ihn immer noch lebend haben, wenn möglich unversehrt. Ein Selbstmörder sollte nach Möglichkeit nicht am ganzen Körper Risse und blaue Flecke von einem Kampf aufweisen.

Bunty streckte schon die Hand nach Lukes Ärmel aus, um ihn mit nach draußen zu ziehen. Sie bekam ihn beinahe zu fassen und wäre fast zusammen mit ihm hingefallen, aber da entglitt er ihr wieder. Sie schlich um die beiden Gestalten herum, die auf dem Boden miteinander kämpften, konnte aber Freund und Feind nicht unterscheiden. Deutlicher sah sie den anderen Gegner. Auch Blackie war jetzt auf den Beinen und umkreiste die beiden Gestalten auf dem Boden. Seine Hand mit dem Revolver stieß zwischen sie. Blackie war nicht in die geheimsten Gedanken seines Herrn und Meisters eingeweiht. Seinem gepreßten, zischenden Atem war zu entnehmen, daß er bereit war, im ersten sich bietenden Augenblick abzudrücken.

Aus dem Durcheinander auf dem Boden erhoben sich ein Kopf und ein Paar Schultern. Einer der beiden hatte ein Bein gegen den Boden gestemmt und versuchte, sich aufzurichten. Da es die schmalere Gestalt war, erkannte Bunty in ihm Luke.

Aber auch Blackie erkannte ihn. Er tat einen Sprung zur Seite, um Fleet nicht verletzen zu können, und schoß. Diese Bewegung brachte ihn auch näher an Bunty heran, die für eine Sekunde zwischen zwei Möglichkeiten schwankte: Sollte sie Lukes Arm packen und ihn herausziehen, oder sollte sie sich auf den Kerl werfen, der ihn bedrohte?

Sie entschied sich für Blackie.

Sie holte von unten her weit mit dem schweren Kerzenleuchter aus und traf Blackie mit aller Wucht am Ellbogen. Der Schlag sollte ihm nur die Hand mit dem Revolver hochreißen, aber Buntys Schlag erreichte noch mehr. Sie erwischte Blackie so hart am Prellbein, daß eine plötzliche, kribbelnde Lähmung ihm bis in die Fingerspitzen fuhr. Der Revolver wurde ihm aus den Fingern geschlagen und rutschte über den Parkettboden. Der Mann stieß einen quietschenden, eigenartig klingenden Schmerzensschrei aus, der in zusammenhanglose Flüche überging. Dann kroch er wie eine verkrüppelte Spinne hinter der verlorenen Waffe her. Einen Arm zog er kraftlos nach.

Bunty holte siegessicher noch einmal mit dem Kerzenleuchter aus und schwang ihn gegen Fleet. Der Hieb wurde von den dicken Schultermuskeln gedämpft, die ihn fast ohne Reflex hinnahmen. Dann griff eine Hand nach ihrer Waffe und riß so geschickt daran, daß Bunty fast das Gleichgewicht verloren hätte. Instinktiv ließ sie los und sprang aus seiner unmittelbaren Nähe zurück. Da war Luke wieder auf den Beinen. Er faßte nach ihrer Hand.

»Los! Lauf!«

In dem allgemeinen Durcheinander konnte keiner der Beteiligten die schleppenden Schritte hören, die eilig die Treppe herunterpolterten. Quilley hatten sie ganz vergessen. Fleet richtete sich auf die Knie und jagte ihnen in Richtung Tür einen Schuß nach, aber die Kugel schlug wirkungslos ins Holz ein. Der andere Schuß war es, der sie innehalten ließ; die Kugel riß genau vor ihren Füßen ein Loch in den Boden. Sie schreckten davor zurück und fielen gegen das Treppengeländer. Der Schuß war aus der Ecke dicht neben der Tür gekommen, aus schwarzer Finsternis heraus. Sie wurden von dem matten Licht beschienen, das durch das Milchglas hereinfiel. Außerdem hatten sie die offene Wohnzimmertür hinter sich.

»Keine Bewegung!« befahl Quilley mit einer Stimme, die vor ehrlichem Eifer leise bebte. Wer rettete jetzt die Situation?

»Ich kann euch sehen, aber ihr könnt mich nicht sehen. Noch ein einziger Schritt, und ihr seid erledigt!«

Luke erholte sich schon im nächsten Augenblick von dem Schock, aber selbst ein kurzer Augenblick war jetzt zu lang. Wenn sie schon nicht beide davonkamen, dann konnte er Bunty doch wenigstens eine Gasse bahnen. Und diesmal würde sie laufen müssen, weil danach keiner mehr da war, auf den sie Rücksicht zu nehmen hatte. Er schob sie mit den Schultern beiseite, schob sie in die Deckung eines Pfostens und sprang geduckt in die finstere Ecke hinein.

Er bekam mit beiden Armen Quilleys Knie zu fassen, umklammerte sie und ging zusammen mit seinem Gegner krachend zu Boden, während Quilleys Hand mit dem Revolver sich zur Decke hob. Beide Männer schlugen mit den Köpfen an die Wand.

»Lauf, Bunty!« keuchte Luke. Dabei arbeitete er sich mit einer Hand an Quilleys Arm entlang zum Revolver vor. Er zwang seinen Gegner, zur Wand hin zu zielen.

Für sie war der Weg zur Tür jetzt frei, aber die Zeit reichte nicht mehr zur Flucht. Der kleine Flur wimmelte auf einmal von Menschen. Blackie packte Bunty von hinten mit einem Arm am Hals und drückte ihr mit der Linken den Revolverlauf in die Seite. Fleet schob an ihm vorbei und zerrte Luke und Quilley auseinander. Ein bleistiftdünner Lichtstrahl fiel herein, wanderte zuckend durch das Wohnzimmer und streifte die Kämpfenden mit gelblichem Licht; dann blitzte auf einmal Cons starke, wasserfeste Taschenlampe auf. Sie waren viel zu früh und mit leeren Händen vom Steg zurückgekommen – gerade noch rechtzeitig, auch die letzte Hoffnung auf Entkommen zunichte zu machen.

Der Lichtschein hing an der Decke und wanderte wieder an dem Milchglasfenster herab zum Boden. Der schwere Gummigriff traf Luke mit einem häßlichen, dumpfen Laut genau im Nacken. Seine Schultern sackten nach vorn. Er hing noch für einen Augenblick über Quilley, dann sackte er kraftlos wie eine Stoffpuppe über ihm zusammen. Arme und Beine baumelten, sein Kopf rollte zur Seite.

»In Ordnung.« Fleets Stimme kam leise, wütend und furchterregend aus dem Dunkel. »Bringt sie wieder herein. In Ordnung! Es gibt auch andere Mittel und Wege!«

Er war außer Atem, zerrauft und zerschrammt. Er sah Lukes schlaffe Gestalt an, dann seine schreckensstarren Helfer. Er sah Bunty an. Die Taschenlampe zeichnete auf Fleets

Gesicht Lichter und Schatten, klare Linien und undeutliche Flächen. Von diesem harten Gesicht waren Wohlwollen, Freundlichkeit und Selbstbewußtsein wie eine Maske abgefallen. Der echte Fleet kam zum Vorschein, der Fleet, wie er wirklich unter dem Äußeren lebte und atmete. Und Fleet war in jeder Hinsicht ein Selfmademan. Buntys und Lukes Leben waren nun keinen Pfifferling mehr wert. Nur eines stoppte Fleet. Er wußte immer noch nicht, wo das Geld war.

Luke konnte vorerst nicht befragt werden. Für ihn gab es vorläufig eine erzwungene Atempause, er hatte ohnehin schon mehr als genug. Blieb also Bunty. Fleets starre, wie Steine glitzernde Augen funkelten fast rötlich, als er sie ansah.

Ohne den Kopf abzuwenden, sagte er zu Quilley, der sich mühevoll wieder aufgerappelt und an die Wand gelehnt hatte: »Geh wieder nach oben und paß auf. Es könnte jemand die Schüsse gehört haben.«

»Klar, Boß, ich geh' ja schon. Ich hab' herunterkommen müssen ... Die vordere Tür ... Hätten es geschafft, wenn ich nicht ...« Er schob sich mühsam, aber eifrig und willig an der Wand entlang, stützte sich schwer auf das Geländer und begann sich wieder zu seinem Ausguck hinaufzuziehen. Im Licht der Lampe leuchtete das Weiße in seinen Augen auf, die hoffnungsvoll, aber auch voller Angst, auf Fleet gerichtet waren.

»Schön, du mußtest herunterkommen. Aber jetzt mach endlich, daß du wieder nach oben kommst!«

Quilley zuckte ängstlich zusammen und ächzte bei jedem Schritt.

»Und was ist mit euch beiden?« Aber er kannte die Antwort schon im voraus. »Es war natürlich nichts dort, wie?«

»Nichts. Nicht einmal der eiserne Ring. Lauter Lügen«, antwortete Con erbost.

»Wir mußten uns außerdem schleunigst aus dem Staub machen«, fügte Skinner hinzu. »Dicht an der Küste entlang kommt ein Boot näher. Wir wollten nicht gesehen werden. Aber da hatten wir uns schon davon überzeugt, daß er gelogen hat.«

»Bringt sie herein«, befahl Fleet und ging den anderen voraus ins Wohnzimmer.

Blackie schob Bunty vor sich her in das verwüstete Zimmer und stieß sie hart auf das Sofa. Die beiden anderen zerrten Luke an den Armen herein und warfen ihn wie eine große, aus dem Leim geratene Puppe vor ihren Füßen auf den Boden.

Die beiden Taschenlampen bildeten die einzige Beleuchtung – die winzige Bleistiftlampe, die den Alports gehörte, und die schwere Taschenlampe, mit der Luke bewußtlos geschlagen worden war.

In dem beinahe unheimlichen Licht sah Bunty sich im Zimmer um. Sie sah die zerschmetterte Deckenlampe und das Loch dicht neben der Tür, das Fleets zweite Kugel gerissen hatte. Jetzt bestand keine Möglichkeit mehr, ihrer beider Tod als Mord und Selbstmord aus Verzweiflung hinzustellen. War dadurch eine Übereinkunft in größere Nähe gerückt? Nein, hoffnungslos! Das Meer hatte genug Platz für sie beide und das tote Mädchen. Zeugen, die Fleet in der Hand haben könnten, räumt man besser beiseite.

»Jetzt brauchen Sie einen neuen Text, wie?« hörte sich Bunty mit unglaublich ruhig klingender Stimme sagen. »Eine Ausrede für vier Kugeleinschüsse und das ganze Durcheinander hier. Und das alles, nachdem Sie die Fingerabdrücke von der Pistole abgewischt haben! Ich bin schon gespannt, wie Sie das alles hier aufräumen wollen.«

»Nur zu wahr«, sagte Fleet mit einer ebenso ruhigen wie schneidenden Stimme. »Sie können mit Recht gespannt sein.

Sie sind zu schlau, meine Liebe. Viel zu schlau. Eine Menge zu schlau für Ihr eigenes Heil. Wäre es nicht besser, wenn Sie endlich nachgeben und mir sagen, wo das Geld versteckt ist?«

»Nein«, sagte sie mit mattem, krampfhaftem Lächeln. »Das werde ich nicht tun. Damit dürfen Sie niemals rechnen, selbst wenn ich's wirklich wüßte. Sie sind so sicher, daß mir keine Zeit mehr bleibt. Aber ich habe Zeit genug! Ich habe so lange Zeit, bis Sie die Antwort auf Ihre Frage bekommen haben – entweder von ihm oder von mir. Aber keine Minute länger. Glauben Sie denn, einen Mörder erkennt man nicht? Wenn ich Ihnen wirklich sage, was Sie wissen wollen, dann hätte ich allerdings nichts mehr zu hoffen. Glauben Sie, daß ich so verrückt bin? Selbst wenn ich wüßte, wo das Geld ist?«

Da versetzte ihr Fleet mit der flachen Hand einen Schlag ins Gesicht, wohlgezielt, aber nicht zu hart. Es schien ihm Vergnügen zu bereiten, den Schlag mit Vorbedacht genau richtig zu dosieren. Ihr Kopf wurde zurückgeschleudert, ein Ruck ging durch ihr Rückgrat, aber sonst geschah ihr nichts.

Und Bunty lachte.

»Glauben Sie wirklich, Sie könnten mir auf diese Weise die Lippen öffnen? Sie wollen mich damit zum Reden zwingen, daß Sie mir das Leben unerträglicher machen, als der Tod es wäre. Aber ich lebe gern. Dafür kann ich eine ganze Menge aushalten. Bevor Sie mich zum Reden gebracht haben, werde ich längst einen Zustand erreicht haben, in dem ich nicht mehr imstande bin, Ihnen eine Antwort zu geben. Ich gehöre nicht zu der Sorte, die so leicht stirbt. So oder so – Sie werden es nie erfahren.«

Zu ihren Füßen holte Luke tief Luft und stöhnte. Bunty ließ sich unter Mißachtung der auf sie gerichteten Waffe vom Sofa gleiten und kniete sich neben ihn auf den Parkettboden. Sie hob seinen Kopf in ihren Schoß und strich ihm das feuchte Haar aus der Stirn zurück. Ein Krampf verzerrte ihm sekundenlang das Gesicht. Dann wurde seine Miene wieder ruhig und gleichgültig. Er war erneut in Ohnmacht gefallen.

»Boß«, sagte Blackie mit unterdrückter Stimme, »ich schätze, mit der vertun wir nur unsere Zeit. Ich glaub' nicht, daß sie es weiß. So weit wird er ihr nie vertraut haben. Verdammt, er hat sie doch erst gestern abend auf der Flucht mitgenommen. Ihn brauchen wir.«

Sie drückte die schlaffe Gestalt enger an sich und beugte sich beschützend darüber. Sollten sie das ruhig denken, bis Luke erkennen ließ, daß er wieder zu sich kam. Bis dahin war er sicher. Sie konnten ihm nichts anhaben, und bei ihr konnten sie auch keine Wirkung erzielen.

Schweigen konnte einen langsamen Tod bedeuten, aber Reden wäre das augenblickliche Todesurteil gewesen. Es war kaum zweifelhaft, welche der beiden Möglichkeiten sie vorzog. Wenn überhaupt, dann arbeitete die Zeit für sie und Luke, nicht gegen sie – falls der Zeitfaktor überhaupt eine Rolle spielte. Alles wird ganz einfach, wenn man keine Wahl mehr hat, wenn einem nichts mehr übrigbleibt, als sich so lange wie möglich ans Leben zu klammern und es nach Möglichkeit zu erhalten.

»Los, dann weckt ihn auf!« befahl Fleet wütend. »Schüttet ihm kaltes Wasser über den Kopf. Tut irgend etwas, nur daß er bald zu sich kommt.«

Bunty legte Luke die Hand auf die Stirn, als wollte sie ihn mit der Kraft ihres Willens dazu zwingen, ohnmächtig zu bleiben.

»Der Teufel soll dich holen!« zischte Fleet in plötzlich aufkommendem Jähzorn und versetzte dem schlaffen Körper zu seinen Füßen einen wilden Fußtritt.

Bunty stieß einen kurzen, zornigen Schrei aus und warf sich schützend über den Hilflosen. Mit ausgebreiteten Armen versuchte sie den Schlag abzuwehren. Das Gesicht, das Fleet von unten her mit gefletschten Zähnen und flammenden Augen anstarrte, war das Gesicht der antiken Frau, das selbst ein Caesar respektierte, das Antlitz der keltischen Amazone, die notfalls auch bereit war, Schulter an Schulter mit den Männern zu kämpfen, tapfer, kraftvoll und todesmutig.

Sie sah, wie Fleet überrascht vor ihr zurückzuckte, fast ängstlich, so ungewohnt war ihm der Gedanke, daß es Menschen geben könnte, die ihre eigene Angst vergessen. Sie sah den Revolver in seiner Hand wie eine lebende Schlange hochzucken. Da lachte sie nur und hielt verächtlich dem Blick des kleinen schwarzen Auges stand.

»Na los, schießen Sie doch! Schießen Sie und jagen Sie dann Ihrem Geld nach, bis Ihnen die Zunge aus dem Halse hängt. Sie werden schon sehen, was es Ihnen nützt – Mister Fleet!«

Die Kinnlade fiel ihm herab. In beinahe abergläubischer Furcht trat er einen Schritt vor ihr zurück. In diesem Augenblick starren Entsetzens hörten sie oben Quilleys aufgeregte Stimme rufen.

»Boß! Boß! Ein ganzes Boot voller Männer kommt da unten in die Bucht herein! Sie haben alle Lichter gelöscht. Sie gehen an Land ...«

Fleet drehte sich um und stürzte ans Fenster. Er riß die Vorhänge beiseite und renkte sich fast den Hals aus, um einen Blick nach unten in die Bucht werfen zu können. Dort unten glomm mit leisem Zittern der fast unbewegte Spiegel der See zu ihnen herauf.

Skinner stand der Tür am nächsten. Er jagte hinauf, nahm immer drei Stufen auf einmal. Bunty duckte sich am Boden, hielt Lukes immer noch leblosen Körper fest und hörte über sich die Schritte – Skinners rasche und Quilleys schleppende, unregelmäßige. Sie liefen von einem Fenster zum anderen und spähten zum Strand hinunter. Sie hielten bewußt die Luft an.

Bunty hatten sie ganz vergessen. Von einem Augenblick zum anderen hatte sich die Lage völlig verändert. Bunty war sicher, daß sie jetzt hätte aufstehen und zur Tür hinausgehen können, ohne daß ihr jemand nachgelaufen wäre. Angst, Zorn und Spannung standen drohend in den Ecken des Zimmers, immer noch vorhanden und bedrohlich, aber jetzt mehr einem bösen Traum ähnlich, der nicht die Insel berühren konnte, auf der sie mit Luke in den Armen kniete. Sie regte sich nicht und sagte kein einziges Wort, sie dachte nicht bewußt und folgerichtig; sie brauchte nun nicht mehr zu handeln und zu denken. Und da dies nicht mehr von ihr gefordert wurde, fehlte ihr mit einem Mal auch die Kraft dazu.

Wie aus weiter Ferne hörte sie Skinners Stimme draußen auf der Treppe. Er rief den anderen drängend zu: »Boß, auf der anderen Seite sind auch welche. Zwischen den Bäumen. Mindestens fünf oder sechs.«

Bunty hatte keinen Automotor gehört, keinen Widerschein eines Scheinwerfers bemerkt. Sie waren so leise herangekommen wie die Nacht selbst. Sie wußten also, worauf es ankam. Sie wußten, was sie zu erwarten hatten, sobald sie die Falle zuschnappen ließen. Konnte das alles nur wegen der mythischen Rosamunde Chartley aus Hereford sein?

Von oben ertönte ein dumpfer, heiserer Schrei. Dann eilten Schritte auf die Treppe zu. Skinner kam mit drei krachenden Sprüngen heruntergerast und stemmte sich mit ausgespreizten Armen von der Wand und dem Geländer ab.

»Boß – das ist die Polizei! Wir müssen so schnell wie möglich abhauen ... Sie haben uns ringsum ...«

Plötzlich fiel ein fahler Lichtschein durchs Fenster herein, tastete sich an der Wand nach unten, gedämpft und zerstreut von den Gardinen, verschwand wieder mit absoluter Stille. Einen Augenblick später sahen sie das Licht im Flur. Der Strahl warf Muster an die Wand neben der Treppe, getrübt vom Milchglas der Haustür. Sobald der Lichtstrahl verschwunden war, würde draußen der kiesbedeckte Boden vom Haus bis zu der Stelle, wo der Jaguar abfahrbereit stand, im Dunkeln liegen.

»So, das wär's dann«, sagte Fleet. Es klang wie ein abgehacktes Flüstern und war eigentlich nicht für die Ohren der anderen bestimmt. Aber Bunty nahm die Worte mit der ungewöhnlichen Klarheit der Sinne wahr, die einem manchmal im Traum widerfährt. Er wußte, daß das Spiel nun vorbei war. Er wußte, wann er die Karten hinwerfen mußte.

»Jetzt!« zischte Fleet. »Raus! Zum Jaguar!«

Sie gehorchten. Eilig, stolpernd, stoßend und drängend rannten sie hinaus. Gerade weil sie sich bemühten, so wenig Lärm wie möglich zu machen, wirkte ihre Flucht um so gespenstischer. Fleet war als erster im Freien. Sein Schritt war leicht und elastisch. Ihm folgte wieselflink wie ein Terrier Blackie. Cons Silhouette, die fast nur aus Armen und Beinen bestand, zeichnete sich für eine Sekunde im Türrahmen ab. Als letzter rollte ungefüge wie ein Faß Skinner hinaus. Die dunklen Gestalten huschten über die freie Fläche vor dem Haus wie Nachtvögel, die man aus ihrem Horst aufgeschreckt hat.

Bunty saß regungslos da und verfolgte mit dem Gehör ihre Flucht. Die Anstrengung zweier schlafloser Nächte machte sich nun bemerkbar.

Aber es war noch nicht vorbei. Quilley stolperte schwerfällig, sich mit beiden Händen auf das Geländer stützend, die Treppe herunter. Ächzend quälte er sich über den Flur.

»Boß! Warte doch auf mich! Du kannst doch nicht ohne mich ...«

Sie hörte, wie die halblaute Klage die Haustür erreichte. Dann war sie allein mit Luke.

Steif stand sie auf, ließ Luke behutsam aus ihren Armen auf den Boden gleiten und trat hinaus auf die Veranda.

Der Klang der eiligen Schritte auf dem Kies hatte die ganze Umgebung in Aufruhr versetzt. An drei Stellen sprangen Lichtkegel auf, zwei zwischen den Bäumen und einer neben dem Tor; sie sammelten sich bei den hastig dahinhuschenden Gestalten. Dann spuckte die Dunkelheit plötzlich Gestalten aus. Überall tauchten Männer auf und näherten sich von allen Seiten dem Jaguar. Sie hatten sich bereits zwischen die Flüchtenden und den Riley geschoben. Kleine Flämmchen zuckten auf. Die Schüsse waren auf die Autoreifen, nicht auf die Männer gerichtet. Fleet erwiderte das Feuer nicht. Er zögerte und schwankte nicht, sondern rannte geradewegs auf den grauen Wagen zu, lief in seinem Schutz auf die andere Seite zum Fahrersitz, und einen Augenblick später brüllte der Motor auf. Der Wagen setzte sich in Bewegung, wie ein Windhund, der auf einen Hasen losgelassen wurde. Drei seiner vier Türen waren wie zitternde Schwingen weit geöffnet. So schoß er über den Kies auf das offene Gartentor zu, während die anderen Gangster versuchten, noch rechtzeitig einzusteigen. Nur sekundenlang behielt er für sie die geringe Geschwindigkeit bei. Der nächste Polizeibeamte war keine zehn Schritte mehr entfernt.

Quilley humpelte als letzter verzweifelt hinter seinen Kumpanen her. Er bekam den Griff der vorderen Tür zu fassen und klammerte sich daran fest.

»Helft mir doch! Con, hilf mir …«

Aber es war Fleet, der ihm die Hand abwehrend entgegenstreckte. Sie saßen zu viert im Wagen; das reichte. Sie wollten mit höchster Geschwindigkeit fliehen. Fleet beugte sich über Con hinüber, öffnete die Tür und stieß Quilley mit der flachen Hand weg. Im Zurückschwingen erwischte er geschickt die Tür, schlug sie zu und gab Gas. Ein paar Schritte vor den Verfolgern jagte der Wagen davon. Quilley taumelte und stürzte mit ausgebreiteten Armen unter den Wagen.

Ein Hinterrad fuhr ihm holpernd übers Bein. Der Jaguar wankte für einen Augenblick, dann schoß er durch das Tor davon und war hinter der nächsten Biegung der Zufahrt verschwunden. Gleichzeitig verstummten Quilleys Schrei und das satte, tigerähnliche Schnurren der starken Maschine, ein rasches Diminuendo in der klaren Nachtluft.

Eine Gruppe dunkler Gestalten versammelte sich um das zusammengesunkene Häufchen Elend. Inzwischen jagte der graue Jaguar schon rücksichtslos über den unebenen Weg auf die Hauptstraße zu.

Plötzlich wurde es unnatürlich still.

Alles war vorüber.

13

Luke kam mit dem Gefühl zu sich, den Schädel voller klopfender Hämmer und den Mund voller Spinnweben zu haben. Dann wurde ihm aber schlagartig bewußt, daß Bunty ihm den Arm unter den Kopf geschoben hatte. Ihre andere Hand ruhte an seiner Wange. Aus dem Dunkel schoß ein schmerzender Lichtstrahl und leuchtete die beiden an. Am Ende des Lichtstrahls sah er den dunklen Ärmel eines Anzugs und eine Hand, die eine Waffe hielt.

Es gab kein Ende. Kein Entrinnen. Hastig stützte er eine Hand auf den Boden und erhob sich benommen und wankend auf die Knie. Er hockte zwischen Bunty und der drohenden Waffe, auch wenn die plötzliche Bewegung in seinem gemarterten Schädel Dutzende von Glocken zum Klingen brachte. Das grelle Licht der Lampe schmerzte in seinen Augen.

»Es ist alles in Ordnung, alles gut! Die Polizei ist hier ... Es ist alles vorüber, wir sind in Sicherheit ...«

»Sicherheit ...?« wiederholte er benommen. Seine zitternde Hand berührte ihre Wange. »Sie haben Ihnen – nichts getan? Wo sind sie denn?«

»Im Jaguar geflohen. Alle bis auf den Verletzten ...«

»Sie werden nicht weit kommen.« Die Dunkelheit hatte die Stimme des Polizeibeamten mit dem pfeffer- und salzfarbenen Haar. Seine tiefe Stimme vibrierte zufrieden. Der Revolver verschwand in einer Jackentasche. Der Lampenstrahl berührte kurz Buntys fahles, beschmiertes Gesicht, dann schwenkte er rücksichtsvoll zur Seite. »Ein Stück weiter oben haben wir eine Straßensperre errichtet. Da kommen sie nicht durch. Alles in Ordnung, Madam?«

Sie nickte. Jetzt war sie fast zu müde zum Sprechen.

»Und nun zu Ihrem richtigen Namen«, fuhr er vorsichtig fort. »Der ist doch nicht zufällig Felse?«

»Ja«, antwortete sie. »Ich bin Bunty Felse.«

»Dem Himmel sei Dank!« dröhnte der Beamte voller Erleichterung. In aller Unschuld riß er Luke den gerade erst wiedergewonnenen Halt unter den Füßen weg. »Ihr Mann ist vor Sorgen um Sie schon fast verrückt geworden.«

Seltsam, wirklich seltsam, daß er nie auch nur für einen Augenblick an die Möglichkeit gedacht hatte, sie könnte einem anderen gehören! Als ob eine Frau wie sie jemals hätte einen so großen Teil ihres Lebenswegs zurücklegen können, ohne entdeckt, ersehnt, geliebt zu werden. Sie schien ihm so sicher zu gehören, ein eigens für ihn geschaffenes Wunder, nur zu seiner Errettung erschienen, ohne eigene Existenz bis zum Augenblick ihres Zusammentreffens. Aber natürlich bestand sie aus Fleisch und Blut wie jede normale Frau. Für ihn hatte sie kein Alter, keine gesellschaftliche Stellung, keine Verwandten und Angehörigen; nichts war da, bis er sie gefunden hatte. Aber sie kannte natürlich all die Jahre ihres Lebens ohne ihn, bevor er für sie existierte. Sie kannte ihr Leben, kannte die Ehe, kannte einen Mann, der aus Angst um sie fast verrückt wurde.

Luke lag ganz still da, überwältigt von der Schwere seines Verlustes und seiner Einsamkeit. Am schlimmsten war es für ihn, daß er paradoxerweise in ihren Armen lag, mit ihr verbunden durch ein Band, wie sie es ganz sicher noch nie zuvor zwischen sich und einem anderen Menschen erlebt hatte, wie sie es nie wieder erleben würde. Er besaß sie und hatte sie gleichzeitig verloren.

Von der Seeseite her kamen drei Männer herein, außerdem noch einer durch die vordere Tür. Dieser eine war zumindest ein Inspektor, wenn nicht mehr. Sie entdeckten in einer der Küchenschubladen Kerzen. Der junge Beamte von heute morgen suchte ruhig und pflichtbewußt zwischen Alports Elektro-Ersatzteilen herum. Bald brannte zumindest in der Küche das Licht wieder. Sie konnten Quilley wenigstens Erste Hilfe zuteil werden lassen, bis der Krankenwagen eintraf. Zwischen der Küche und dem Wohnzimmer stand die Tür offen, damit auch etwas Licht ins große Zimmer fiel.

»Nein«, gab der Inspektor schuldbewußt zu. »Ihre angebliche Mrs. Chartley haben wir zuerst nicht überprüft. Wenn wir's nur getan hätten, dann wären wir früher hier gewesen. Aber Sie erschienen McCabe über jeden Verdacht erhaben, und zunächst gab es für uns ja auch keinen Anlaß, nach einer Frau zu fahnden. Nein, erst eine weitere Meldung aus Ihrer Heimatstadt hat uns auf Sie aufmerksam gemacht. Das haben

Sie, zumindest indirekt, Ihrem Sohn zu verdanken. Anscheinend ist er spät am Samstag abend unangemeldet nach Hause gekommen und traf niemanden vor. Als bis elf Uhr immer noch keiner da war, rief er den Chef Ihres Mannes an und stellte fest, daß Mr. Felse dienstlich nach dem Süden gefahren war. Da nahm Ihr Sohn natürlich an, daß Sie sich entschlossen hatten, ihn auf der Fahrt zu begleiten. Unruhig wurde er erst am nächsten Morgen, als ein Kind Ihre Geldbörse ablieferte.«

All die verschiedenen Fäden fügten sich zu einem erkennbaren Muster, selbst solche, von denen die Polizei niemals etwas erfahren würde. Deshalb hatte sie also nichts von Dominic gehört: Er beabsichtigte, rechtzeitig nach Hause zu kommen und sie zum Geburtstag zu überraschen. Und wenn er zwei Stunden früher eingetroffen wäre, dann wäre sie vielleicht nie ausgegangen, um ihre triste Stimmung abzuschütteln, sie hätte das Gasthaus ›Sternbild Orion‹ nie betreten und Luke Tennant nie kennengelernt. Und Luke Tennant hätte, wenn er erst einmal bis hierher gelangt war, vielleicht seine Gedanken an Norwegen aufgegeben und die kleine Pistole an seine Schläfe gedrückt, den Zeigefinger gekrümmt – wie er es um ein Haar getan hätte, als die beiden Polizisten nachsehen kamen.

»Er rief also den Chef Ihres Mannes an, dieser setzte sich mit Mr. Felse in Verbindung, aber niemand wußte, wo Sie sein könnten oder warum Sie nicht zu Hause waren. Da setzte die ernsthafte Suche ein. Anscheinend hat ein alter Mann Sie spät am Samstag abend zusammen mit einem Burschen gesehen, den er nicht kannte. Er war neugierig genug, sich den Wagen anzusehen und die Nummer zu merken.«

»Der alte Lennie«, sagte sie lächelnd. »Wir haben uns an seiner Bude Kaffee gekauft. Gott sei Dank gibt's noch neugierige Leute! So ist das also! Meine Personenbeschreibung wurde dann der Fahndung nach dem Wagen mit der Nummer NAQ 788 hinzugefügt und verbreitet. Mrs. Chartley paßte so schön hinein, daß sich eine erneute Überprüfung nun lohnte. Sie stellten fest, daß die Alports diesen Namen nie gehört hatten, und die Anschrift existierte gar nicht.«

»So ungefähr. Wir beschlossen deshalb, das Haus hier ganz vorsichtig zu umstellen. Wir gelangten zu der Auffassung, daß Sie heute morgen, als Sie an die Tür kamen, unter Druck standen. Wenn man dicht hinter dem Rücken eine geladene Waffe spürt, wird man zu einem guten Schauspieler. Nur so konnten wir uns Ihr Verhalten erklären.«

»Ich weiß«, gestand sie ein. »Ich habe mich ganz und gar nicht so verhalten, wie Sie das von der Ehefrau eines Polizeibeamten erwarten durften. Aber hier geht es um mehr als nur die Übertretung von einigen Verkehrsregeln. Von einem Mord wurde Ihnen nichts durchgegeben?«

Das war nicht der Fall. Man schien auch hier nichts über den Raub der Lohngelder der Firma Armitage Pressings zu wissen. Auch Pippa Gallier schien noch nicht vermißt zu werden, und niemand ahnte etwas von einer Verbindung zwischen diesen Ereignissen, die sich über den Zeitraum von zwei Monaten und eine Entfernung von ungefähr dreihundert Meilen erstreckten. Das tote Mädchen oben würde für sie einen Schock bedeuten. Und das Geld ...

Das Geld hatte Bunty beinahe vergessen. Es war aber höchste Zeit, es jetzt wiederzuholen. Schließlich stellte es den Hauptbeweis für die eigene Unschuld dar. Nur wegen des Geldes hatten sie Fleet und seiner kleinen Privatarmee die Stirn geboten.

Sie bat: »Könnten Sie vielleicht, bevor wir anfangen, einen Ihrer Leute zum Steg hinunterschicken? Ich habe dort etwas versteckt. Ein flaches Paket, in Geschenkpapier eingewickelt.« Sie warf Luke einen Blick zu. Er hockte bleich und völlig kraftlos neben ihr. »Es liegt unter den Steinplatten, die knapp drei Meter vor dem Beginn des Stegs eine Stufe bilden«, sagte sie mehr zu Luke als zu den anderen. »Als ich ausrutschte und hinfiel, schob ich es rasch darunter. Wenn Sie nicht genau zwischen mir und Quilley gestanden hätten, wäre mir das niemals möglich gewesen, nicht einmal im Dunkeln.«

Der Inspektor sah den grobknochigen jungen Beamten an. Der nahm wortlos eine der Taschenlampen und ging durch die Küche hinauf zu dem Felsenpfad.

»Und was genau befindet sich in diesem Geschenkpaket?« fragte der Inspektor neugierig. »Was hat es überhaupt mit dieser Angelegenheit zu tun?«

»Alles«, antwortete sie schlicht. »Diese Männer waren hinter dem Paket her. Deshalb haben sie das Mädchen ermordet – das Mädchen da oben –, ganz zu schweigen von dem Fahrer des Wagens, aus dem es zuerst geraubt wurde. Es handelt sich um die Lohngelder einer großen Firma in der Nähe von Comerbourne. Nicht ganz fünfzehntausend Pfund in Banknoten.«

Der Inspektor brauchte eine Weile, bis er wieder sprechen konnte, weil ihm glatt die Luft weggeblieben war. »Ich glaube«, meinte er zurückhaltend, »Sie sollten mir lieber die ganze Geschichte von Anfang bis Ende erzählen.«

Als sie ungefähr die erste Hälfte hinter sich hatten, wurden sie immer wieder von Quilleys Stöhnen aus der Küche unterbrochen. Der Inspektor breitete das Paket Banknoten, das ihm inzwischen überreicht worden war, vor sich auf dem Tisch aus. Das Geräusch eines Polizeifahrzeugs, das vor der Haustür hielt, unterbrach sie vollends. Fleet und seine Banditen wurden unter strenger Bewachung zurückgebracht.

Zuerst trat aus dem Dunkel ein kräftiger, rothaariger Beamter ein. Er schleppte einen Arm voll Waffen herbei. Sein breites, sommersprossiges Gesicht trug ein zufriedenes Lächeln.

»Das übliche Arsenal, Sir. Es waren vier.« Er breitete die erbeuteten Waffen stolz auf den Tisch vor seinem Chef aus. Beim Anblick der Schätze, die bereits dort lagen, blieb ihm für ein paar Sekunden der Mund offenstehen. »Zwei Revolver, hübsche, brandneue ›Cold Agent‹, dann eine deutsche ›Pickert‹, eine 25er Webley und Scott Automatic ... Dann diese kleine Pistole hier. Auch ein deutsches Fabrikat, eine Menz ›Liliput‹. Man sieht es so einem winzigen Ding gar nicht an, daß es solchen Schaden anrichten kann, wie?«

Der Inspektor betrachtete das ganze Arsenal ohne ersichtliche Begeisterung. Bei den Verbrechen, mit denen er für gewöhnlich zu tun hatte, spielten Waffen keine Rolle. Genau wie für George in Comerbourne waren sie auch für ihn ein Zeichen dafür, wie sehr sich die Zeiten zum Bösen hin geändert hatten.

Er sah über den Tisch voller Waffen hinweg.

»Welche?«

»Die Sie da gerade in der Hand halten.«

Die Webley war auch nicht viel größer, aber Luke hätte die Liliput unter Tausenden wiedererkannt – wegen der damit verbundenen Erinnerungen, wegen Buntys beruhigender Gegenwart wegen der Fahrt, die er jetzt selbst kaum glauben konnte, als dieses lächerliche kleine Ding sie zum Stillhalten und Gehorchen gezwungen hatte; nun saß sie hier neben ihm, eine Verbündete aus eigenem, freiem Willen, und nur ihre eigene Großzügigkeit, ihre Treue hielten sie. Jedesmal, wenn ihr Mann oder ihr Sohn erwähnt wurden, die beiden Menschen, die doch ein Recht auf sie hatten, wurde der Schmerz in seiner Brust heftiger und brennender. Trotzdem sprach sie ab und zu für sich und für ihn, wenn sie ›wir‹ sagte. Dann ließ immer wieder diese furchtbare Verkrampfung nach, und er wußte, daß sie für ihn nicht verloren war. In gewisser Weise gehörte sie trotz allem ihm – ein ganzes Leben lang.

»Eins ist Ihnen doch hoffentlich klar«, wandte der Inspektor behutsam ein, »Sie müssen natürlich für jeden einzelnen Punkt ein Alibi beibringen.«

»Ja, ich weiß. Aber das ist mir jetzt gleichgültig. Wenn Sie mich einsperren wollen, ist's mir auch recht. Ich bin vollauf zufrieden.«

»Wie habt ihr den Wagen erwischt?« Der Inspektor breitete das lustige Packpapier über den unanständig zur Schau getragenen Reichtum auf dem Tisch und sah zu dem jungen Beamten auf.

»Sie haben versucht, die Sperre zu durchbrechen. Dabei haben sie den hübschen grauen Schlitten übel zugerichtet. Die Nase ist vollkommen eingedrückt. Als die Kiste bockte, rannten sie nach allen Richtungen davon. Aber wir haben sie alle miteinander ziemlich rasch wieder eingefangen. Geschossen haben sie nicht. Sobald wir ihnen die Hand auf die Schulter legten, fingen sie an, sich wie gute Bürger zu benehmen. Sie haben angeblich überhaupt nichts getan, jedenfalls nichts Ungesetzliches. Nur der Große reißt den Mund auf.«

»Ja, das kann ich mir vorstellen.« Die Stimme des Inspektors klang resigniert. »Bringen Sie die Gefangenen trotzdem herein, bis der Mannschaftswagen hier ist.«

Fleet trat ein und trug eine unerschütterliche Selbstsicherheit zur Schau. Die Hände hatte er tief in den Taschen vergraben. Hinter ihm schlurften schweigend und trotzig seine Helfershelfer herein. Natürlich würden sie ein Dutzend verschiedener Zeugen dafür beibringen, daß sie meilenweit vom Tatort entfernt waren, als der Lohngeldtransport der Firma Armitage überfallen wurde. Sie würden beweisen, daß sie sich zumindest außerhalb des Hauses aufgehalten hatten, als Pippa Gallier erschossen wurde. Und natürlich würden sie Waffenscheine für sämtliche Kanonen vorweisen, mit Ausnahme von Pippas Pistole. In diesem Fall würden sie strikt ableugnen, sie vor dem gestrigen Tag jemals gesehen zu haben.

Was das Geld und ihre Anwesenheit hier sowie die Flucht vor der Polizei betraf, so würde Fleet natürlich die alte Geschichte auftischen, er sei von Pippa bestohlen worden, habe beim Betreten von Lukes Wohnung das Mädchen tot und Luke betrunken und bewußtlos vorgefunden, ihn dann bis hierher nach Schottland verfolgt, um sein Geld wiederzuholen. Vielleicht war dieses Geld nicht ganz gesetzlichen Ursprungs, eine geringfügige Übertretung, die eine gewisse Scheu gegenüber der Polizei erklärlich werden ließ ...

Ja, das alles konnte man schon aus der Haltung ablesen, mit der er den Raum betrat.

»Schlüssel?« fragte Fleet lächelnd. Er lächelte immer. Seine tiefliegenden, steinernen Augen blickten dabei ein wenig gekränkt, aber nicht mehr. Die gebräunte Haut spannte sich glatt über die kräftigen Knochen seines Gesichts. Er war ganz der wohlwollende, aber verkannte Mann. »Was sollte ich denn von ihren Schlüsseln wissen? Ich nehme an, sie hat sie weggeworfen. Ich habe einen solchen ledernen Schuh jedenfalls niemals gesehen. Sie können mich gern durchsuchen.«

Natürlich konnten sie das. Nicht nur ihn, sondern auch seine Wohnung und jede seiner Tankstellen. Er war schließlich kein Narr. Einen so leicht zu identifizierenden Gegenstand hätte er niemals behalten.

»Hören Sie, ich habe Ihnen doch schon gesagt, daß dieses Geld uns gehörte. Es hat nichts mit irgendwelchen Lohngeldern zu tun, es sind nur Totogewinne vom Pferderennen. Wir hatten eine Art Syndikat. Und ein System. Damit sind Sie wahrscheinlich nicht einverstanden, ich weiß. Aber es würde Ihnen eine Menge Mühe kosten, uns alles nachzuweisen und uns deswegen zu schnappen, das sage ich Ihnen jetzt schon. Natürlich waren wir hinter dem Geld her. Was hätten Sie denn getan? Es einfach abgeschrieben? Ich war ein Trottel, daß ich dem kleinen Luder das Geld jemals zum Aufbewahren gegeben habe. Aber sie hatte so eine Art ... Fragen Sie ihn doch, Inspektor, er muß es schließlich auch wissen! Sie hat ihn ja auch betrogen, und dann hat er's ihr heimgezahlt. Ich wünsch' ihm dafür alles Gute ... Aber sehen Sie mich nicht so an! Ich kann nachweisen, wo ich mich am Samstag abend aufgehalten habe. Als ich hinkam, war alles schon vorüber.« Fleet lächelte immer noch wohlwollend. Er schloß: »So, das war alles. Ich möchte meinen Rechtsanwalt sprechen, bevor ich noch ein einziges Wort sage.«

»Und ich nehme an, daß Sie für alle diese Waffen ordnungsgemäße Waffenscheine besitzen?« fragte der Inspektor. Dabei spielte er mit Pippas Paß und dem Flugticket. Fleets Augen hingen mit einem gierigen Ausdruck daran, aber er verriet sich nicht.

Dazwischen lag noch etwas anderes, eingeklemmt zwischen den beiden Dokumenten, etwas, das auch Bunty und Luke nicht entdeckt hatten, weil es klein und dünn genug war, zwischen den Banknoten zu verschwinden. Es war ein versiegelter weißer Briefumschlag, postfertig zum Aufgeben.

»Mit einer von den Waffen hab' ich nichts zu schaffen. Danach müssen sie schon ihn fragen. Für meine eigenen Waffen habe ich ordnungsgemäße Dokumente. Für alle – vielleicht für die Pickert nicht. Die hab' ich mir während des Krieges zugelegt. Es ist verdammt schwer, sich immer und jederzeit genau nach dem Gesetz zu richten«, sagte Fleet nachsichtig.

»Aber Sie streiten ab, mit Pippa Galliers Tod irgend etwas zu tun zu haben? Oder mit dem Raub der Lohngelder der

Firma Armitage Pressings?« Fast geistesabwesend schob der Inspektor die Spitze seines Kugelschreibers unter die Klappe des Briefumschlags und begann ihn aufzuschlitzen. Es war deutlich zu sehen, daß er dabei den Umschlag selbst nicht berührte, sondern ihn zwischen Paß und Flugkarte eingeklemmt festhielt. Für einen Augenblick kam die Adresse zum Vorschein. Er schenkte ihr in dieser Sekunde mehr Aufmerksamkeit als Fleet.

»Es macht mir gar nichts aus, das noch einmal zu wiederholen. Also, ich bin ihr bis zur Wohnung dieses Burschen da gefolgt. Ich wartete, daß sie wieder herauskam, wurde aber ein bißchen unruhig und nervös. Ich ging ins Haus und wollte nachsehen, was geschehen war. Sie lag tot auf dem Boden. Über ihr lag bewußtlos der junge Mann hier, die Pistole noch in der Hand. Und falls er sie nicht erschossen haben sollte, dann müssen Sie schon weitersuchen. Bei mir erreichen Sie nämlich nichts. Ich hatte zwei meiner Freunde bei mir. Die können bezeugen, daß die Kleine schon tot war, als wir in die Wohnung kamen. Das wäre alles!« Fleets Kinnbacken ließen den Mund zuschnappen wie die Scheren eines großen Insekts. »Jetzt bin ich mit Reden fertig.«

»Aber ich noch nicht!« fauchte plötzlich eine wütende Stimme von der Küche her. »Ich bin gerade erst dabei anzufangen!«

Wie ein Mann fuhren alle herum und starrten zur Küchentür. Keiner von ihnen hatte die Stimme zuvor schon gehört, auch wenn ein paar von ihnen bereits diesen Mann reden gehört haben sollten. Fleet kannte diese Stimme nur gedämpft, unterwürfig, eifrig, Luke kannte sie ächzend, jammernd, verzweifelt im Bewußtsein des nahen Endes. Die Polizei hatte aus diesem Mund bisher nur einen einzigen, wilden Schrei vernommen, den der Reifen des Jaguar in den Staub walzte.

Quilley wurde vom Arm eines Polizeibeamten gestützt. So lag er halb aufgerichtet auf dem Teppich in der Küche. Sein linkes Hosenbein fehlte vom Knie abwärts. Sein Fuß war zermalmt und hing in seltsamem Winkel im Gelenk.

Wenn Quilley sich anstrengte, konnte er aus den Augenwinkeln heraus gerade noch Fleet sehen, dessen Blicke so tot und finster wie Gewehrläufe zu ihm hinüberstarrten. Aber jetzt fürchtete er sich nicht mehr. Jetzt hatte er nichts mehr zu verlieren. Er konnte dem Mann, der ihn so lange tyrannisiert hatte, die Tür vor der Nase zuschlagen. Er konnte die Türen auch hinter sich zuschlagen und würde es als Befreiung empfinden. Fleet hatte ihn der Polizei vorgeworfen, wie man einem Hund einen Knochen hinwirft, um die Verfolgung zu verzögern.

Dafür sollte er bezahlen.

Gepreßt begann Quilley: »Hier ist einer, der reden will, und der auch eine ganze Menge zu erzählen hat. Natürlich ist es das Armitage-Geld, und ich war dabei, wie wir's geschnappt haben. Ich kann Ihnen alles darüber erzählen, was Sie wissen wollen. Sogar, wer den Schuß abgefeuert hat! Aber er war's nicht, damals nicht. Er hat nicht den Mumm, hinzugehen und selbst etwas zu tun. Er dirigierte nur alles von einem sicheren Ort aus. Aber das Mädchen, das hat er selbst umgebracht. Mit seinen eigenen Händen. Und ich war dabei und hab' alles ganz genau gesehen ...«

Für einen Augenblick sah es ganz danach aus, als wollte sich Fleet von seinem Stuhl erheben, sich durch alle anderen hindurchkämpfen und Quilley mit seinen Händen die Gurgel zudrücken. Aber er tat es nicht. Er lehnte sich sogar noch ein wenig zurück, um allen zu zeigen, wie wenig ihn diese Vorwürfe störten. Sein Gesicht, das zu einem knochigen Totenschädel zu gehören schien, lächelte immer noch.

Quilley fuhr laut und entschlossen fort: »Erst nachdem sie

eine Waffe verlangt hatte, wurde er unruhig. Sie ist übermütig geworden, und so was duldete er bei seinen Weibern nicht. Aber er war immer noch verrückt nach ihr. Deshalb hat er ihr 'ne Art Pistole gegeben, nur damit sie zufrieden war. Das blöde kleine Ding, das Sie da liegen haben, von dem er Ihnen vormachen will, daß er nichts damit zu tun hat ...«

»Das?« fragte Fleet fassungslos, mit großen, unschuldigen Augen. »Ich hab' diese Pistole überhaupt erst gestern zum ersten Mal gesehen!«

»Er will sie nie gesehen haben! Den Teufel! Er hat sie ihr selbst gegeben. Danach war er sich seiner Sache nicht mehr so ganz sicher. Aber wie er am Freitag abend mit ihr schlief, da warf er einen Blick auf den Kasten mit dem Geld, und alles war scheinbar noch in bester Ordnung. Trotzdem hat's ihn in den Fingern gejuckt. Er hat uns deshalb befohlen, die Kleine zu überwachen und alles zu melden, was sie tat.

Als sie am Samstag abend glaubte, er sei wieder in die Stadt zurückgefahren, da kam sie mit einem Koffer in der Hand aus dem Haus, schloß ihre Wohnung ab und fuhr mit einem Taxi weg. Also mußten wir ihn verständigen. Con und Blackie sind ihr mit dem Riley nachgefahren, während ich auf ihn wartete. Er sperrte ihre Wohnung auf, weil wir nach dem Geld sehen wollten. Dazu hat er ihren Schlüssel nicht gebraucht, er hat sich längst einen nachmachen lassen, aber davon hat sie nichts gewußt. Glauben Sie, daß er so eine Menge Geld an einem Ort liegen läßt, an dem er nicht jederzeit nachschauen konnte? Und was meinen Sie? Sie hatte den Kasten mit zurechtgeschnittenem Zeitungspapier gefüllt. Nur die oberste Note war echt, die oberste von jedem Stapel. Da hat er also gewußt, daß sie mit der Kohle davon ist. Die anderen hatten Befehl, sie zu schnappen und zurückzubringen, falls sie versuchte, mit dem Zug abzuhauen, aber sie dachte nicht daran. Sie ging zu dem kleinen Haus und trat ganz einfach ein. Con und Blackie haben uns in ihrer Wohnung angerufen, und wir sind rasch hinübergefahren. Die Tür war nicht abgeschlossen. Es war ganz einfach. Wir gingen rein – da stand sie, fuchtelte dem Kleinen mit der Pistole vor der Nase herum und schrie ihn an, er solle sein Versprechen halten. Da ist er auf sie losgesprungen wie ein Stehaufmännchen, so besoffen war er. Die beiden haben um die Pistole gerauft – und er da stand die ganze Zeit in der Tür und überlegte. Er überlegte immer nur, was für ihn, den großen Mr. Fleet drin ist!« Quilleys Stimme bekam einen rachsüchtigen Unterton. »Und ich stand genau neben ihm. Ich habe genau gesehen, wie er dem Kleinen eins über den Schädel zog. Keiner kann das besser als er. Ich habe gesehen, wie er ihm die Pistole aus der Hand nahm. Da hing sie ihm plötzlich am Hals – Liebling, sagt sie, Liebling, Gott sei Dank, daß du da bist, der hätte mich beinahe umgebracht! Sie hat Fleet am Hals gehangen, in der Hoffnung, daß er gerade erst hereingekommen ist. Und er drückt ihr einfach die Pistole gegen die Brust und schießt sie tot. Ganz einfach so!«

»Armer Teufel!« sagte Fleet und gab sich nicht einmal die Mühe, es aufrichtig klingen zu lassen. »Einfach hysterisch! Er hat's auf mich abgesehen. Ich hab' immer schon gewußt, daß er mich haßt. Der ist zu jeder Aussage bereit.«

»Nicht zu jeder, Fleet. Ich sag' nur, wie's gewesen ist. Nur Tatsachen. Mehr ist gar nicht nötig. – Ich sage Ihnen, er hat sie erschossen. Und dann wischte er die Pistole sauber ab und drückte sie dem Kleinen in die Hand. Er hat sie richtig hingelegt, damit es, wenn sie gefunden werden, so aussehen sollte, als hätte er es getan, der Kleine. Von einer Telefonzelle aus riefen wir die Polizei an, sie soll vorbeikommen und ihn abholen, aber er muß wohl zu früh wieder zu sich gekommen und abgehauen sein. Und noch was kann ich

Ihnen sagen: Sie war drauf und dran, uns alle anzuzeigen, ganz besonders Fleet. In ihrer Wohnung fanden wir im Papierkorb ein paar angefangene Briefe an die Polizei, alles aus Zeitungen ausgeschnitten, ein halbes Dutzend verschiedener Buchstaben. Sie wollte auf und davon und vorher dafür sorgen, daß wir ihr nicht nachjagen konnten. Ja, wir sind zu ihrer Wohnung zurückgefahren – sobald klar war, daß nichts zu finden war: Kein Geld im Koffer, keins in ihrer Handtasche, kein Abschnitt von der Gepäckaufbewahrung, kein Schlüssel zu einem Schließfach, nichts. Wir sind in ihre Wohnung zurückgefahren, haben ihre Schlüssel mitgenommen und alles noch einmal gründlich auf den Kopf gestellt. Dabei fanden wir aber nichts als die Schnipsel aus den Zeitungen, wo sie mit dem Brief an die Polizei experimentiert hat. Über die Armitage-Geschichte, auch die Sache mit den Pelzen. Sie wußte alles ganz genau. Sie hat uns ja selbst die Tips gegeben, wann die Sendung kommt, und so weiter. Wir haben alles durchsucht, aber nichts weiter gefunden. Er verbrannte alle Papierschnipsel. Wenn Sie sonst noch was wissen wollen ...« Quilley glühte vor Wut und Rachedurst. »Fragen Sie mich nur. Ich war jedesmal dabei. Es gibt nichts, was ich Ihnen nicht erzählen kann.«

»Nichts«, sagte Fleet und schlug lässig die Beine in der teuren grauen Hose übereinander. Er lächelte zur Küche hinüber, wo ihn durch die Türöffnung zwei haßerfüllte Augen anfunkelten. »Es gibt nichts, was er nicht sagen wird, ob's nun wahr ist oder nicht. Sie sehen doch selbst, daß er alles tut, mir ein Messer in den Rücken zu stoßen. Aber ich habe zuverlässige Zeugen, die das Gegenteil beweisen werden.«

»Bis auf Geld!« schrie Quilley. »Alibis kauft er zu Großhandelspreisen in jeder Menge ein.«

»Sehen Sie?« Fleet seufzte ergeben. »Armer Kerl! Ein ausgesprochener Psychopath!«

»Sie sind also nicht in Pippa Galliers Wohnung zurückgekehrt?« fragte der Inspektor sanft.

»Wer hat denn gesagt, daß wir nicht zurückgefahren sind? Sie ist mit meinem Geld durchgebrannt – mit unserem Geld –, wir wußten nicht, was sie damit angestellt hatte ...«

»Und sie selbst konnte er nicht mehr fragen«, rief Quilley heftig. »Er war allzu sicher, daß es in ihrem Koffer, in ihrer Handtasche liegen würde. Deshalb hat er zuerst abgedrückt und dann erst nachgesehen.«

»Natürlich sind wir in ihre Wohnung zurückgefahren und haben dort gesucht. Wo sollte es denn sonst sein? Aber irgendwelche Proben von angeblichen Briefen an die Polizei fanden wir nicht. Dieses billige kleine Flittchen hat nichts von irgendwelchen Verbrechen gewußt. Sie ist nur einfach mit unseren Gewinnen getürmt, das dürfen Sie mir glauben.«

»Dann hat er alles nur erfunden?«

»Selbstverständlich. Ja, ich bin meinem Geld nachgefahren, das ist doch verständlich. Und ich war auch nicht gerade pingelig, was die Art und Weise betrifft, wie ich's wiederhaben wollte, falls Sie das meinen. Aber er wird's verdammt schwer haben, wenn er mir den Tod des Mädchens in die Schuhe schieben will, oder die Pistole, von der er da dauernd faselt.«

»Wirklich?« schrie die wütende Stimme aus der Küche, schrill vor Triumph und gleichzeitig wimmernd vor Schmerzen. »Glaubst du, du bist jetzt aus dem Schneider, nur weil du den Griff so hübsch abgewischt hast? Wer hat die Pistole denn geladen? Denk doch mal drüber nach! Warte erst ab, bis die das Magazin mit ihrem hübschen weißen Pulver bestäuben, bevor du so laut schreist.«

Bunty preßte aufgeregt Lukes Arm. Aber Fleet lachte. Ein wenig zu laut vielleicht. In seinem Lachen schien plötzlich ein kleines Loch zu sein, das ein hohles Echo erzeugte wie eine leere Zelle.

»Mensch, so laß das doch endlich! Du weißt so gut wie ich, daß ich das Ding aufgemacht habe, heute abend, hier in diesem Zimmer, weil ich nachsehen wollte, wieviel Schuß noch drin waren. Du hast mir doch dabei zugesehen! Genau wie die anderen. Und die sind bereit, es zu beschwören.«

»Glaubst du wirklich? Diesmal gehören nicht alle Zeugen dir, Fleet. Bestenfalls kommt ein Unentschieden dabei heraus – drei gegen drei. Und wenn denen in ihren Dickschädeln erst einmal eingegangen ist, daß du für die nächsten zwanzig Jahre ins Kittchen gehst, dann glaub' ich nicht einmal, daß es drei sein werden. Die werden gar nicht schnell genug zur anderen Seite überlaufen können!«

»Du redest zu viel, um deiner Sache sicher zu sein«, sagte Fleet nachsichtig. Dann grinste er den Inspektor an. Aber flackerte auf dem Grund seiner Augen diesmal nicht eine winzige Spur Unsicherheit? »Mit seinen unbewiesenen Behauptungen werden Sie nicht weit kommen«, sagte er im Ton des rechtschaffenen Mannes. »Er hat ein Strafregister, so lang wie mein Arm. Ich weiß auch nicht mehr, warum ich ihn überhaupt zu mir genommen habe. Aber irgendeiner muß diesen Leuten doch schließlich eine Chance geben.«

»Ein paar Beweise zur Unterstützung der Behauptungen wären schon ganz nützlich«, sagte der Inspektor in vernünftigem Ton. »Wenn's wenigstens in einem ganz bestimmten Punkt wäre. Beispielsweise diese geklebten Briefe, die Miss Gallier angeblich vorbereitete. Aber da behaupten Sie, es hätte nie welche gegeben. Er sagt, Sie haben sie verbrannt. So oder so ist jetzt niemand mehr imstande, uns etwas Neues darüber zu sagen.« Behutsam entfaltete er das dicke Blatt weißes Papier, das er aus dem Briefumschlag gezogen hatte. Er ließ sich damit Zeit. Etwas an diesem Stück Papier schien ihn sehr zu amüsieren. Die anderen bemerkten, daß er das Blatt nur an den Ecken und selbst da mit äußerster Sorgfalt anfaßte. »Wir hätten natürlich das Mädchen selbst zum Zeugen aufrufen können ...« Er hob den Kopf und lächelte. »Nein, welch ein Zufall! Das hier lag zwischen ihren Papieren, postfertig adressiert, zugeklebt, mit Marke versehen. Vermutlich wollte sie den Brief im letzten Augenblick auf dem Londoner Flughafen in einen Kasten werfen. Es hatte ja keinen Zweck, irgendwelche Risiken einzugehen, bis sie tatsächlich unterwegs ins Ausland war. Die Oberfläche des Bogens ist gut, sie müßte Fingerabdrücke schön annehmen.«

Er drehte den Brief um. Auch die anderen konnten jetzt die ausgeschnittenen Worte und Satzteile sehen, aus denen der Text sich zusammensetzte.

»Wollen Sie wissen, was hier steht? Der Brief ist an Superintendent Duckett gerichtet, den Chef der Kriminalpolizei von Midshire. Er lautet:

›Der Mann, den Sie wegen des Armitage-Überfalls suchen, heißt Jerome Fleet. Er besitzt eine Kette von Tankstellen und hat gerade eine neue Niederlassung in Comerford eröffnet. Sein Geschäft dient ihm als Deckmantel. Für ihn arbeitet ein gewisser Blackie Crowe. Ein anderer Mitarbeiter heißt Skinner, dann ist da noch Sam Quilley und ein junger Bursche, den die anderen Con nennen. Sie alle waren an dem Lohngeldraub beteiligt, ebenso an dem Pelzraub. Was den neuen Geschäftsführer betrifft, so bin ich meiner Sache nicht sicher. Aber ich glaube, daß alle seine Leute außer den hiesigen Gauner sind. Aber Fleet ist ihr Boß!‹

Der letzte Satz ist unterstrichen. Unterschrieben hat sie den Brief – nicht gerade sehr originell – mit ›ein wohlmeinender Bürger‹.«

Er faltete den Bogen wieder zusammen, hob den Kopf und lächelte in die bernsteinfarbenen Augen des gefangenen

Tigers. »Ist das nicht ein Zufall, ein glücklicher Zufall, Mr. Fleet, daß das fertige Exemplar nicht mit vernichtet wurde?«

Der Augenblick gebannten Schweigens wurde abrupt von einem lauten, rasselnden, hechelnden Geräusch unterbrochen, das aus der Küche kam. Dazwischen hörte man gequältes Atemholen. Es dauerte ein paar Sekunden, bis sie merkten, daß es nur Quilleys Gelächter war.

14

Im Fond des Polizeiwagens, der mit hoher Geschwindigkeit südlich von Cumbernauld New Town in Richtung Süden fuhr, saßen schweigend Bunty und Luke, Schulter an Schulter wie auf dem weißen geflochtenen Sofa in Alports verwüstetem Wohnzimmer.

»Wie soll ich nur jemals den Alports wieder unter die Augen treten?« hatte Luke gefragt und sich trotz des schwer erfochtenen Sieges bedrückt auf dem Schlachtfeld umgesehen. »Louise wird mich umbringen!« So rasch bekommen Worte ihre alltägliche, unbeschwerte Bedeutung zurück.

Doch Bunty hatte ihn getröstet: »Sie werden Ihnen verzeihen. Von dieser Geschichte können die beiden ein Leben lang zehren!«

»Ihr Mann ist am Apparat, Mrs. Felse«, meldete der Fahrer. »Er ist schon durch Kendal, jetzt wird's nicht mehr lange dauern. In Lockerbie biegen wir ab und treffen uns mit ihm.« Er rief George Felse aufgeräumt über den Sprechfunk zu: »Kennen Sie ›King's Arms‹ in der High Street? Es gibt dort zwar keinen Parkplatz, aber um diese Zeit können wir davor auf der Straße halten.«

»Er wird's schon finden«, sagte Bunty.

»Wollen Sie selbst mit ihm sprechen, Mrs. Felse?«

»Grüßen Sie ihn nur von mir.«

»Jetzt ist Ihr Junge dran, Mrs. Felse. Er sagt, er hat zweiundzwanzig Shilling für Blumen ausgegeben, und jetzt sind sie welk, bevor Sie die Pracht zu sehen bekommen.«

»Sagen Sie ihm, eine halbe Flasche Kognak hätte sich besser gehalten.«

»Er sagt, Kognak gibt's nicht, aber eine Flasche Riccadonna Bianca – obgleich Sie's nicht verdienten!«

Sie lachte, und für eine Sekunde schossen ihr die Tränen in die Augen. Tränen hatte Luke noch nie bei ihr gesehen. Jeden Augenblick bot sie neue Überraschungen. Natürlich waren ihre beiden Männer verrückt nach ihr. Rasten nach Norden, ihr entgegen, weil sie das Warten nicht mehr aushalten konnten. So eine Frau wie Bunty würde es nie wieder geben. Nie, nie, nie.

Und nun blieb ihm nicht mehr viel Zeit. Er spürte, wie ihm die Minuten gleich Sand zwischen den Fingern zerrannen, dabei hatte er noch soviel zu sagen, und wußte, daß das meiste davon ungesagt bleiben würde.

»Ich könnte eigentlich bleiben«, begann er stockend. »In Lockerbie, meine ich. Um diese Jahreszeit finde ich sicher noch ein Hotelzimmer. Ich meine, Sie wollen doch sicher ... Ihre Angehörigen ... werden Sie für sich allein haben wollen ...«

»Nun werden Sie bloß nicht albern«, sagte Bunty mit viel Wärme. »Sie kommen natürlich mit uns. Habe ich nicht gesagt, daß ich nicht eher nach Hause fahre, als bis ich Sie mitnehmen kann?«

»Mit mir als Trophäe können Sie nicht viel Staat machen.« Es gelang ihm nicht ganz, den bitteren Ton aus seiner Stimme zu verbannen.

»Sie sind auch keine Trophäe! Wir haben gemeinsam gesiegt! Ohne Sie gibt's für mich keinen Triumph, und den brauche ich. Meine Familie ist sehr kritisch.«

»Kann ich mir vorstellen«, sagte er und mußte gegen seinen Willen laut lachen. Einen Augenblick später fuhr er ausgesprochen ernst fort: »Sie wissen, daß gegen mich noch so einiges vorliegt.«

»Ich glaube nicht, daß jemand daran interessiert ist, Sie dranzukriegen.« Sie gähnte wie ein schläfriges Kind. »Jedenfalls nicht, wenn sie sehen, was wir ihnen bringen.« Sein Herz machte immer noch jedesmal, wenn sie ›wir‹ sagte, vor Freude einen Luftsprung.

»Mir ist es recht. Ich werde mich nicht beklagen.« Schüchtern fügte er hinzu: »Bunty, Sie sind glücklich, Sie haben alles. Warum waren Sie so traurig? Als Sie in den ›Orion‹ kamen, da sahen Sie so traurig aus – warum?«

Sie dachte nun selbst mit einigem Erstaunen an diesen Augenblick zurück, der so unendlich weit zurückzuliegen schien.

»Manchmal genügt es nicht, glücklich zu sein. Ich war allein und nicht mehr jung, und plötzlich wußte ich nicht mehr, wohin mein Weg ging, wozu ich überhaupt da war. Sie haben mich davon kuriert«, sagte sie mit einiger Berechnung.

»Ich? Aber ich ... Das verstehe ich nicht.« Er zitterte leicht. »Wie sollte denn gerade ich Ihnen Trost oder Ermutigung gebracht haben?«

»Ich wollte ja gar nicht getröstet oder ermutigt werden! Ich wollte sehen, ob ich überhaupt noch gebraucht werde auf dieser Welt. Sie brauchten mich. Mich! Nicht die Frau meines Mannes oder die Mutter meines Sohnes. Mich – Bunty!«

Aus einem ehrfürchtigen Schweigen, seinem Stillhalten, der qualvollen Zärtlichkeit des Arms, der sie hielt, spürte sie seine hilflose Bewunderung und dachte: Armer Junge! Nein – glücklicher Luke! Für ihn kam alles zu einem schönen, runden Abschluß. Er muß nachher keine Enttäuschungen erleben, er braucht nicht allmählich erwachen und erkennen, daß ich fast alt genug bin, seine Mutter zu sein, und daß man mir die Jahre allmählich immer deutlicher ansieht. Keine Zurückweisung, keine einstürzenden Illusionen.

Sie sagte aufrichtig: »Ich werde mein Leben lang an Sie denken und Ihnen immer dankbar sein.«

Und er, dessen Herz die ganze Zeit gerufen hatte, er werde sie nie vergessen, war so entwaffnet und so hingerissen, weil sie ihm diese Worte aus dem Herzen gesprochen hatte, daß er das einzige Wort nicht einmal vermißte, das sie ausgelassen hatte. So war es nicht weiter wichtig, sie sollte sich nie die Frage stellen, ob es richtig gewesen war, das Wörtchen Liebe zu vermeiden. Es ist ja nicht das einzige Wort, das die Sprache für diesen Begriff kennt. Es wird so oft mißbraucht, daß es dankbar ist, wenn es ab und zu durch Zurückhaltung und Schweigen geehrt wird.

Sie schlief fest in seinem Arm, als der Wagen von der vierspurigen Autostraße abbog und über eine kurvenreiche kleinere Straße in das Städtchen gelangte, das am Ende eines langen Sonntags schon halb im Schlaf lag.

Der Wagen aus Süden war vor ihnen eingetroffen. Luke sah die beiden Männer mit wachsam erhobenen Köpfen daneben stehen. Sie ließen ununterbrochen ihre Blicke wandern und warteten ungeduldig auf ihre Ankunft. Der doppelte Scheinwerferstrahl hob die beiden Gesichter aus der Dunkelheit heraus, angespannt, aufmerksam, ungeduldig, wie es sich gehörte, wenn man auf Bunty wartete. Als der Wagen, der sie hergebracht hatte, von geschickter Hand in eine Parklücke am Bordstein bugsiert wurde, sah Luke, wie aus beider Augen ein kleiner Rest wahnsinniger Angst wich. Die Anspannung der Sehnsucht glitt von ihren Gesichtern ab.

Es ist fast schon eine Verpflichtung, alte Liebe leichtzunehmen, selbst wenn sie heiß brennt.

Luke legte Bunty einen Finger unters Kinn und hob ganz sanft ihr Gesicht hoch. Sie erwachte, schlug weit die Augen auf und lächelte ihn an. Dann fiel ihr alles wieder ein. Sie wurde ernst, weil sie wußte, daß er nicht mehr lange an ihrer Seite sein würde. Sie war viel zu vernünftig, um den Versuch zu unternehmen, aus ihm einen Freund der Familie zu machen. Oder ihm gar ein Bett in dem Haus anzubieten, in dem sie einem anderen gehörte. Nein, er mußte gehen, und zwar ohne einen Blick zurück. Und auch er war weise genug. Auch für sie war dieser Abschied ein Schmerz, wieder so etwas wie ein kleiner Tod.

»Aufwachen«, sagte Luke. »Wir sind in Lockerbie. Sehen Sie mal, wer da auf Sie wartet!«

Sie hob den Kopf. George beugte sich schon durch die offene Wagentür zu ihr herein. Sein Lächeln war beherrscht, nachsichtig und eine Spur überlegen – genau das Lächeln, das jeder Ehemann für die unberechenbare Närrin bereithält, die irgendwo in seiner sonst so vernünftigen Frau schlummert. Die Ehe ist zugleich ein Ringelreihen und ein Sakrament.

Bunty eilte in die Arme ihres Mannes, so einfach und selbstverständlich, als hätte er sie nach einem Einkaufsbummel in London am Zug abgeholt. So macht man das also, dachte Luke. So macht man das, wenn man klug ist. Angst und Schrecken sind ausgestanden, wozu sich dann noch aufregen? Warum das schöne, ausgeglichene Verhältnis erschüttern, das die Grundlage dreier Menschenleben darstellt? Und warum das mit Worten ausdrücken, was man ohnehin weiß, schätzt und unveräußerbar besitzt? Man spreche das Unaussprechliche nie aus! Kein affektiertes Geschrei, kein Getue, keine langen Erklärungen. Wenn sie sich später jemals über dieses schreckliche Wochenende unterhalten sollten, dann in aller Ruhe und äußerst behutsam, um die Seele nicht zu erschüttern.

Das bedeutete jedoch nicht, daß keine Menschenseele erschüttert war. Als George seine Frau für einen kurzen Augenblick in die Arme nahm, sah Luke über ihre Schulter hinweg sein Gesicht. Es ließ keine Frage offen, ob Bunty unterbewertet wurde oder nicht.

Dieser George wußte genau, was er an ihr hatte.

»Du machst mir Spaß!« sagte er und gab ihr in aller Öffentlichkeit einen Kuß. »Du gibst dich also nicht mit finsteren Typen ab, die mit Revolvern spielen! Diese berühmten Sprüche!«

Sie gab ihm den Kuß voller Freude zurück.

»Hattest du eine angenehme Reise, mein Schatz?« fragte sie boshaft.

»Nein, hatte ich nicht!« Langsam nahm er die Hände von ihr. Er gab sie selbst an Dominic, der wartend dahinter stand, nur widerwillig ab. »Ich bin in einer hoffnungslosen Sackgasse gelandet. Eine absolut unverdächtige Person, die ihn nicht einmal kennt, hat meinen Verdächtigen meilenweit vom Tatort entfernt gesehen. Und dann rief auf einmal Dominic an und wollte wissen, was ich mit dir angestellt habe.«

»Es bleibt alles in der Familie«, sagte Bunty großzügig. »Du mußt doch nicht jetzt etwa nach Norden und die Sache abschließen?«

»Nein. Diese Sache erledigt Duckett selbst. Ich habe jetzt nur noch die Anweisung, euch beide schnell und sicher nach Hause zu schaffen.«

Bunty hielt Dominic die Wange für einen Kuß hin. Der Junge – er glich ihr aufs Haar – nahm die Sache nicht so leicht. Er nahm Bunty fest in die Arme, als wolle er sie nie wieder loslassen, und sagte dabei so wegwerfend wie möglich: »Herzlichen Glückwunsch zum gestrigen Geburtstag.

Wie war der Ausflug?« Die bernsteinfarbenen Augen, das genaue Spiegelbild der ihren, verschlangen sie, aber seine Stimme klang ganz normal.

»Willst du damit sagen, daß wir immer noch Sonntag haben? Der scheint überhaupt nicht mehr zu enden.«

Luke war ebenfalls ausgestiegen und hielt sich im Hintergrund, weil er genau wußte, daß er bei dieser Zeremonie nichts zu suchen hatte. Bunty schien da anderer Ansicht zu sein. Sie drehte sich lächelnd zu ihm um, ohne Georges Hand loszulassen.

»Das hier ist Luke. Er will auch nach Comerbourne, nach Hause. Die Polizei mußte seinen Wagen vorerst noch dabehalten.«

Luke wollte seinen Wagen nie wiedersehen, so sehr er auch daran gehangen hatte. Sobald er freigegeben wurde, wollte er einen Händler damit beauftragen, ihn abzuholen und zu verkaufen. Vielleicht konnte er ihn dann eines Tages vergessen.

»Du hast doch nichts dagegen, wenn Luke und ich uns auf den Rücksitz verkrümeln?« fragte Bunty mit einem anerkennenden Blick auf den großen schwarzen Dienstwagen, den sich George wegen des Funkgeräts ausgeliehen hatte. »Wir haben ein recht unruhiges Wochenende hinter uns und werden vermutlich den ganzen Rückweg verschlafen.«

Wir! Gott segne sie für dieses ›Wir‹, das sie selbst jetzt noch verband, für die kurze Zeitspanne, bis der normale Alltag wieder einsetzte.

»Hallo, Luke«, sagte George feierlich. »Anscheinend haben Sie alle Arbeit für mich erledigt, sogar meine Frau sicher zurückgebracht. Vielen Dank.«

Luke sah ihm in das lächelnde, braungebrannte Gesicht. Dann betrachtete er die beiden ineinander verschlungenen Hände, die gleichzeitig in tiefer Leidenschaft und erhabener Ruhe verbunden waren. Plötzlich sah er in ihnen den ganzen

Sinn dieser Ehe – nein, der Ehe überhaupt. Er war überzeugt davon, daß es sich lohnte, ein halbes Leben lang zu suchen, bis er eine Hand gefunden hatte, die ebensogut in seine paßte.

Bunty wachte gegen Morgen mit dem leisen, erschrockenen Schrei »Luke!« auf und breitete schützend ihre Arme über George aus, der wach neben ihr lag. Die ganze Nacht hatte er so dagelegen und über ihren erschöpften Schlaf gewacht. Selbst im schwachen Mondlicht hatte er die Schatten auf ihrem Gesicht auswendig gelernt, die Erinnerungen an noch nicht ganz überwundene Erlebnisse. Er konnte warten; er mußte warten. Sie hatte ihm bisher kaum die Hälfte erzählt. Das übrige würde sie ihm erst dann erzählen, wenn die rechte Zeit dafür gekommen war.

Er legte seine Hand um ihre Wange und weckte sie sehr behutsam, um den bösen Traum zu beenden.

Sie legte ihren Arm fester um ihn, streichelte seinen Nacken, und selbst im dunklen Schatten seiner Schulter fühlte er, wie sie lächelte.

»Ich liebe dich!« sagte sie mit einem tiefen Seufzer. Manchmal muß man von der Liebe reden, wie es auch Zeiten gibt, wo sie ganz selbstverständlich ist und man am besten den Mund hält.

»Hast du ihn geliebt?« fragte George liebevoll und strich ihr das wirre braune Haar aus der Stirn.

Bunty antwortete nach einigem Nachdenken: »Das hängt ganz davon ab, was man unter Liebe versteht.«

Ein harter Test, falls es überhaupt einen gibt. Was versteht man schon unter Liebe, wenn man die tiefe Geborgenheit, die Ausschließlichkeit der Ehe vergißt?

George fuhr sich beklommen mit der Zunge über die Lippen. »Ich meine das, was es möglich macht, die wirklich vollkommene Verbindung zu einem anderen Menschen herzustellen, und sei es nur für drei Minuten in einem überfüllten Bus. Ich meine etwas, das uns plötzlich veranlaßt zu handeln, wenn ein anderer uns braucht, das über alle Konventionen hinweg direkt ins Herz trifft, das ein Band herstellt, selbst wenn man einander nie wiedersehen sollte. Ich meine die mitgeteilte Wärme, die den Menschen am Leben hält, das Allgemeinste, Großartigste, das es gibt, nicht das Kleinste, Engste. Nicht die Liebe des Sex, nicht die Liebe in der Ehe, keine platonische Liebe, keine Geschwisterliebe – nichts, das man erst einordnen müßte, das Absolute. Ich meine Liebe. Die Liebe.«

Sie lag lange Zeit still und regungslos neben ihm, so daß er schon glaubte, sie sei wieder eingeschlafen, diesmal ohne schwere Träume. Aber plötzlich wandte sie sich wieder ihm zu und schlang ihren Arm um ihn. Sie hielt ihn ganz fest an sich gedrückt.

»Dann ja«, sagte Bunty. »Dann hab' ich ihn geliebt.«